U0927787

美好时代

BEHIND
THE BEAUTIFUL
FOREVERS

[美] 凯瑟琳·布——著　何佩桦——译

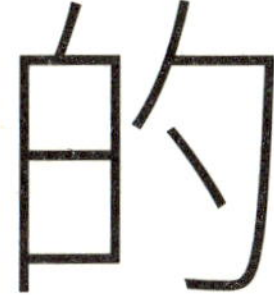

LIFE, DEATH,
AND HOPE
IN A
MUMBAI UNDERCITY

KATHERINE
BOO

新星出版社　NEW STAR PRESS

新经典文化股份有限公司
www.readinglife.com
出 品

精选推荐

我去过很多城市的贫民窟，回来后真的很难确切地向人们描述那是一番怎样凄凉的景象。如果你想阅读关于印度贫民窟生活原汁原味的第一手报道，我向你推荐这本书。

——微软创始人 比尔·盖茨

这本书通过精巧的叙事，讲述印度大城市中那些生活动荡、无权无势之人的悲伤与喜悦、忧愁与坚忍，他们无法融入这个快速发展的时代，被抛在一边。这是一部散播智识、掀起讨论、燃起义愤、唤起同情、激发行动的杰作。

——诺贝尔经济学奖得主 阿马蒂亚·森

即使充满痛苦、凌辱与污秽，即使作者优雅而平静的叙述快要把我击溃，我都无法放下这本书。它以孟买国际机场边的贫民窟为背景，是我见过对经济不平等最强烈的控诉之一。

——《我在底层的生活》作者 芭芭拉·艾伦瑞克

这本书有许多让人喜爱之处：叙述基于庞大的研究，但又十分精炼，使我们在不知不觉间收获颇多。文字优雅生动、自然流畅，最重要的是，以真实而又动人的笔触刻画了孟买贫民窟安纳瓦迪的居民们。拾荒者、窃贼、不公正的受害者——凯瑟琳·布把我们带入他们的生活，而他们又紧紧牵动着我们的心，让我们无法离开。一部杰出的作品。

——《非虚构的艺术》作者 特雷西·基德尔

一部十分精彩的处女作。凯瑟琳·布是那种少有的、进行深度报道的记者，是一个对人性十分敏感的记录者。在她笔下，现实比小说还要精彩。她让人很容易忘记这本书出自一位记者之手。可以说，她的作品和狄更斯的小说有异曲同工之妙。

——《纽约时报》

凯瑟琳·布兼具诗人的文笔，小说家的叙事技巧，优秀新闻记者的报道才能。如果哪本书能把人物写活，那一定就是这本。

——《纽约客》

令人惊艳的好书，在以下几个方面表现突出：立足底层述说大都市里底层人物的故事；报道深入且敏锐，对常被主流叙事排除在外的人们的生活、希望与恐惧感同身受；讲述了一个从未被外国人讲述过的印度故事。但最令人震撼的，还是这本书的诞生。

——《华盛顿邮报》

本书深刻描述了贫民窟居民如何在充满混乱、贪污与经济动荡的困境中努力求生，用小说式的叙述呈现了安纳瓦迪居民多年来的生活，栩栩如生地记录了这个自给自足但不堪一击的世界。

——《华尔街日报》

这本书讲述了一个很小的故事，书里的角色都是小人物，故事发生的地点也很小……但正是通过聚焦孟买一个小小贫民窟的生活细节，凯瑟琳·布以扣人心弦的节奏精心刻画出现代印度多数人的生与死。

——《金融时报》

丰满的人物形象、特点鲜明的语言与对白、使人身临其境的环境刻画，这些都是一部好小说的关键因素。凯瑟琳·布写出了一部包含所有这些要素的精彩非虚构作品，并让多数小说相形见绌……《美好时代的背后》是一部十分真诚、毫无功利之心的新闻作品，一部充满人性、力量和深刻见解的作品，它揭示了全球化时代穷人的生、死与希望。

——《波士顿环球报》

这是一部令人印象深刻的非虚构叙事作品。一方面，它报道了世界上最贫穷的一部分人，他们生活在犯罪频发的环境中，不得不随机应变；而另一方面，它也刻画出他们人性中的最细微处。

——《奥普拉杂志》

书中的孟买贫民窟赋予我们一种珍贵的洞察力，让我们得以窥见印度经济神话中弱势群体的生活，以及他们所面对的社会、经济和政治现实。凯瑟琳·布的细致调查与卓越文采，让我们对新印度背后的这些人留下不可磨灭的印象。

——《出版人周刊》

这是关于印度残酷转型时代的最佳作品……凯瑟琳·布生动刻画了安纳瓦迪居民的生活，让我们得以了解他们，并赞叹他们在艰难时世中的生存智慧。

——科克斯书评

《美好时代的背后》着实是一份馈赠，是人类精神丰富且饱满的体现，也是底层人民在这个原本下沉的世界中奋力向上的见证。安纳瓦迪的故事既让人惴惴难安，也让人备受鼓舞。这是一本需要我们每个人去阅读并回味的作品。

——《芝加哥论坛报》

《美好时代的背后》直斥关于全球贫困现状的官方报告和调查数

据……凯瑟琳·布是少数呈现真实图景的纪实作者之一，她象征着一种道德力量，更是能唤起共鸣的艺术家。

——《美国瞭望杂志》

凯瑟琳·布是乔治·奥威尔最优秀的追随者……和多数报道弱势群体的人不同，她没有表达廉价的同情或发表无谓的政治口号，她超越了左派或右派分子的论调，有的只是深深的同理心。

——《全国邮报》

无论是她的文字还是写作目的，都让人想起狄更斯和左拉，只不过，她笔下年轻的阿卜杜勒·侯赛因，以及他在安纳瓦迪的人际网络和他所生活的位于孟买机场阴影之下的贫民窟，都不是虚构的。虽然是一场基于采访的叙述，采访者却从未在故事中现身。它就像是一个关于谋杀的悬疑故事，一个反映日常生活的、情节复杂的故事，它提醒我们，有时对作者而言，最重要的是倾听。

——美国国家图书奖颁奖词

在《美好时代的背后》中，凯瑟琳·布透过孟买拾荒者的视角，展示出不平等世界里的真实悲剧：这样的世界并没有使富人与穷人对立，只是让穷人与自己对立了起来。

——入选《时代》周刊近 10 年最好的 10 部非虚构作品评语

一本引人入胜的好书，使读者仿佛置身于紧邻孟买机场繁华之下的贫民窟，并且向我们展示，在贫民窟这种复杂的亚文化中，贫穷并不会完全熄灭人们的希望之火。

——普利策奖评审团评语

献给两位苏尼尔

他们教会我不要放弃

目录

第四部分　兴起与坠落

序幕　玫瑰之间

二〇〇八年七月十七日，孟买

午夜逼近，有个独腿女人被严重烧伤，孟买警方在找阿卜杜勒和他的父亲。在国际机场旁的贫民窟小屋里，阿卜杜勒的父母一反常态，三言两语便做出决定：生病的父亲留在这个充斥着垃圾、十一口人共住的铁皮棚屋中，平静地束手就擒；而负责养家的阿卜杜勒必须逃跑。

和往常一样，没有人询问阿卜杜勒对这个决定的意见。他的脑袋早已因惊恐而僵滞。他十六岁，或许是十九岁——他的父母对日期毫无概念。真主安拉以高深莫测的智慧，将他塑造得身材瘦小又紧张兮兮。阿卜杜勒总说自己是胆小鬼，根本不知道怎么躲避警察，他所知道的，基本上只有捡破烂。他记忆中的这些年，几乎所有醒着的时光，都在买进有钱人扔弃的东西，然后转卖给废品回收者。

此时，阿卜杜勒深知自己必须销声匿迹，但除此之外他并没有什么具体想法。他动身逃跑后，又回到家里。因为他唯一能想到的藏身之处，就是自己的垃圾堆。

他把自己家小屋的门推开一条缝。小屋坐落于一排手工草率兴建的房屋中段，他堆放破烂的歪斜棚子就在隔壁。只要能进入这座棚子而不被察觉，幸灾乐祸的邻居就无法向警方告发他。

阿卜杜勒不喜欢那轮月亮，圆满无缺、亮得愚蠢，映着他家门前灰扑扑的空地。空地另一边，则是其余二十多户人家的棚屋。阿卜杜勒担心，还有其他人跟他一样，正在从夹板门后朝外窥伺。这个贫民窟里有些人总盼着他家倒霉，只因为宗教信仰之间旧有的隔阂。另一些人之所以仇恨他家，则是出于现代因素——经济上的眼红。阿卜杜勒从事着许多印度人觉得低贱的拾荒工作，却也将他一大家子的生活提升到最低水平线之上。

然而，空地很安静，安静得出奇。这里位于一大片污水旁边，为贫民窟的东部边界，夜里多半喧闹不堪：人们斗殴、做饭、调笑、洗澡、喂羊、玩板球、在公共水龙头前等水、在小妓院门口排队或者靠睡眠解酒，酒是由与阿卜杜勒家相隔两户的一间屋子售卖的。在贫民窟窄巷间稠密拥挤的小屋内不断累积而成的压力，唯有在“广场”这里才得以缓解。然而，经过一场混战和那位“独腿婆子”的自焚事件后，人们都纷纷躲回屋内。

此时，除了野猪、水牛以及照例呈“大”字形趴卧在地的酒鬼之外，似乎只有一个人影——一个瘦小、泰然自若的尼泊尔男孩。他抱着膝盖，坐在污水湖畔闪闪发亮的蓝色烟雾中，那是湖对岸一栋豪华饭店霓虹广告牌的倒影。阿卜杜勒并不在乎尼泊尔男孩看见他躲在这里。这孩子名叫阿达什，不是警方的密探。他只是喜欢在外面待到很晚，躲开他母亲和她每晚的怒火。

阿卜杜勒最安全的时刻，莫过于此时。他快速走向垃圾棚子，随手关上身后的门。棚里一片漆黑、老鼠乱窜，却让人放心。他这座小仓库有十平方米左右，堆满等待阿卜杜勒处置的物品，高高地堆到漏水的屋顶，有空水瓶、威士忌酒瓶、发霉的报纸、卫生棉条导管、卷起的铝箔纸、被季风雨剥得仅剩残余的伞架、残破的鞋带、发黄的棉花棒、缠成一团的录音带、曾经包装山寨版芭比的破塑料套等等。在黑暗中的某处，还有个叫“芭贝”或“芭芭莉”的娃娃，拥有很多玩具的孩子会把失宠的玩具作为实验对象，她们便在实验中成了残废。这些年来，阿卜杜勒对于避免分心已十分在行，他把这些娃娃胸部朝下放在垃圾堆中。

避开麻烦——这是阿卜杜勒·哈基姆·侯赛因的工作原则，如此强烈秉持的理念，似乎已经烙印在他身上。他的眼窝很深，两颊凹陷，因干活儿而弓起的身子瘦削结实——在挤满了人的贫民窟巷弄，身材必须小于正常尺寸。他身上的一切几乎都凹了进去，除了突出的耳朵和翘起的头发；每当他拭去额头上的汗水时，还带着一点女孩子气。

在他居住的贫民窟安纳瓦迪，谦卑低调是件好事。在印度金融中心孟买的繁荣西郊，有三千人挤在三百三十五间小屋的屋内或屋顶上。来自印度各地的移民往来不绝，大多是印度教徒，出身于各个种姓阶级和次阶级。他的邻居所属的信仰和文化十分多元，身为贫民窟三十多名穆斯林之一的阿卜杜勒根本无从了解。他只把安纳瓦迪看成一个布满各种新旧论点的陷阱，他必须避免误触地雷，因为在商贩眼中，安纳瓦迪正辉煌地坐落在有钱人的垃圾堆中。

阿卜杜勒与左邻右舍占用的土地，属于印度机场管理局。贫民窟和国际航站楼的入口仅相隔一条椰子树林荫大道。服务机场贵宾的五个豪华酒店环绕着安纳瓦迪，其中四个拥有华丽的大理石巨型建筑，另外一个则是拥有蓝色玻璃的凯悦酒店。从凯悦的顶楼窗户往下看，安纳瓦迪和几个相邻的违章建筑群宛如从空中落下的村子，掉进新式美丽建筑之间的空隙内。

“我们的四周都是玫瑰，”阿卜杜勒的弟弟米尔基这么说，“我们是夹在其中的那堆屎！”

印度在新世纪的经济增长速度迅猛，玫瑰色的公寓和玻璃幕墙办公大楼在国际机场附近拔地而起。某公司总部被简单地命名为“多多”。越来越多的起重机在盖大楼，其中最高的大楼又干扰了越来越多的飞机降落——这是城市上方一个烟雾笼罩、带动繁荣的障碍物，大把大把的可能性由此滚落到贫民窟。

每天早晨，成千上万的拾荒者在机场地带呈扇形散开，寻找还卖得出去的过剩物品——这些仅是孟买每天挤出的八千吨垃圾当中的数磅而已。这些拾荒者直奔从贴着深色隔热纸的车窗里扔出的皱香烟盒；他们打捞下水道，劫掠垃圾箱里的空水瓶和空啤酒瓶；每天晚上，他们扛着装满垃圾的麻袋，沿着贫民窟的街道归来，就像一群齿牙动摇但一心想赚钱的圣诞老人。

阿卜杜勒在生锈的磅秤前等待。在贫民窟垃圾处理业的阶级结构中，这孩子比其他拾荒者略胜一筹：他是交易商，经过估价后，买进其他人寻获的东西。他的利润来自将成批的垃圾卖给几公里外的小型回收厂。

阿卜杜勒的母亲是他家的杀价高手，会朝那些要价太高的拾荒者大发雷霆，而阿卜杜勒说话就比较笨拙缓慢。他更擅长分类，将收购的垃圾划入纸、塑料、金属等六十个类别之一，这个步骤十分关键且严谨。

他的手脚极为利落。六岁左右起，他就一直在为垃圾分类，因为肺结核和长期从事垃圾处理工作已经使他父亲肺部受损。阿卜杜勒在工作中逐渐将动作技能训练得十分纯熟。

“反正你这种脑袋不适合上学。”他的父亲从近来的观察中得出结论。阿卜杜勒不确定自己是否受过足够的教育，因此无法判断自己究竟适不适合上学。早些年他坐在教室里，似乎也没学到什么。后来他就一直在干活儿——把大量污物搅入空中、使他的鼻屎变黑的活儿，无聊甚于肮脏的活儿，他料想将从事一辈子的活儿。大多数的日子里，这种前景如同刑罚，使他心情沉重；而今晚面对警察的追捕，回去干活儿却成了他的希望。

相较于垃圾的臭味和阿卜杜勒被吓出的一身汗的味道，“独腿婆子”的焦臭味在棚子里显得比较轻微。他脱去长裤和上衣，把衣服藏在门边一摞摇摇欲坠的报纸后面。

他想到的最好的点子，是爬上他那两米多高、乱糟糟的垃圾堆顶端，然后紧贴着后墙，尽量远离门口。他很灵活，白天能在十五秒之内登上这座保持巧妙平衡的小丘。然而在黑暗中，只要稍一失足，瓶瓶罐罐就会滚落下来，由于屋子之间的墙壁很薄，而且还是共用的，这样等于将他的行踪公之于众。

阿卜杜勒右手边的房子，令人不安地传来平静的鼾声。那是一个刚从农村来的表亲，从他的反应来看，他大概以为城里每天都有妇女被烧吧。阿卜杜勒向左移动，在黑暗中摸索着，寻找一堆蓝色塑料袋。这些袋子布满灰尘，他不喜欢整理这些袋子，但记得之前把扎成捆的袋子抛在一摞受潮的纸板上，在上面爬不会发出声音。

他在隔开棚子和他家的侧墙附近，找到了袋子和压平的纸箱。他爬了上去，静静等待。纸板压缩，老鼠逃窜，但是没有任何金属掉到地上发出声响。此时，他可以利用侧墙保持身体平衡，同时考虑下一步该怎么做。

有人在墙的另一边蹭来蹭去，十之八九是他的父亲。这时候，他肯定已经脱去睡衣，把人造纤维衬衫搭在肩上，可能正在打量掌心里的烟草。这男人拨弄了一整晚的烟草，把烟草摆成圆圈、三角形，再拨回到圆圈。每当他不知如何是好时，便会出现这种动作。

阿卜杜勒又移动了几步，在几声“哐啷”响动后来到后墙，躺了下来。现在他很后悔没穿长裤，不只因为蚊子，硬塑料壳包装裂开的边缘也划破了他的大腿后侧。

弥漫在空气中的烧焦味闻起来苦呛，不像人的皮肉，倒比较像是煤油和烧熔的拖鞋，阿卜杜勒如果在某个贫民窟巷弄碰巧看见这些东西，也不可能弯下身去捡。然而，相较于酒店每天晚上倾倒于安纳瓦迪的腐坏食物（那些食物能养活三百头身上沾满粪便的猪），这股味道宛如柑橘花。他之所以感到不舒服，是因为他知道那股味道是什么，是从什么人身上散发出来的。

自八年前全家来到安纳瓦迪的那一天起，阿卜杜勒便认识了“独腿婆子”。他不得不认识她，因为两家的棚屋之间仅相隔一条被单。即使在那时，她的味道也困扰着他。尽管很穷，她也会在身上喷洒香水。阿卜杜勒的母亲身上尽是母乳和炒洋葱的味道，对“独腿婆子”这样颇不以为然。

以被单为墙的那些日子，阿卜杜勒相信他的母亲泽鲁妮萨在大多数事情上都是对的，就像现在一样。她对子女们温柔、爱开玩笑，在阿卜杜勒看来，她唯一的大毛病，就是在杀价时使用的语言。尽管以脏话讨价还价是垃圾处理业的常态，他却觉得母亲太过于乐在其中了。

“蠢皮条客！”她假装愤慨地说，“你以为少了你的臭罐子，我的孩子们就会挨饿吗？我真该扒下你的裤子，把你的小弟弟割掉！”

这话可是出自一个在不知名村庄长大、从小被要求身穿蒙面罩袍、笃信宗教的女人嘴里。

阿卜杜勒自认是“老古板”，没有十成也有九成。他直言不讳地指责母亲：“要是你父亲听见你这样撒泼骂街，他会怎么说？”

“他会用最难听的话骂我，”泽鲁妮萨答道，“但也是他把我嫁给一个病恹恹的老公！我如果像我妈一样，安安静静地待在家里，你们这些孩子肯定会饿死的。”

阿卜杜勒不敢说出他父亲卡拉姆·侯赛因的大毛病：病得没办法整理垃圾，却没病到不能碰老婆。父亲从小信奉的伊斯兰瓦哈比教派反对节育，泽鲁妮萨所生的十胎中，有九胎存活下来。

泽鲁妮萨每次怀孕便安慰自己，她在生产未来的劳动力。阿卜杜勒是目前的劳动力，新的弟弟妹妹使他越来越焦虑。他时时出错，付给拾荒者一大笔钱，只换来一袋袋不值钱的东西。

“放慢速度，”父亲温和地告诉他，“用你的鼻子、嘴巴、耳朵，不要只靠磅秤。”用钉子敲打废铁，从声音分辨是什么材料。咀嚼塑料，来区分等级。如果是硬塑料，就折成两半，闻闻味道，气味清香的是质地优良的聚氨酯。

阿卜杜勒逐渐变得得心应手。从某一年开始，他们家能吃饱饭了。又一年过去，家更像个家了。那堵墙从被单换成铝片，而后又换成废砖，使他家成为整排屋子中最结实的一间。考虑改用砖墙时，他的心头涌现出复杂的情绪：一是感到自豪；二是害怕砖头质量太差，墙可能会倒塌；三是感到解脱了。他和“独腿婆子”之间，如今终于有了七厘米的屏障。那婆子会趁她丈夫在其他地方整理破烂时偷汉子。

近几个月来，阿卜杜勒只有在她拄着铁拐杖，“咯噔咯噔”地朝市场或公厕前进时，才有机会看到她。“独腿婆子”的拐杖似乎太短了，因为她在走路时臀部会翘起，做出某种扭动的动作，引人发笑。口红一事更是令大家哄堂大笑。“她特地抹了口红，只为了去拉屎？”她的嘴唇有时涂成橘色，有时涂成紫红色，仿佛她爬上利拉酒店旁的蒲桃树，把果子吃得干干净净。

“独腿婆子”名叫西塔。她皮肤白皙，这通常是一大优势，可惜一条短小的腿，砍低了她的聘金。她那信奉印度教的父母，接受了唯一的提亲对象：一个穷困、不起眼、工作卖力、年老的穆斯林。

"就是个半死不活的人啦，可是除了他，还有谁要我女儿？"她的母亲皱着眉说。这个不理想的丈夫将她改名为法蒂玛，两人婚后生下三个骨瘦如柴的女儿。身体最虚弱的女儿在家中的桶子里溺毙，法蒂玛似乎毫不伤心，这使大家议论纷纷。几天后，她从她的屋子里出来，臀部依然扭来扭去，用她金光闪烁的眼睛直勾勾地盯着男人瞧。

安纳瓦迪近来有太多的梦想，在阿卜杜勒看来似乎如此。在印度渐趋繁荣的同时，安守自身的种姓阶级和神明赋予的人生等旧思想，也逐渐由改造世界的信念取而代之。安纳瓦迪的居民们如今不时谈起更美好的生活，仿佛命运之神是周日会来拜访的某个表亲，仿佛未来将和过去迥然不同。

像阿卜杜勒的弟弟米尔基，将来就不打算与垃圾为伍。他想象自己身穿浆洗的制服，到豪华酒店上班。他听说服务生整天不是把牙签插在一块块奶酪上，就是把刀叉摆在餐桌上。他要那样一份干干净净的工作。"看我的，"有一次他朝他母亲嚷道，"我将来的浴室会和这间屋子一样大！"

拉贾·坎伯是个身体虚弱的厕所清洁工，住在阿卜杜勒家后面的巷子里，他的梦想是通过医学，重获新生。一个修复心脏的心瓣膜能使他继续活下去，完成抚养子女的使命。十五岁的米娜住在街角，她渴望尝试在电视连续剧里看到的自由和冒险的滋味，而不是媒妁婚姻和唯家是从。十二岁的苏尼尔是拾荒者，身材矮小，他想能吃得饱，开始长个儿。阿莎是女人中的斗鸡，住在公厕旁，她的野心不太一样：她渴望成为安纳瓦迪第一位女管事，而后随着这座城市势不可当的腐败潮流，迈入中产阶级。她十几岁的女儿曼朱则认为自己的个人目标更为高尚：成为安纳瓦迪的第一个女大学生。

这些梦想家当中最荒诞可笑的就属“独腿婆子”，每个人都如此认为。她最大的兴趣是婚外性关系，而且不只是为了零用钱。这一点，她的邻居们倒能理解。只不过，“独腿婆子”还想超越她的绰号所暗指的苦难，她想要别人尊重她，认为她有魅力。但安纳瓦迪居民都认为，一个瘸子不该抱有这样的奢望。

阿卜杜勒的梦想则是：有个完全不懂“皮条客”和“傻 ×”这些字眼、不在意他身上味道的老婆，最终他们一起到某个地方安家，除安纳瓦迪以外的任何地方。就像其他贫民窟居民和世界上的大多数人一样，他相信自己有能力达成梦想。

警察来到安纳瓦迪，穿过广场朝阿卜杜勒家走来。肯定是警察。除了他们一家，没有哪一户贫民窟居民能有如此十足的把握。

阿卜杜勒家认识当地警察局的许多警察，多到让他们害怕整个警方。警官们得知贫民窟哪户人家赚了钱，每两天就会上门收些保护费。其中最可恨的是帕瓦尔警官，他对在凯悦附近卖花的小笛帕相当残暴。不过，他们大多数人都会高高兴兴地把鼻涕擤在你的最后一块面包上。

阿卜杜勒一直在准备迎接警察进他家门的这一刻，准备听到钢制容器猛烈翻倒、小孩高声尖叫的声音。然而，两名警察十分平静，甚至友善地转达了重要的事实：“独腿婆子”幸免于难，躺在医院病床上指控阿卜杜勒、他的姐姐和父亲殴打她，并且放火烧她。

阿卜杜勒后来回想起来，警察说的话就像发高烧时做的梦，缓缓地穿过仓库墙壁。这么说来，他的姐姐克卡珊也遭到了指控。为此，他诅咒“独腿婆子”早点丧命，随后又希望自己没诅咒她死。“独腿婆子”万一死了，他家只会更惨。

在安纳瓦迪或孟买的任何一个贫民窟当穷人，注定得犯下某种罪过。阿卜杜勒偶尔会购买拾荒者偷来的金属片，这无疑是非法买卖；甚至仅仅住在安纳瓦迪就不合法，因为机场管理局一直想把像他这样的违建户驱逐出境。然而，他和家人并没有放火烧“独腿婆子”，她是放火自焚。

阿卜杜勒的父亲带着喘息，用微弱的声音表明，他一家人是无辜的。警察把他带出屋子。其中一个警察高声问道：“那你儿子在哪儿？”警察的音量并不是为了彰显权威，而是尝试让自己的声音在阿卜杜勒母亲的哭喊声中能被听到。

即使在好日子里，泽鲁妮萨·侯赛因也是眼泪制造机，这是她开启谈话的首要方式之一。然而现在，孩子们的抽泣使她哭得更厉害了。家中小孩子对父亲的爱，比起阿卜杜勒对父亲的爱更为纯粹，他们不会忘记警察带走父亲的这个夜晚。

时间慢慢过去，哭喊声平息了。“他过半个小时就回来。”母亲提高语调告诉孩子们，这是她撒谎时的语调之一。“就回来”这几个字使阿卜杜勒振作起来。警察带走父亲后，显然已经离开安纳瓦迪。

阿卜杜勒不排除警察回来搜捕他的可能性，不过，依他对孟买警察能耐的了解，他们更有可能今晚就此收工。这多给了他三四个钟头的黑夜时间，计划一场比躲进隔壁棚子更明智的逃亡。

他觉得自己并非缺乏胆量，他私底下甚至怀有某种虚荣心，认为垃圾分类的工作使他的双手具有杀伤力，使他能够和李小龙一样，把砖头劈成两半。“那我们去找块砖头吧。”一个曾经傻头傻脑相信他的女孩说道。阿卜杜勒只是蒙混了过去。劈砖头的信念他只想埋藏于心，不想予以验证。

他的弟弟米尔基小他两岁，却比他勇敢得多，不会做躲进垃圾堆一类的事。米尔基喜欢看宝莱坞电影，袒露胸膛的逃犯从高高的窗户跳出去，跑过行驶中的火车厢顶部；后方追捕的警察开枪射击，却没击中目标。相反，阿卜杜勒会过分认真地看待电影中的各种危险。他还在努力让别人忘记那一夜——当时他和另一个男孩到一公里半以外的棚屋看盗版录像带，那部片子讲述一栋豪宅的地下室住了只橘色皮毛、吃人肉的怪物。电影结束时，阿卜杜勒不得不付二十卢比给主人，让他同意自己睡在他家地板上，因为他的双腿已经吓得发僵，没办法走回家。

尽管被其他男孩目睹自己的恐惧让他感到羞愧；阿卜杜勒却也认为，在那种情况下恐惧很正常。在处理报纸或罐头这种触觉比视觉更重要的工作时，他会借机研究他的邻居。这个习惯既能打发时间，同时也让他研究出各种理论，其中一个理论逐渐凌驾于其他之上：在他看来，在安纳瓦迪，财富不是来自人们做了什么事或做得多好，而是源于他们避开了多少意外和灾难。所谓体面的生活，是指你没被火车撞上、没得罪掌权者、没染上疟疾。他虽然遗憾自己没能聪明点，却相信自己拥有一项堪称宝贵的特质，极适合他所居住的环境，那就是他很有警觉心。

“我可以眼观六路”是他的另一种说法。他相信自己能预知灾难，给自己留出足够的时间摆脱麻烦；“独腿婆子”的自焚事件是他遭受到的第一个意外打击。

“几点钟了？”一个叫辛西娅的邻居在广场叫嚷，“警察怎么没逮捕他们家其他人？”辛西娅是“独腿婆子”法蒂玛的密友，她打从自家的垃圾生意失败后，便对阿卜杜勒家嗤之以鼻。“我们去警察局示威，叫警察过来带走他们！”她吆喝其他居民，而阿卜杜勒家只传来一片寂静。

过了一会儿，谢天谢地，辛西娅终于闭了嘴。似乎没有什么人响应示威游行，倒是有人对辛西娅吵醒大家感到气愤。阿卜杜勒感觉一晚的紧张终于缓和下来，直到铁锅开始在他四周“砰砰”作响。他惊醒过来，十分困惑。

金色的光线透过门缝流泻进来，却不是他那座垃圾棚子，他用了一分钟才搞清楚是哪扇门。他已经穿上裤子，此时似乎身在广场对面的年轻穆斯林厨子屋里。现在是早晨，他四周的铿锵声，是安纳瓦迪居民们在相邻的棚屋里煮早餐。

他是什么时候、为了什么穿过广场，来到这间屋子的？恐慌让阿卜杜勒的记忆缺了一大块，使他永远无法确知这晚的最后几个小时发生了什么事。唯一清楚的是，在他这一生最严峻的状况下，在一个急需勇气和冒险的时刻，他在安纳瓦迪待了下来，然后就睡着了。

顿时，他知道自己应当采取什么行动：去找他的母亲。在证明自己是个不中用的逃犯后，他需要母亲告诉他该怎么做。

“快跑，”泽鲁妮萨·侯赛因下达指示，“尽快！”

阿卜杜勒抓起一件干净衬衫飞奔而去，越过空地，沿着弯来绕去的棚屋巷弄，他来到一条碎石路。垃圾和水牛，在贫民窟这边。玻璃闪耀的凯悦酒店，在另一边。他边跑边摸弄衬衫的扣子。经过将近两百米，他来到通往机场的宽阔大道，路旁是百花争艳的花园，这城市美丽的一面，他几乎不认得。

甚至还有蝴蝶，他像一阵风一般掠过它们，冲向机场。

楼下入境。楼上出境。阿卜杜勒走第三条路，沿着一道长长的蓝白色铝制护栏奔跑，电钻在围栏后隆隆作响，正在为漂亮的新航站楼打地基。阿卜杜勒有时会尝试为航站楼的安全围栏估价：如果把两片铝板偷出来卖，足以让一个捡垃圾的男孩休息一年，而且不愁吃穿。

他继续跑，黑黄色出租车在毒辣的朝阳下闪闪发亮，他在车子等候的场地向右急转，然后再右转，进入一条弯曲的绿茵车道，茂密的树枝低垂下来。再右转一次，他来到了萨哈尔警察局。

泽鲁妮萨从他儿子脸上的表情可以看出，这孩子对于躲警察非常焦虑。她自己醒来时的恐惧则是，警察会因为阿卜杜勒逃跑而痛打她丈夫。保护生病的父亲不被警察揍，是长子的责任。

阿卜杜勒将履行他的责任，几乎可以说是欣然接受。有罪的人才需要躲起来；无辜的他，想让事实的印章盖在额头上。因此他别无他法，只能服从盖章的当局——服从法律，服从审判，服从他有限的一生中没有理由相信的东西。然而现在，他将试着去相信。

一位佩戴肩章、穿卡其制服的警察坐在灰色金属桌后方。他一看到阿卜杜勒，便吃惊地站了起来。在他的小胡子下方，有着厚得像鱼一样的嘴唇，阿卜杜勒往后将记得这两瓣嘴唇——记得警察在露出笑容前，嘴唇微微开启的模样。

第一部分

底层居民

在安纳瓦迪，财富不是来自人们做了什么事或做得多好，而是源于他们避开了多少意外和灾难。

安纳瓦迪

让我们暂时定格在鱼唇警察和阿卜杜勒在警察局相遇的这一刻。接着倒带，看阿卜杜勒从警察局和机场倒着跑出来，朝着家跑去。看身穿粉红花罩衫的残疾女人被火焰吞噬，火焰逐渐化为乌有，只留下地上的火柴盒。看几分钟之前的法蒂玛，随着一首嘶哑的情歌拄着拐杖跳舞，她秀气的五官完好无损。继续倒带，回到七个月前，停在二〇〇八年一月一个平常的日子。自一个小贫民窟出现在拥有全球三分之一贫穷人口的国家中最大的城市以来，这几乎是充满希望的一季。如今发展建设和金钱流动，已经让这个国家头脑发热。

黎明在狂风中到来，这在一月并不罕见，这是风筝绊在树上和伤风感冒的月份。阿卜杜勒家由于地板空间有限，不够让全部的家庭成员躺下来，阿卜杜勒因此睡在沙砾遍布的广场，这里多年来一直充当他的床。他的母亲小心翼翼地跨过阿卜杜勒的弟弟们，然后弯下身来，伏在他的耳边。“醒醒，你这傻瓜！”她充满活力地说，“你以为你的工作是做梦吗？”

出于迷信，泽鲁妮萨注意到，家里赚钱最多的日子，有时就在她辱骂过大儿子之后。一月的收入，对他们家逃离安纳瓦迪的最新计划至关重要，因此她决定把咒骂当成例行公事。

阿卜杜勒几乎没有怨言地起床，因为他母亲只能忍受她自己的牢骚。更何况，这段缓缓行进的时光，是他最不憎恨安纳瓦迪的时刻。黯淡的阳光在污水湖上投下闪闪银光。鹦鹉在湖的另一头筑巢，在喷气式客机的噪音中仍可听见它们的叫声。在有些由宽胶带和绳子粘捆在一起的棚屋外头，他的邻居们正用湿破布仔细擦洗身体。穿制服、系领带的小学生们，正从公共水龙头处拖运一桶桶水。一支懒洋洋的队伍从公厕的橘色水泥砖延伸出来。就连山羊也睡眼惺忪。在这亲密温馨的时刻过后，他们随即展开对微小市场利益的积极追求。

建筑工人陆续前往一个拥挤的路口，这是监工人员挑选临时工的地方。年轻女孩们开始把金盏花穿成花环，好在交通繁忙的机场大道上兜售。年长的妇女把布块缝在粉红色和蓝色相间的棉被上，一家公司会给她们论件计酬。在一家闷热的小型塑模工厂，袒露胸膛的男人扳动机件，把彩色珠子变成挂在后视镜上的装饰品——笑盈盈的鸭子和粉红色的猫，脖子上戴着珠宝，他们想不出谁会在哪个地方购买这些东西。阿卜杜勒蹲伏在广场上，开始整理两个礼拜以来购买的垃圾，脏兮兮的衬衫贴在他一节节的脊椎骨上。

对待左邻右舍，他普遍采用的态度是：“我越是了解你，就越讨厌你，你也会越讨厌我。因此，就让我们井水不犯河水吧。”然而，即使像这天早晨一样自己埋头干活儿，他还是能够想象，安纳瓦迪的居民们都在他身旁一起努力。

安纳瓦迪坐落于距萨哈尔机场大道近两百米处，新旧印度在这段路上彼此冲撞，延迟了新印度的发展。开着 SUV 的司机朝着从贫民窟某家鸡店骑自行车出来的一排送货男孩猛按喇叭，他们每个人载送三百颗鸡蛋。在孟买众多的贫民窟当中，安纳瓦迪本身并无特别之处。每间屋子都歪歪斜斜，因此不太歪斜的屋子看起来就像正的，污水和疾病看起来就像生活的一部分。

这座贫民窟在一九九一年由一群民工建成，卡车把他们从印度南部泰米尔纳德邦运来维修国际机场跑道。工作完成后，他们决定在机场附近诱人的建设前景中待下来。在一个几无闲置空地的地区，国际航站楼对街一小片潮湿的、群蛇遍布的灌木地似乎是不错的居住之处。

其他穷人认为这块地太过潮湿，不宜居住，泰米尔人却着手干活儿，砍倒窝藏群蛇的灌木，挖出较干燥地区的土壤，填入泥泞之中。一个月后，他们的竹竿插在地上时，终于不再扑通倒下。他们把空水泥包装袋挂在竹竿上当作掩护，一个聚居区便形成了。附近贫民窟的居民给它取名安纳瓦迪——意为“安纳之地”，泰米尔人尊称老兄为“安纳”。事实上，对泰米尔移民的各种贬称，流传得更为广泛。然而，其他穷人目睹了泰米尔人用血汗将沼泽打造成结实土地的过程，如此的劳苦赢得了某种敬重。

十七年后，在这一贫民窟里，根据印度官方基准，几乎没有人可以被算作穷人。相反，安纳瓦迪居民属于一九九一年以来摆脱贫穷的约一千万印度人口之列。当时，约莫就在这个小贫民窟建成之时，中央政府接受了经济改革，安纳瓦迪居民因而成为资本主义全球化现代史中最激励人心的成功故事之一，一个仍在继续发展的故事。

的确，贫民窟的三千居民中，仅六人有固定工作。（其他人，就像百分之八十五的印度劳工，都属于非正规、无组织的经济体系。）的确，有些居民必须诱捕老鼠和青蛙，油炸后当晚餐吃；有些居民甚至吃污水湖畔的灌草丛。这些可怜人为他们的邻居们做出难以计算的贡献——让那些不炸老鼠、不吃杂草的贫民窟居民感受到他们自己有多么上进。

机场和酒店的垃圾在冬季喷涌而出，这是观光旅游、商务旅行和上流社会婚礼的高峰期。二〇〇八年的大量排放，则反映出空前高涨的股市行情。对阿卜杜勒来说更好的是，在夏季北京奥运会之前，中国的建设使全球废金属价格飙涨。这对一个孟买垃圾交易商来说是件开心的事，虽然这并不是路人对阿卜杜勒的称呼。有人就直呼他垃圾。

今天早晨，阿卜杜勒一边从他的破烂堆中挑拣平头钉和螺丝钉，一边努力注意安纳瓦迪的山羊，这些羊喜欢瓶罐残留物和标签底下的糨糊味。阿卜杜勒通常不在乎这些羊在旁边嗅来嗅去，可是近来它们拉出的都是液态粪便，相当恼人。

这些山羊归一个家里经营妓院的穆斯林男人所有，他认为他手下的妓女都在装病。为了扩大经济来源，他饲养山羊，以便在斋月结束时的宰牲节庆典上出售。然而，这些羊和那些姑娘们一样令人头痛。他拥有的二十二只羊，已经死了十二只，幸存的几只则有肠道疾病。这个妓院老板将此怪罪于经营当地酿酒店的泰米尔人施展的巫术，还有人怀疑是山羊的饮用水源有问题，也就是那片污水湖。

深夜，建设现代化机场的承包商会往湖中倾倒东西。安纳瓦迪居民也把东西倒在那里；最近一次，是十二只山羊的腐烂尸体。那一池水，让睡在浅滩的猪狗从水里爬出来时，肚子染成了蓝色。不过，除了疟蚊，还有一些生物在湖中幸存下来。随着清晨将近，一个渔夫涉水而过，一只手推开烟盒和蓝色塑料袋，另一只手用网子在水面泛起涟漪。他将把捕获物拿到默罗尔市场磨成鱼油，这种保健产品如今在西方极受重视，因此需求骤增。

阿卜杜勒起身甩动痉挛的小腿时，吃惊地发觉天空像机翼一样呈现褐色，阳光透过污染的雾气，显示午后的来临。整理垃圾时，他总习惯性地忘记时间。他的小妹妹们正在和“独腿婆子”的女儿们坐在一张轮椅上嬉戏，这个轮椅是用一张破塑料躺椅镶上生锈的自行车轮子组合而成的。已经放学回家的九年级学生米尔基摊开四肢靠在家门口，摆在腿上的数学课本连一眼都没看。

米尔基正不耐烦地等着他的好友拉胡尔，这个住在仅隔几户人家远的印度教男孩已成为安纳瓦迪的风云人物。这个月，拉胡尔做了米尔基梦寐以求的事：打破贫民窟世界和有钱人世界之间的隔阂。

拉胡尔的母亲阿莎是幼儿园老师，和当地的政客与警察有微妙的关系。她设法帮儿子弄到洲际酒店几个晚上的临时工作，就在污水湖对岸。拉胡尔这样一个长着大饼脸和龅牙的九年级学生，因此目睹了上流城市的富裕。

终于，拉胡尔走过来了，穿着一套由这个好运气带来的奖金购买的衣服：休闲低腰短裤，闪闪发亮、回收重量可观的椭圆扣环皮带，拉到眼睛的黑色绒线帽。拉胡尔称之为“嘻哈风”。前一天是“圣雄”甘地遇刺六十周年，印度精英分子过去认为，在这个国定假日搞豪华派对颇为庸俗。然而，当时拉胡尔却在洲际酒店的一场疯狂盛宴中干活儿，他知道米尔基非常想知道当时的每一个细节。

“米尔基，我真的没骗你，”拉胡尔咧嘴笑着说，“在我负责的大厅，有五百个穿得很少的女人，好像她们出门前忘了把下半身穿上！”

“啊，那时候我在哪里啊？”米尔基说，“快跟我说，有没有名人？”

“每个人都是名人！那是一场宝莱坞派对，有几个明星在绳子后面的贵宾区，不过，约翰·亚伯拉罕就在我附近，穿着黑色厚大衣在我面前抽烟。他老婆碧帕莎据说也在，不过我不确定那真的是她，还是只是某个美女明星，因为万一经理看见你盯着宾客看，他就会把你开除，没收你全部的薪水——他们在派对开始前跟我们说了二十次，好像把我们当白痴！你必须把注意力集中在餐桌和地毯上，当你看见一个脏盘子或一条脏餐巾，必须赶紧拿走扔进垃圾箱里。噢，那间大厅真漂亮。我们先铺上厚厚的白地毯，厚到你踩上去立刻就会陷下去。然后他们点起白色蜡烛，让房间变暗，像迪斯科舞厅一样；厨师在一张桌子上摆了两只用加味冰块雕成的大海豚，其中一只海豚的眼睛是樱桃……”

“笨蛋，别管海豚，跟我说说那些女人，”米尔基抗议道，“她们穿成那样，就是要让别人看的吧？”

“说真的，你不能看啦，就连待在有钱人的厕所都不行，你会被保安人员撵出去。不过，工作人员的厕所倒是很好，有印度式或美式供你选择。”爱国的拉胡尔选择在地上有排水孔的印度式厕所小便。

其他男孩也到侯赛因家门外，和拉胡尔会合。安纳瓦迪居民们喜欢谈论酒店和酒店里可能发生的奢靡活动。一个被药物搞得昏头昏脑的拾荒者曾指着酒店说：“我知道你们千方百计想谋害我，你这狗娘养的凯悦！”不过，拉胡尔的叙述别有价值，因为他不说谎话，或至少二十句话当中只有不超过一句谎话；加上他性格开朗，因而他的特权并未引起其他男孩的痛恨。

拉胡尔大方地坦承，与洲际酒店的正职人员相比，他不过是无名之辈。许多服务生都是大学学历、身材高大、浅肤色，拥有闪闪发亮的手机，梳头发时，甚至能用来当镜子。有些服务生嘲笑拉胡尔涂成蓝色的、长长的拇指指甲，然而在安纳瓦迪，这可是男子气概的象征。他剪了指甲后，他们又取笑他的说话方式。安纳瓦迪对有钱人的敬语“沙巴”（sa’ab），在城里的富人区不是妥当的称呼。他向朋友们报告：“那里的服务生说，这让你听起来很不入流，像流氓一样。‘阁下’（sir）才是正确的说法。”

“阁——下。”有人说道，把 sir 的 r 发成长长的卷舌音，随后，大家都开始念这个词，一同哈哈大笑。

男孩们站得很近，尽管广场空间很大。对于挨着彼此挤在房子里睡觉的人来说，皮肤碰皮肤的感觉肯定已经成为一种习惯。阿卜杜勒绕过他们，在广场上弄翻了抱在怀中的一堆破行李牌，他一路追赶被吹走的牌子。其他男孩没理会他。阿卜杜勒不太讲话，就算讲话，也像是私下计划了好几个星期才说出来的话。倘若他知道怎么讲一则好故事，或许他可以有一两个朋友。

有一回，为了改正自己的缺点，他扯了个谎，说他去过洲际酒店，宝莱坞电影《迎宾》当时在那里拍摄，他还看见卡特里娜·卡芙[1]穿着一身白。这是个站不住脚的谎言，立即被拉胡尔看穿。不过，每次拉胡尔带来的最新消息，都有利于阿卜杜勒丰富他未来的谎言。

一个尼泊尔男孩问起酒店里的女人。透过酒店围墙的板条，他曾经看见一些女人在抽烟，等候她们的司机把车停在门口。“她们抽的不是一根烟，是很多根烟！这些女人是从哪个村子来的？”

“听着，蠢小子，”拉胡尔说，“白人来自各个不同的国家。你如果连这个基本的事情都不晓得，你真的是乡巴佬。”

“哪些国家？美国吗？”

拉胡尔说不上来。“不过，酒店的客人也有很多印度人，我向你保证。”那些都是体形健康的印度人，又高又胖，不像尼泊尔男孩和这里的许多孩子一样瘦弱矮小。

拉胡尔的第一份工作是在洲际酒店的除夕派对服务。孟买诸多豪华酒店都有众所周知的新年狂欢会，拾荒者往往可以从那里抱回一堆被丢弃的小册子。

---

[1] 卡特里娜·卡芙（Katrina Kaif），英籍印度女演员、模特。——本书脚注均为编译者所注

下榻皇家艾美酒店，风光庆祝二〇〇八年！漫步在充满艺术、音乐和食物的巴黎街头，与现场表演一同绽放光芒。预订你的登机牌吧，一路顺风！每对佳偶一万两千卢比，包含香槟。

广告用铜版纸印刷，回收商每公斤给两卢比，相当于四美分。

拉胡尔对于有钱人的新年仪式感到腻了。“低能，”他下结论说，“还不就是大家喝酒跳舞，站在那里做愚蠢的事，就像这里的人每天晚上做的一样。”

“酒店那些人喝酒的时候变得很奇怪，”他告诉他的朋友们，“昨天晚上派对结束时，有个长相英俊、穿着布料昂贵的条纹西装的老板喝得醉醺醺的，他开始把面包塞进裤子和西装上衣的口袋，然后又直接往裤子里继续塞面包卷！面包掉在地上，他就钻到桌子底下去捡。有个服务生说，这家伙从前肯定饿过肚子，是威士忌让他想起过去。哪天我变得很有钱，能住大酒店的话，我才不会当这种窝囊废！”

米尔基笑了，问起许多二〇〇八年在孟买的人问过自己的问题：“那么你打算做什么，阁——下，才能在这样的酒店让人款待？”

拉胡尔没有回答，径直离去，他的注意力转移到在安纳瓦迪入口处一棵菩提树上钩破的塑料绿风筝。风筝看起来是破了，但只要把风筝的骨架压直，他估计能以两卢比的价格转卖出去。他只需趁着其他嗜钱如命的男孩尚未产生这种念头之前拿到它。

拉胡尔从他母亲阿莎身上学到这套连续创业法则。阿莎这个女人让阿卜杜勒的父母有点恐惧，她是湿婆神军政党的忠实拥护者，该党的主要成员是出生于孟买所在地马哈拉施特拉邦的印度教徒。随着大孟买地区的人口朝两千万迈进，就业和住房竞争日趋激烈，湿婆神军党指责外邦移民夺去理当属于本地人的种种机会。（该党年近九旬的创始人巴尔·萨克雷依然对希特勒的种族净化方案情有独钟。）湿婆神军党目前的鼓动目标，是清除孟买境内来自北印度各邦贫穷的移民；其对孟买少数穆斯林的仇恨更是由来已久，且持更暴力的立场。这使得阿卜杜勒这一家来自印度北方邦的穆斯林，蒙受双重的质疑。

然而，拉胡尔和米尔基之间的友谊，超越了种族、宗教和政治。米尔基有时只是为了逗乐拉胡尔，便抡起拳头，高喊湿婆神军党的问候语：“马哈拉施特拉万岁！”这两个九年级学生外表甚至有点相像，因为他们决定把前额头发留长为蓬松的刘海儿，在眼睛的部分撩开，像电影男主角阿贾耶·德乌干一样。

阿卜杜勒很羡慕他们那么亲近。他唯一的所谓的朋友，是十五岁的流浪儿卡卢，他在机场附近偷拿废品回收桶里的垃圾。不过，卡卢在阿卜杜勒入睡后的晚上干活儿，况且他们也已经很少讲话。

阿卜杜勒对他两岁的弟弟拉卢怀有深厚的感情，这让他心有所思。听着宝莱坞情歌，他断定自己的心已经变得太狭窄，他从未非常渴望得到一个女孩；即使他确信他爱他的母亲，但那并不是一股强烈涌出的感觉。然而，单是看着拉卢，他就会泪眼汪汪。阿卜杜勒畏缩不前，拉卢却无所畏惧。他的脸颊和后脑勺上，有许多因老鼠咬过而肿起来的伤口。

该如何是好？仓库变得越来越满，在高峰期这几个月，垃圾堆积在他们的棚屋里，也引来了许多老鼠。可是如果阿卜杜勒把垃圾留在户外，就会被拾荒者偷走，而他不愿意重复购买垃圾。

下午三点，阿卜杜勒正在给瓶盖分类，这是个麻烦的差事。有些瓶盖有塑料内里，必须剥除后才能归类于铝制品。有钱人的垃圾一年比一年复杂，充斥着混合材料、杂质和冒牌货。有些看起来像木头的板子，里头灌的是塑料。他该如何分类百洁布？回收厂的老板要求同一类的垃圾不能掺杂其他东西。

他的母亲蹲在他旁边，拿石块拍打湿漉漉的脏衣服，一边瞪着在门口打盹的米尔基。“怎么，学校放假啊？”她问道。

泽鲁妮萨指望米尔基在三流的乌尔都私立语言学校考过九年级，为此，他们一年缴三百卢比的学费。他们不得不缴钱，因为印度政府还没有能力普及教育。机场附近的免费市立学校止于八年级，学校的老师还经常不去授课。

“不念书，就帮你哥的忙。”泽鲁妮萨对米尔基说道。米尔基看了一眼阿卜杜勒的回收物后，便打开他的数学课本。

近来，就连看着垃圾，也让米尔基感到沮丧。对于弟弟这样的转变，阿卜杜勒尽量不让自己产生不满。非但如此，他还试着和父母怀有相同的希望：待弟弟念完中学，他那不得了的才智和魅力将战胜穆斯林在就业市场的不利条件。虽然人们认为孟买比任何其他印度城市更国际化、更重视人才，穆斯林依然被摒除在许多好工作之外，包括米尔基渴望的某些豪华酒店的工作。

阿卜杜勒明白，在一个多种语言并行的城市，人们也将他们自已分类，就像分类垃圾那样，同类归同类。孟买的人太多，不可能人人都有工作，因此，来自马哈拉施特拉邦昆比种姓[1]的印度教徒，怎么会不雇用来自同邦的其他昆比种姓，而去雇用一名垃圾相关产业出身的穆斯林？但米尔基说，如今大家都混为一体，旧有的偏见已逐渐消失，只是阿卜杜勒不明白而已，因为他成天把头埋在他的垃圾堆中。

此刻，阿卜杜勒要尽可能在天黑前完成工作，因为黄昏时分，魁梧的印度教男孩们便开始在广场上打板球，瞄准他分类成堆的垃圾，有时还瞄准他的头。尽管板球手们严酷地考验着阿卜杜勒的不对抗政策，但他只和两个十岁的孩子发生过一次肢体冲突，因为他们侵占了他弟弟的地盘。而这些板球手，则用他们的球拍猛砸另一个穆斯林孩子的脑袋，之后把他送进了医院。

在阿卜杜勒的头顶上空，拉胡尔正在另一棵树的树枝间跳上跳下，尝试解开另一个可供转售的风筝。树上的叶子像安纳瓦迪的许多东西一样，因为从附近水泥工厂吹来的沙砾而呈现灰色。“吸进去不会死”，老前辈向那些为浓浊空气发愁、眼睛泛红的新来者担保。然而，人们似乎不断地因病丧命，包括未经治疗的哮喘、肺阻塞、肺结核。阿卜杜勒的父亲无业在家闲荡，却提出了真正让人感到安慰的论点：水泥工厂和其他一切建设，都为这个新兴机场城市带来更多的工作；毁坏的肺，则是必须为进步付出的代价。

下午六点，阿卜杜勒心满意足地站起身来。他击败了板球手们，在他的面前，摆好了十四大袋整理好的垃圾。四周的酒店冒出团团

[1] 昆比种姓（Kunbi-caste）指印度西部传统的农民阶级。

烟雾，通常傍晚他们以烟熏法驱赶蚊子。阿卜杜勒和他的两个弟弟将袋子拖上一辆淡绿色的破三轮老爷车。这辆小车是侯赛因家最重要的财产之一，能让阿卜杜勒把垃圾运交给回收商。这时，他来到机场大道，进入这座喇叭鸣响的城市剧院。

四轮车、自行车、公交车、摩托车、成千上万的行人……由于利拉酒店花园旁的严重交通堵塞，阿卜杜勒花了一个多钟头才开了近五公里。在酒店街角，一辆辆欧洲轿车在一家名为“汽车温泉”的公司前等候维修。城内第一条地铁轨道的一部分在此修建，是为了搭配在机场大道上方逐渐凌空而起的高架路。阿卜杜勒担心在车阵中用光汽油，不过，在天黑前的最后一道光线中，他那喘着气的老爷车总算来到名为萨基纳卡的大贫民窟。

在萨基纳卡成片的棚子中，有熔解金属和粉碎塑料的机器，拥有这些机器的人，身穿浆洗过的白色长衬衫，以显示他们自己与这一行业的肮脏之间的距离。工厂有些工人的脸因炭尘而被染黑，他们的肺肯定也因铁屑而变黑。几星期前，阿卜杜勒眼见一个男孩把塑料放进粉碎机时，一只手硬生生地被截断。男孩眼里含着泪水，却没有尖叫，只是站在那里，任截断的手流着血。他从此不再具备谋生能力，却开始向工厂老板表示歉意。“沙巴，对不起，”他对穿白衣的男人说，“我不会报告这件事，给您添麻烦。请您放心。”

尽管米尔基提过当前的进步，印度依然让一个人清楚自己的地位。阿卜杜勒认为，希望这种情况有所改变，只是一种幼稚的消遣，就好比想把你的名字写在一碗融化的雪糕里。他在他生来所属的这个被轻蔑的行业里，夜以继日地辛勤工作，而这份工作也终于不再无利可图。他决心带着完好的双手和满口袋的钱回到家里。他对他的商品所做的估价大致正确；旺季的可回收物，结合火热的国际市场，带来了一笔安纳瓦迪居民难以想象的收入。他每天赚五百卢比，相当于十一美元，这个数字已足以实行逃离安纳瓦迪的计划。

有了这份收入，加上去年的存款，他的父母不久就能为一个安静社区里一百多平方米的土地缴付头期款，此社区位于穆斯林回收者占大多数的市郊瓦塞。只要生活和全球市场都能继续走下去，他们很快就能成为地主，不再是违建户，住在一个阿卜杜勒相信再也没有人叫他垃圾的地方。

阿莎

在那个充满希望的冬季，拉胡尔的母亲阿莎留意到：安纳瓦迪的管事罗伯特·皮雷斯变得疯狂又虔诚！他殴打他的第二任老婆，但让她活了下来。他在他的屋外立了个基督教神龛，而后又立了第二个神龛，献给一位印度教女神。每个周六，他在这些神龛前合上胖手祈祷，施茶水、面包给饥饿的孩子，以抵消过去犯下的罪行。平日，他和他养在贫民窟的九匹马相互交流，消磨懒散的时光，其中两匹马被他画上条纹，扮成斑马。罗伯特把假斑马连同一辆拉车出租给中产阶级孩子们的生日派对——他改做这种诚实的生意，进行审判的诸神或许会看在眼里，他如此想道。

在罗伯特洗心革面的过程中，三十九岁的阿莎·瓦根卡看见了机会。就在罗伯特对权力失去胃口的当口，她倒发现了自己对权力的兴趣——让别人去穿金盏花环，让别人去整理垃圾吧！为了那些想要剥削安纳瓦迪的上流人士，以及那些想在剥削中存活下来的劣等公民，她要成为有头有脸的女人。

管事是个非官方职位，不过居民们都知道这项职位由谁担任——地方政客和警察依当局利益挑选出来的管理人。即使在急遽现代化的印度，女管事依然相对罕见，而成功取得这项权力的女人，一般不是继承了土地权，就是替补有权有势的丈夫。

阿莎没有土地权。她的丈夫是个酒鬼，一名流动建筑工，完全缺乏野心。她负责抚养他们的三个孩子，直到如今他们已长成青少年，因此没几个邻居把她想成是任何人的老婆。她就是阿莎而已，一个独立自主的女人。情况若不是这样，她或许没机会认清自己想要什么。

罗伯特对安纳瓦迪历史的主要贡献，是把阿莎和其他马哈拉施特拉邦民带进贫民窟，以配合湿婆神军党实施扩大其机场投票区域的计划。他们以提供公用供水系统为诱饵，到了二〇〇二年，马哈拉施特拉邦民的势力已超越当初开垦这块地的泰米尔劳工。然而，在一个几乎没人有固定工作的贫民窟，保持多数并非易事。人们来来去去，在兴隆的秘密交易中出售或出租他们的屋子；到了二〇〇八年初，湿婆神军党所抨击的北印度移民已成为多数。不仅阿莎明白，安纳瓦迪所在的七十六选区选出的市政代表也很明白：罗伯特如今只在乎他的斑马，他已经对湿婆神军和贫民窟失去兴趣。

市政代表萨旺特是个满脸脂粉、染发、戴飞行员墨镜、足智多谋的男人。尽管接替罗伯特成为管事的人选，显然应该是善于辞令的湿婆神军党激进分子阿维纳什，然而阿维纳什心有旁骛，无法为市政代表谋取利益。他为了让儿子上私立学校，从早到晚都忙着修理酒店的化粪系统。

阿莎则不一样，她有的是时间。她在一家大型市立学校兼差幼儿园教师，报酬虽不高，却是市政代表帮她谋得的闲差事，完全无视她只有七年级学历的事实。为了报答，她把大量的上课时间花在手机上，处理湿婆神军党的政务活动。她能动员左右邻居参加投票，也能调动一百个妇女进行最后一刻的抗议游行。市政代表认为她能做更多的事，便叫她解决安纳瓦迪的一个琐碎问题，然后叫她解决另一个不那么琐碎的问题，接着又是另一个完全不琐碎的问题——那时他还送了一束花给她，使他的胖太太开始对阿莎很不友善。

阿莎把这些事情视为即将取得胜利的迹象。来到安纳瓦迪八年后，她把改善经济的希望寄托到政治工作上，现在她终于有了一个具有影响力的赞助人。她猜想，总有一天，就连安纳瓦迪的男人也必须承认，她已慢慢成为这个熏臭之地当中最有权有势的人物。

刚开始，有许多男人对她虎视眈眈。在打量过她的大胸脯和她那瘦小的酒鬼丈夫之后，他们提出或许能缓解她的孩子们的贫困的娱乐活动。某天傍晚，当她在水龙头前装满水罐时，咄咄逼人的罗伯特直截了当地提出建议。阿莎放下水罐，冷冷地回答："你想干吗就告诉我吧，畜生！我是不是该脱个精光，立刻跳支舞给你看？"从来没有其他女人对管事罗伯特那样说话。

阿莎自小在马哈拉施特拉东北部一个贫穷农村的田里干活儿，练就了一副伶牙俐齿。和好色的男人一起工作，犀利的措辞是有效的防御方式。谨慎和精明这些对驾驭贫民窟非常有用的特质，则是她来到城市后学会的东西。

孟买是个充满希望和抱负的城市，而阿莎已经看到有利可图的必然发展趋势：孟买也将成为怨愤和妒羡日益加深的地方。在这个能够致富却又充满不公的城市，有哪个人不把自己的不满怪罪到其他人身上？有钱的市民指责贫民窟居民把孟买搞得肮脏污秽、不宜居住，尽管供过于求的人力使他们能一直给女佣和司机支付极低的工资。贫民窟居民则抱怨有钱人设置的种种障碍让他们分享不到更多利益。每个地方的每个人，都在抱怨他们的左邻右舍。然而，在这个二十一世纪的城市，为解决纷争而联合起来上街示威的人却越来越少。在基于阶级、种族和宗教的群体认同逐渐削弱的同时，愤怒和希望亦变得私人化，就像孟买其他许多东西一样。如此一来，对精明调解人的需求亦随之增加——在世界上最大的城市之一，这些人体缓冲器必须为人们的冲突与利益争夺奔走。

当然，一段时间过后，许多缓冲器便失去了弹性。可谁又能说，一个女人家，一个相对的新手，无法证明她能维持得更久呢？阿莎的确有帮助邻人解决问题的天赋。如今市政代表也听取她的意见，她便能以解决更多问题来赚取回扣。等她真正拥有对贫民窟的控制权，她便能自己制造问题来解决——通过观察市政代表，她学会了这种有利可图的手段。

那些让罗伯特退缩的罪恶感，是在这个城市的秘密通道成功通行的障碍，阿莎视之为一种奢侈的情绪。“腐败，一切都是腐败造成的。”她对她的孩子们说道，一边拍动她的双手，好似两只振翅而飞的鸟儿。

某天下午，阿莎教完书回家，看见求助者靠着她屋子的墙站成一排时，她并没有加快步伐。她从市政代表身上学会了让大家焦急等候的心理战术。她只向访客们点了个头，便走到屋后的蕾丝帘子后，解开上班穿的深红色纱丽[1]。

如今她年纪大了，她的眼睛比胸脯更引人注目。她能够立即让眼睛成为武器，哪个男孩被她瞧见张嘴注视她那漂亮的十九岁女儿曼朱，都会像遭到攻击一样败退而逃。阿莎算钱时会眯起眼睛，而大多数时间她都在算钱，安纳瓦迪居民便在背后叫她“眯眯眼”。事实上，她的眼睛炯炯有神。多数人的眼睛，都会因岁月和失意而呆滞；可阿莎的眼睛，如今比她年轻时代的相片中还要光彩许多。那张照片里的阿莎，是一个高个子、驼背、瘦弱的农家女孩，皮肤被太阳晒得黝黑，刚刚走入一场灾难性的婚姻——阿莎看那张照片时总是大笑。

她从帘子后走出来，穿着一件走样的家居服，这又是从市政代表那儿学得的战略。他经常坐镇于他那淡紫色墙壁、淡紫色装潢的客厅，穿着汗衫，双腿刚好被腰布盖住，而他的求助者们则身穿人造纤维西装，汗水涔涔。他好像在大声说：你们担忧的事对我无足轻重，我才懒得费心打扮。

阿莎在地板上坐下，接过曼朱端来的茶杯，点头让她的第一个邻居开口说话。一个满脸皱纹、容颜美丽的老妇人，留着一头缠结成圈的银发，她并不是为了解决问题而过来请求帮忙。她哭着表达

[1] 印度次大陆女性的一种传统服饰，以丝绸为主要材料，通常长五点五米，宽一点二五米，围在长及脚踝的衬裙上，从腰部到脚跟围成筒裙状，末端下摆披搭在左肩或右肩上。

感激，因为三年前的这天，阿莎帮她找到一份市政府的临时工作——从堵住的下水道把垃圾捞出来，一天赚九十卢比。在阿莎还不太懂得争取利益之前，做过许多诸如此类的免费服务。

老妇人从自己的工资中拿出一部分，为阿莎买了件廉价的绿色纱丽。虽然阿莎不喜欢这个颜色，但让其他访客听见老妇人的祝福，看她把额头按在阿莎的光脚上，也是好事。

接下来开口说话的，是另一个哭哭啼啼的人：一个肥胖的艳舞女郎，她丢了酒吧的工作，目前靠着当已婚警察的情妇，勉强过日子。由于她必须在与母亲和子女合住的小屋里接待警察，把家里的人搞得歇斯底里。“他说这些闹剧让他不打算再过来了，那我们要吃什么？”

阿莎咕哝了两声。一场道德运动把大多数性工作者逐出机场地区，因此安纳瓦迪俗称的“外围妇女”如今要满足她们的客户，只有三个糟糕的选择：在她们自家的屋里；在每晚停在安纳瓦迪外围的一排卡车后方；或者在弥漫着山羊味的一房式妓院当中。

阿莎迅速地给出建议：“更清楚地跟你的家人说明这段关系的长远利益。这位警官现在或许没给你太多钱，不过往后，他可能会帮你整修屋子。告诉他们少安毋躁，拭目以待。”

她一边说，指尖一边划过她家中橘色的新陶瓷地砖。八年前，当安纳瓦迪仍是简陋的营地时，她的三个孩子曾跳到卡车后车厢，盗取木头和铝片，一家人拿锤子把这些东西钉成一间棚屋。如今，他们的棚屋有灰泥墙、吊扇、使用电蜡烛的木制神龛和一个虽然有故障但代表崇高社会地位的冰箱。不过，这地方又窄又挤。这是不得不做出的让步：为了筹集装修资金，让左邻右舍相信她节节上升的地位，她把一块块生活空间出租给川流不息的新来者。流动房客分别住在边房、后厅和屋顶上。

尽管湿婆神军党仇视这些移民，阿莎却一向讲究务实多过意识形态，她认为赚钱机会不分大小。“何必在乎别人叫我们守财奴？”她对孩子们说。赚钱就如村里的人所说：滴水成湖。

“快点，还有人等着见我。”阿莎对着手机说。电话那端是让她妒忌的妹妹，她的妹夫是个勤奋工作的司机，他们在附近贫民窟的棚屋，有一套立体音响和四条毛茸茸的白色宠物狗。但令阿莎感到安慰的是，她妹妹的女儿姿色平凡、反应慢，比不上曼朱；曼朱是安纳瓦迪唯一一个上大学的女孩，此刻她正在揉面团做晚餐，装作没在偷听母亲的谈话。

阿莎的妹妹一直想走入调解行业，在她的贫民窟，有个印度教女孩和一个穆斯林男孩私奔，她在这件事上看到了机会。阿莎走到屋外，放低声音。“关键在于，”她建议妹妹，“你可以向女孩的家人要钱，但千万别说是你要的钱。告诉他们，是警察要的钱。我得走了。”

阿莎回来时，一个老朋友拉贾·坎伯全身紧张起来，因为轮到他说话了。阿莎和坎伯先生同时来到安纳瓦迪，他们的孩子从小一起长大。现在，坎伯先生看起来令人同情，尤其是他膝盖上的瘤子和凹陷的眼窝。他指望阿莎救他的命。

坎伯先生的成长过程比阿莎更贫苦：弃婴、住人行道、做无望的工作，包括辛辛苦苦走到一家家公司，推销塞进电话筒里的香氛巾，赚取最微薄的佣金。“来张电话香氛巾吧，沙巴？可以遮盖热天的臭味哦！”然而，他在三十几岁时碰上了好运。他在火车站的小吃摊工作时，一个在市政府担任维修工的老顾客渐渐喜欢并同情他。没过多久，这个人赐予坎伯先生他自己的姓氏、一个老婆和孟买每个穷人梦寐以求的固定工作。

那份工作是清理公厕，并窜改他的恩人和其他清洁工的工作时间表，让他们在领取市政府薪资的同时，还能接其他工作。这项职责使坎伯先生倍感荣幸。他和老婆生了三个子女，为他们的屋子砌上砖墙，还在一面墙上帮两只宠物鸽安装了鸟笼。（他住在人行道上的那些年，培养出对鸟的喜爱。）坎伯先生是安纳瓦迪最成功的人之一，是个值得冠上“老爷”或“先生”等头衔的人物——直到有一天，他在清理粪坑时倒了下去。

他的心脏状况不佳。卫生部门辞退了他，说只要他更换一个新的心瓣膜，并取得医师许可，就能回去上班。照理说，孟买的公立医院应当以极低的费用做这类手术，但医院的外科医生会私下索要红包。“六万卢比。”锡翁医院的医生说道。库珀医院的医生要得更多。

安纳瓦迪每两个逐步往上爬的人当中，便有一个陷入灾难，可是坎伯先生仍有希望。过去两个月来，他拖着辜负他的那副身子，出门请求政客、慈善机构和企业捐助他的心瓣膜资金。市政代表提供三百卢比，一家油漆工厂的主管捐出一千卢比。经过数百次恳求后，他还缺四万卢比。

此时，他咧着嘴朝阿莎微笑，十颗方方正正的黄牙在他憔悴的脸上显得巨大。“我不要别人施舍我，”他说，“我只想把心脏治好，让我能继续工作，看着我的孩子成家。能不能请你帮我安排一笔政府贷款？”

他得知阿莎在一起贪污案当中扮演举足轻重的角色，这起贪污案涉及新德里中央政府为了让更多民众享受经济增长而制订的诸多脱贫计划之一。政府以受补贴的利率借钱帮助贫穷的企业家，开创制造就业机会的事业。不过，这些新公司可能纯属虚构。一个贫民窟居民可以为假想的事业申请贷款，由一名地方政府官员确认这能给穷困的社区带来多少就业机会，再由国有德纳银行的主管予以批准。而后，官员和银行经理便能分得一部分贷款。阿莎与银行经理交上了朋友，帮忙挑选能获取贷款的安纳瓦迪居民，期望她自己也能分得一杯羹。

坎伯先生决定把他的假想事业定为小吃摊，就像他转运前从事的工作一样。如果他获得五万卢比的贷款，从中各付五千给阿莎、银行经理和政府官员，他的心瓣膜资金就只短缺五千卢比，可以借高利贷补齐。

“你也看到我的状况了，阿莎，”他说，“我没工作，没收入，除非动手术。如果我不动手术的话——你懂的。”

阿莎打量他一番，发出她思考时经常发出的咕哝声。“是啊，我看得出你状况不佳，”她过了一分钟才说，“我认为，你应该去庙里。不，去找我的圣人加贾南神圣法王[1]，向它祈祷。”

他惊呆了：“祈祷？”

“是啊，你应该每天为你的梦想祈祷。祈祷一笔贷款，祈祷身

---

[1] 加贾南神圣法王（Gajanan Maharaj）是印度教圣人，人们通常认为他是象神甘尼许的化身，可以施展神迹。他在马哈拉施特拉邦有众多追随者。

体健康——向这位圣人祈祷。心怀希望，请求他帮忙，或许你能如愿以偿。”

阿莎的女儿曼朱倒抽了口气。在成长过程中，她有时会希望慈祥的坎伯先生是她的父亲。她了解，正如坎伯先生所了解的那样：当阿莎要他去庙里向圣人祈祷时，意思就是，提出更好的价钱再来。

“但我们是朋友啊！你认识我，所以我以为……”坎伯先生的声音沙哑得就像吞了一把沙子。

“安排贷款不是简单的事。正因为我们是朋友，我才要神明帮助你，让你一生幸福长寿。”

坎伯先生一瘸一拐地走开。阿莎相信他在去任何一座庙前，会回来找她。一个垂死的人希望活下去，理当花一大笔钱。

近来，阿莎自己都懒得上庙里去。她自认是个虔诚的女人，但最近几个星期，她注意到，不论是否祈祷或斋戒，她都能从神明那儿实现所求。有一阵子，她打算诅咒一个女邻居，那邻居恶言攻击阿莎和市政代表的关系，可阿莎尚未这么做，女邻居的丈夫就病倒了，她的大儿子被车撞，小儿子从摩托车上摔下来。阿莎从这件事和其他证据中得出结论：她掉进了一个幸运的旋涡当中，或许正是坎伯先生最近刚让出来的地盘。

在房间另一头，她的女儿正在发脾气，不声不响的那种，也是曼朱发过的唯一一种脾气。她把切碎的洋葱扔进煎锅，使劲过猛，一些洋葱末弹了出来，掉在地上。阿莎扬起眉毛。今晚，这女孩会溜出门去，在脏臭不堪的公厕和她的朋友米娜碰面，而且肯定会为她母亲对一个邻居见死不救而哭泣。阿莎本来不该知道这些在公厕里的谈话，然而，在安纳瓦迪发生的事，最后很少不传回她这里。

阿莎非常满意曼朱的顺从、她那地方公认的美貌，以及为家里带来“泰坦妮娅”和“苔丝德蒙娜”[1]等陌生名词的大学学历。不过，阿莎认为曼朱的多愁善感，显示出她对子女管教的失败。这女孩利用下午的时间，教几个安纳瓦迪最穷的孩子学英语。这份工作起初是阿莎的主意，因为一个月能挣三百卢比；可现在，曼朱却老在谈某个孩子遭继母毒打的事。

阿莎了解她自身的诸多矛盾，像她或许以让儿女免于困苦为荣，却也同时怨恨他们可以免于困苦。阿莎童年粮食匮乏时，家里的女孩子都挨饿过日子。虽然大多数人将饥饿视为肚皮的事，阿莎记得的却是嘴里的味道——一种会钻进舌头里的怪味，几十年后，有时在她吞咽时依然挥之不去。在阿莎试着描述的时候，曼朱以同情的目光看着她母亲，却无法理解。

尽管阿莎习惯从左邻右舍的投诉中看到赚钱的机会，不过到目前为止，大都只是鸡毛蒜皮的小事。比方说，泽鲁妮萨·侯赛因和“独腿婆子”法蒂玛为了谁的小孩掐了谁的小孩而争吵。两个女人阿莎都讨厌。法蒂玛会拿拐杖揍她的孩子，而泽鲁妮萨则自以为是得叫人受不了。三年前，在一场致命的季风雨中，侯赛因一家无家可归，那时拉胡尔还惟妙惟肖地模仿泽鲁妮萨的抽泣。如今，她和她那孤僻的儿子阿卜杜勒据说已经赚了不少钱。“脏钱！暴发户！”阿莎如此骂道。她自己的抱负建立在脱贫问题上，而非垃圾之上。

一个政府资助的妇女互助组织看起来颇有前途，因为此时她已

[1] “泰坦妮娅”和“苔丝德蒙娜”均为莎士比亚作品中的角色。

经懂得游戏规则。这项计划原打算鼓励有财务困难的妇女把她们的积蓄凑在一起，在需要时为彼此提供低息贷款。但阿莎的互助组织更喜欢把凑集的钱以高利息贷给排除在组织之外更穷困的妇女——买纱丽给她的下水道老清洁妇就是一例。

尽管如此，当外国记者来到孟买，欲了解互助组织是否确实赋予妇女力量时，政府官员有时就带他们去见阿莎。她的职责是随意挑一群女性邻居，在官员讲述她们的组织如何使她们脱离贫困时，装出矜持的微笑。曼朱接着被带出来，阿莎则说出决定性的句子："现在，我的女儿即将大学毕业，不依靠任何男人。"她说出这句话时，外国女人总是激昂不已。

"大人物们总以为，我们因为穷就懂得不多。"她对她的孩子们说。其实阿莎懂得很多，她是一场建构梦想的全国性运动当中的一员，在这场运动中，印度的许多老问题如贫穷、疾病、文盲、童工等，都得到积极解决。与此同时，腐败以及较不弱势者对弱势者的剥削等其余的老问题，则在极少受到干预的情况下持续运作。

在西方，以及在印度的部分精英之间，腐败这个词全然只有负面意义，会阻挠印度现代化与全球化的努力。然而，在一个被腐败窃取了许多机会的国家，对穷人而言，腐败反倒是一个仍未消失的真正机会。

曼朱做完饭时，阿莎打开她的电视，这可是安纳瓦迪的第一台电视机，尽管很早就出现了显色上的问题。桃红色的新闻播报员正在播出拉克希米宝宝的最新情况，这个刚学会走路的孩子生来有四只手四只脚，恰如其分地以印度教多臂女神[1]的名字取名。几个月前，班加罗尔一支精锐的外科医师小组为她进行截肢手术。这则新闻报道遵循一贯的脚本：医疗技术的奇迹，外科医师的英勇行为，两岁小女孩的居家短片。照理说，女孩应当快乐又正常。然而，即使在坏了的电视屏幕上，也看得出女孩状况不佳。阿莎认为，原本这家人的经济状况可以好一些，只要他们让拉克希米去马戏团表演，而不是给她做手术。不过，也正是这种医疗发展的报道，进一步煽动了观看同一个马拉地语频道的坎伯先生。

安纳瓦迪的每个人，都希望出现一个能够改变一生的奇迹——据说会发生在新兴印度的奇迹。他们想从无名小卒变成超级英雄，而且一蹴而就。阿莎相信新兴印度的奇迹，却认为这些奇迹只会逐步发生，因为超越左邻右舍的优势，会慢慢累积为更大的优势。

她的长远目标是，不仅成为管事，还要成为七十六选区的市政代表。印度蜚声国际的进步立法，让这个梦想仿佛有成真的可能。为确保妇女在印度治理过程中占有重要地位，政党必须只提名女性候选人参加某些选举。上回七十六选区举行全女性投票时，市政代表萨旺特推举他家的女佣，结果女佣胜选，他于是继续管理该选区。阿莎认为，下回的全女性选举，他倒不如挑她出来竞选，因为他新请的女佣是聋哑人士，很适合为他保守秘密，却不太适合竞选活动。

七十六选区有许多贫民窟比她的规模更大，不过，阿莎刚刚跨出了第一步，在安纳瓦迪以外建立起名声：砸钱打造一面大型塑料

[1] 拉克希米（Lakshmi）女神是印度的财富女神、吉祥天女，有四条手臂。

横幅，横幅上写着她的名字，贴着她的彩色照片，以及她作为湿婆神军党妇女派系代表的一系列成就。这条横幅目前挂在一公里外的露天市场。遗憾的是，她必须把湿婆神军党其他三名妇女的照片加进去，市政代表已经多次对她独占功劳发出警告。

“但是我必须付全部的钱啊！”阿莎对丈夫诉苦。他在吃晚餐时，不再是醉得想揍人，而是醉得乐陶陶，这种改变叫人放心。“其他女人仍然是乡下人心态，”她告诉他，“她们不了解，一开始多花点钱，之后你能得到更多。”

拉胡尔和她最小的儿子加内什也进来了。阿莎站起身来，笑着把拉胡尔的休闲短裤往上拉。“我知道这是流行，你的流行，美国流行，”她说，“只不过，还是蠢得很。”他们各自拿了一盘扁豆、煮烟的蔬菜和形状古怪的小麦烤饼，清淡无味的饭菜或许是曼朱对坎伯先生一事表达的无言抗议。

阿莎知道，由于她的计谋和非法交易，以及她与市政代表、警察和政府官员商量计划的夜间会议，她的女儿会以此来评价她。然而，让曼朱不屑一顾的政治，却为她买来大学教育的机会，或许哪天还能把他们提升到中产阶级。

“我是不是需要再教你一遍，怎么把烤饼做成圆形？”阿莎逗她的女儿说，开心地拿起一个烤饼，“我说，你做出这么奇形怪状的饼，谁愿意娶你啊？”

在阿莎指间晃动的烤饼，形状是如此惨不忍睹，连曼朱都忍不住笑起来，这让阿莎误以为，她的女儿已经把坎伯先生的事忘得一干二净。

苏尼尔

阿卜杜勒老是神经紧张，二〇〇八年二月，他在拾荒者的眼中更是如此：他把口袋里的钱币弄得叮当响，抖着腿仿佛准备飞奔，嚼着火柴棒时舌头在牙齿后方做古怪的动作。当时在全城各处，马哈拉施特拉邦年轻人组成的帮派开始殴打来自北部、被称为比哈尔人的移民，想把他们逐出城去，以缓解工作竞争的压力。

阿卜杜勒虽生于孟买，他的父亲却来自北部，因此他们家理所当然地成了被驱逐的对象。高喊“打倒比哈尔人！”的暴民穿过机场附近的贫民窟，洗劫北印人的小商店，烧毁北印司机的出租车，扣押流动小贩陈列在毯子上的货物。

这些穷人反对穷人的暴乱，并非自发性的群众示威，以抗议城市缺乏工作机会。在现代化的孟买，暴乱鲜少由此而生。相反，这场反移民活动的策划者，是上流城市的一名有志政客——湿婆神军党创始人的侄儿。他想让选民看见，他成立的新政党，甚至比湿婆神军党更厌恶阿卜杜勒这些比哈尔人。

阿卜杜勒暂时停止干活儿，待在家中避开暴乱，流动的拾荒者们则不断带来骇人听闻的暴动报道：有人肋骨断裂，有人头部被踹，还有两个男人被焚……“够了，”阿卜杜勒在某天夜里喊了出来，“能不能别再讲这些？这些暴乱只是一场表演，只是几个混账东西吵吵闹闹，吓唬大家罢了。”

阿卜杜勒复述他父亲卡拉姆安慰他的话。卡拉姆要他的孩子们对这类无能为力的状况保持无动于衷。尽管卡拉姆和泽鲁妮萨时而低声谈论一九九二到一九九三年间发生于孟买和二〇〇二年发生于古吉拉特邦的印度教民和穆斯林的冲突，他们仍然在抚养孩子的过程中向他们灌输关于印度的爱国歌曲，在这些歌曲里，由一千个种族、信仰、语言和阶级组成的性情宽厚的人民，彼此和睦相处。

我们的印度，比全世界更美好
我们这些夜莺，居住在这个花园

这首从乌尔都语大诗人伊克巴尔[1]的诗句改编而成的歌曲，会在每回卡拉姆的手机响起时播放。“首先，这些孩子得学会找饭吃，”他告诉老婆，“等他们长大，再去为其他事操心。”

然而，擅于察言观色的十二岁拾荒男孩苏尼尔·夏尔马能够解读阿卜杜勒嘴里疯狂嚼动的火柴棒。他知道，这个垃圾分类者已经

---

[1] 穆罕默德·伊克巴尔（Muhammad Iqbal），英属印度诗人、思想家。他的诗歌被认为是当代最好的乌尔都语及波斯语诗歌，此外，他主张穆斯林群体从印度独立出来，这一思想被认为促进了巴基斯坦建国。

开始担心了。

印度比哈尔人苏尼尔思量着阿卜杜勒这个人，他认为阿卜杜勒比安纳瓦迪其他任何人干活儿干得更辛苦。“他从早到晚都在埋头苦干。”苏尼尔有一回在大太阳底下看见这个垃圾分类者的脸，不由得大吃一惊。除了那双像钥匙孔一样乌黑的眼睛像个孩子，阿卜杜勒在他看来，简直就像个沮丧的老人。

苏尼尔是个小不点儿，甚至比阿卜杜勒更瘦小，不过，他认为自己比其他拾荒者更世故。以他的年纪来说，他尤其擅长觉察别人的动机。这是他断断续续地待在圣三一侍女会孤儿院期间学得的本领。

苏尼尔虽不是孤儿，却明白“艾滋孤儿”以及“我曾在特蕾莎修女身边当助手”这些话有助于管理圣三一侍女会儿童之家的保莉特修女从老外那里弄到钱。他知道为什么他和其他孩子只有在摄影记者来访时，才吃得到冰激凌；也知道为什么捐给孩子们的食物和衣服，会在孤儿院大门外偷偷转卖出去。苏尼尔发现人们行为背后隐藏的原因时，极少动怒。认识到世界赤裸裸的运作方式，让他觉得能借此保护自己。当保莉特修女断定十一岁以上的男孩不易管理，苏尼尔因而被赶到街上时，他尝试专心于在她照管下所学会的东西。他已经学会马拉地语，学得就像他的母语印地语一样好，他还学会用英语数到一百、在世界地图上找到印度，以及一点乘法。他还知道，修女并不像一般人所说的那么与众不同。

他的妹妹苏妮塔小他两岁，不想独自待在孤儿院，因此他们一起走回安纳瓦迪，他们的母亲很早以前就因肺结核死在那里。他们的父亲仍在安纳瓦迪最脏臭的巷弄租屋居住，野猪在那条巷子饱食腐烂的酒店食物。屋子长约三米、宽一点八米左右，肮脏、黑暗、塞满做饭用的柴火，苏尼尔对这屋子，几乎像对他的父亲一样感到羞耻。

这个男人喝醉时浑身炉子味，没喝醉时则会干一些修路的活儿——为了再一次喝得浑身炉子味。他很少留下吃饭钱。只有苏尼尔一个人照应苏妮塔。在他五六岁时，有一回，妹妹走失了一个星期，从那之后，他一直小心别再让她走失。

苏妮塔走丢，是苏尼尔少数记忆清晰的儿时回忆之一，拉胡尔的母亲阿莎相当于心不忍。那时她突然成了他的盟友，在城南找到苏妮塔，然后冲进他父亲屋里，说像他这样酗酒，他的孩子们会活不下去的。没多久，苏尼尔和苏妮塔横过机场大道，各牵着阿莎的一只手，仿佛他们是相处许久的家人。然而，当他们来到孤儿院的黑色铁门前，阿莎就把他们的手放开，转身离去。

之后几年，苏尼尔不时回到安纳瓦迪——每当他得了水痘、黄疸或其他对保莉特修女的被监护人造成健康威胁的疾病时。于是，他对这几段过渡时期已经习以为常：他重新习惯拾荒工作，习惯老鼠在他睡觉时从柴堆里冒出来咬他，习惯几乎持续不断的饥饿状态。

过去，苏尼尔和苏妮塔在晚餐时间会默默站在他们邻居的屋外，总有怜悯他们的妇女端着盘子走出来。苏妮塔如今仍能实行这个方法，可苏尼尔已经超过接受施舍的年龄了。十二岁的他看起来更接近九岁，这虽使他的男性自尊心受到伤害，却至少有可能带来实际的帮助。然而，已经没有人再同情他了。

他只介意在吃饭时间得不到同情。在孤儿院，当有钱的白人妇女来访时，苏尼尔拒绝向她们讨钱。相反，他内心隐藏了一种想法：其中一个妇女或许会挑他出来，奖励他高贵的自制精神。多年来，他一直在等待这位独具慧眼的访客和他目光相遇；他打算自我介绍说他叫“桑尼”——老外可能喜欢的名字。终于，他渐渐察觉到他的希望不可能实现，他在那些需要帮助的人群当中，只不过是一张模糊的脸孔。后来，不向任何人要任何东西的习惯，已成为他人生的一部分。

在他返家后的最初几个星期，由于拾荒技能疏于锻炼，他必须从正在睡觉的父亲脚上脱下凉鞋，卖给阿卜杜勒，换取食物。待父亲醒来狠狠修理他一顿时，他已经吃掉了五个蔬菜汉堡。又有一天，他卖了父亲的烧菜锅。他用自己的凉鞋换来大米，最后能卖的东西所剩无几。饿得难受，可借由吸烟屁股来缓解，或者躺下来也行。不过，没有一件事能够减轻他对于饥饿造成的发育不良的恐惧。

苏尼尔继承了父亲的厚唇、分得很开的眼睛，以及从额头往上勾的密发。（他父亲的一大特点是，即使把头浸到水沟里，他的头发仍然很好看。）然而苏尼尔担心，他也继承了父亲的瘦小。

一年前在孤儿院时，他就停止长个儿了。他试着相信，他的身体只是停顿下来，在某种剧烈的增长之前积聚能量。然而，苏妮塔后来长得比他更高。

为了让身体成长，他发现自己必须成为更好的拾荒者，而不去顾忌这个显而易见的事实：他的职业能在很短的时间内毁坏一个人的身体。钻进垃圾箱的擦伤造成感染；蛆钻进皮肤破裂的地方；虱子在头发上定居；坏疽蚕食手指头；小腿肿成树干那样粗。阿卜杜勒和他的弟弟们时常打赌，谁是下一个死去的拾荒者。

苏尼尔有自己的猜测：那个责备酒店、相信凯悦想把他害死的疯子。

“我觉得他快要死了。”他对阿卜杜勒说道。可是阿卜杜勒说，应当是眼睛由黄转橘的一个泰米尔拾荒者，结果阿卜杜勒猜对了。

像大多数拾荒者一样，苏尼尔知道自己在经常出入机场的人看来是什么样子：光着脚丫、一身肮脏、可怜兮兮。冬天结束前，为了对抗这种想象出来的蔑视，他练出一种豪迈的步伐，专门在机场大道上使用。那是在上学途中的男孩的走法，不慌不忙，东游西荡。在他每天固定行走的第一段路程上，他的袋子仍是空的，因此可夹在腋下，或像超级英雄的斗篷般披在肩上。当保莉特修女坐着白色面包车经过时，还可以罩在头上掩饰自己。他现在把她想成了“保莉特马桶”修女。他想象她坐在车上，沿着机场大道寻找比他更有可为的孩子。

清晨的这条路上，衣着讲究的年轻妇女从公交车站赶往酒店上班，拎着比家庭神龛还大的手提包。他不喜欢在拥挤的人行道上碰上这些包包，它们足以把一个孩子撞倒在街上。但在黎明时分，他感觉这座城市有足够的空间容纳每一个人。他不仅不会被川流不息的行人推着走，还能在机场新装设于路边的花园内四处搜寻。他是攀爬专家，打算在椰子树结果时好好施展身手，他会小心避免踩到百合花丛后方那些神志恍惚的枯瘦毒虫。

他觉得很有意思，从机场大道上，此时只看得见安纳瓦迪的缕缕炊烟。机场的人在多数司机转入国际航站楼前要经过的贫民窟一侧架设了高大闪亮的铝制护栏。从另一个方向来到航站楼的司机，只看得到一道墙，墙上盖满金黄色的广告。那是意大利地砖的广告，该公司打出的口号横跨整面墙壁："永远美丽永远美丽永远美丽"。苏尼尔经常在"永远美丽"的墙顶上搜寻垃圾，可机场大道却干净得让他一无所获。

对捡破烂的人来说，装卸航空货运货物的道路是机场最有利可图的区域，也因此最具竞争性。这个地方挤满了卡车、装卸区、多得泛滥的垃圾箱和小快餐店，每个星期都有更多的拾荒者来到这里。有些人亮出刀子，好让苏尼尔不能接近富有潜力的垃圾箱；更多时候，他们会等他的袋子装满后，再踢他一脚，抢走袋子。传统上专事捡破烂的马蝗种姓[1]妇女，则会向他扔石头。马蝗妇女身穿红绿色纱丽干活儿，鼻子镶着珠宝，回到安纳瓦迪排队把袋子放在秤上称重时，倒都对苏尼尔很好。然而，其他种姓的人逐渐侵占了马蝗人历来的谋生之道，因为稳定的工作很难找到，而垃圾则始终存在。对马蝗人而言，像苏尼尔这种属于北方邦某木工阶层的人，是货运大道上的入侵者。

对马蝗人以及苏尼尔来说，更糟糕的竞争来自行业内的专职人员。一批身穿制服的工作人员，努力保持国际航站楼附近的清洁；大型回收公司则取得多数豪华酒店的垃圾。"那是一笔难以估计的

---

[1] 马蝗种姓（Matang-caste）主要居住在马哈拉施特拉邦，历史上多从事编绳、制作扫帚、牲口阉割等职业。

财富。”阿卜杜勒说。在街上，市政府的新垃圾车来回行驶，还有宝莱坞女主角代言的公民运动，皆试图反击孟买作为“肮脏城市”的恶名。垃圾箱上方新潮的橘色告示，发出“打扫干净”的命令。一些自由拾荒者担心，他们可能不久就要失业。

苏尼尔在残酷的一天结束时，把他尚未被人抢走的垃圾卖给阿卜杜勒。马螳人一天平均赚四十卢比，他的收入却鲜少超过十五卢比，大约相当于三十三美分。苏尼尔认为，除非他发现其他人尚未想到的捡垃圾地点，否则他永远都无法长高，因此，他渐渐地不再把注意力放在其他拾荒者身上，转而留意扔弃东西的人。安纳瓦迪的乌鸦正是这么做的：盘旋观察后，再试图攫取。

有钱的旅客的确会在国际航站楼外扔弃垃圾，可是，机场维安人员会驱逐向此靠近的拾荒者，即使是年纪小的拾荒者也一样，而他们只是想听听列出降落班机的告示板是否像安纳瓦迪老一辈人所说的，在更新时咔咔作响。盖新航站楼的建筑工人也留下了垃圾，可他们的工地围有蓝白相间的铝制护栏，缺少攀爬所需的附着力。位于机场范围的萨哈尔警察局里的警察也会制造源源不断的垃圾，然而，就像安纳瓦迪的多数人一样，苏尼尔害怕警察。他于是把注意力放在警察局旁边的一个出租车停靠站。

停靠站的一个小吃摊为等候机场来客的司机提供服务。大多数司机大口喝完塑料杯里的茶，吃完咖喱饺后，便把垃圾丢在脚边。这块精华地段隶属于其他拾荒者，然而苏尼尔留意到，并非所有的司机都有相同的行为。

有些出租车司机把他们的杯子罐子扔过小吃摊后面的一道矮

石墙。在墙的另一侧，大约二十一米以下，是米提河——事实上，这里是一个水泥砌的水闸，机场扩建时，河流在这里改道。司机们或许以为他们的垃圾掉进水里、漂流而去，但是苏尼尔爬过墙去，发现往下一米半左右的地方，是狭窄的岩架。扔过墙的垃圾总是被风吹了回来，落在这道岩架上。这里的空间能让一个小男孩保持平衡。

当然，他一旦失足，就会掉进河里。苏尼尔会游泳，他是在瑙伯达学会的，瑙伯达是洲际酒店旁边的贫民窟，每年雨季都会涨水。不过，他从没听说过有谁在瑙伯达溺毙。瑙伯达是当地人所谓的戏水场所，而水流反常的米提河则是尸体难以计数的地方。跳过几次后，他开始相信自己的腿脚了。

岩架从出租车停靠站往前延伸一百二十多米，到达一个斜坡，驶上斜坡的人，有时会慢下来，指着高高蹲在河水上方的他。他喜欢让其他人从远处看他在岩架上干活儿。其实，比起在货运大道干活儿，或在暴民高喊“打倒比哈尔人！”的暴乱中拾荒，这是比较安全的工作。为了不当矮子，他愿意冒险。在岩架上移动时，他的袋子成了累赘，但他学会只专注于眼前的垃圾，不看下面也不看前方。

三月，暴乱结束了，其造成的深远影响逐渐在安纳瓦迪这些贫民窟浮现出来。许多北印度人已经两个礼拜不敢干活儿。由于这些人缺乏收入，新政党马哈拉施特拉复兴军党把他们从孟买铲除的愿望也开始实现。

阿卜杜勒的父母把他们屋后一间四平方多米的房间，出租给来自北部一名比哈尔嘟嘟车[1]司机的大家庭。三月中旬的一天下午，苦恼的司机太太来看阿卜杜勒的母亲。泽鲁妮萨把两岁的儿子拉卢抱在怀里，听她的房客把话说完。

这个女人的丈夫和他的兄弟，以两百卢比的日租租下他们的嘟嘟车。暴动期间他们虽未上工，却仍须缴付出租车租金。如今他们没钱加油，也缴不出他们拖欠侯赛因家的租金。她请求泽鲁妮萨宽宏大量。“我还能怎么办呢？请别把我们撵出去！”

“唉，暴动伤害的是我们大家，”泽鲁妮萨说，“阿卜杜勒也一样得停工，我有什么好瞒你的？你知道我孩子他爸的健康状况，我们自己再过四天，也得去睡人行道了。”她喜欢向她的邻居、拾荒者和前来收贿的警察夸大她的贫穷。

“可是你们的生意能让你们继续过下去，”比哈尔女人一边说道，一边抚弄着披在她头上的绿纱尾端，“你们的房子也还在。你知道我们怎么过日子的，我们得赚钱才能吃饭。你也看见我老公辛辛苦苦干活儿，我的子女都是好孩子。”她的二儿子是阿莎的女儿曼朱开办的小型学校里最优秀的学生。每个英文字母，他都知道一个英文单词：慢跑（jog）、风筝（kite）、狮子（lion）、金盏花（marigold）、夜晚（night）、猫头鹰（owl）、锅子（pot）、女王（queen）、蔷薇（rose）。

泽鲁妮萨尝试把话题引向政治。“安拉，去他的湿婆神军党，

[1] 嘟嘟车，机动二轮或三轮车，一种在南亚、东南亚、中南美洲十分常见的公共交通工具，多做出租车使用。

还有那叫不上名字的新党！这些年来，他们一直想赶我们走，我们辛辛苦苦干活儿，谁靠他们施舍啦？他们从没有把食物放在我们的盘子上，他们只会过来搞些没用的娱乐节目。”

比哈尔女人的纱丽尾端，此刻已被她揉成一团。她不想谈论政治，尤其是和聊起天来没完没了的泽鲁妮萨。她端详着墙上鼓起喉咙的蜥蜴，最后，她打断她的女房东：“听听你的心怎么说吧！我不怕带孩子们回乡下，在我的乡亲父老面前丢人，至少我可以在那儿种粮食。可我的老公和他兄弟怎么办？难道让他们流落街头？”她盯着泽鲁妮萨的脸，直到这个穆斯林女人看向别处去。

阿卜杜勒的母亲就像拾荒者们说的那样：即使有十个男人掐住她，她也不会掏出一毛钱来。比哈尔女人泪水盈眶的当儿，泽鲁妮萨轻摇怀里的拉卢，为他唱歌。拾荒者也常说：她把那个被宠坏的大婴儿像盾牌一样穿在身上。于是，最后那个比哈尔男人流落街头，老婆和孩子则搭了三天火车回到乡下。

“她说听听你的心怎么说，我的确听了啊。”几天后，泽鲁妮萨告诉阿卜杜勒，“我的心告诉我，如果我们放了这笔钱，瓦塞那块地的下一次分期付款，我们怎么缴？万一你爸又住院了，那可怎么办？我们好不容易赚了点钱，可一旦我们开始以为自己有了保障，就可能永远困在安纳瓦迪打苍蝇。”

“雨季过后，新人会来到这里。”阿卜杜勒告诉苏尼尔和其他拾荒者，因为他父亲这么说：“除了这里，他们还能上哪里去？”对移民来说，这是个艰辛的城市，有时甚至堪称可怕，却也比其他任何地方都好。

几十年来，安纳瓦迪依赖的机场一直充满修补胶带、摇晃的厕所和混乱无序。如今，政府借着国际竞争的名义，让这里私有化。新的管理财团，由讲究形象的企业集团 GVK 领军，负责兴建一座漂亮、高效的新航站楼——这一建筑杰作，能让孟买在旅客心中留下国际城市的印象。新的管理集团同时接受委托，拆除当初在机场闲置地涌现的安纳瓦迪和其他三十个违章建筑区。尽管机场贫民窟拆除运动已经被提出并搁置了数十年，GVK 和政府似乎开始准备把这件事完成。

从约九万户违章户手中收回土地的原因之一，是保护机场外围。原因之二则是土地的价值，因为这个棚屋遍布的空间经过纵向开发后，可赚得巨额利润。原因之三，在一个以孔雀羽毛为标志、被视为“印度新门户”的机场当中，则是民族自尊心。快速全球化对印度造成的改变之一，即他们对贫民窟问题更加敏感。

当美国和英国各大银行纷纷破产时，惶惶不安的资金流向了东方。新加坡和上海日趋繁荣，孟买赚的钱却不太多。虽然拥有大量年轻、廉价、可供训练的劳工，然而，这个印度金融中心又被称作“贫民窟买”(Slumbai)，这便意味着机会成本随之而来。经济虽然增长，大孟买地区却有半数以上的居民居住在临时房屋中。在孟买机场走下飞机的国际商人，有的以嫌恶的目光看待贫民窟景观，有的则为之心生怜悯，但他们几乎都不会认为这里是个运作顺利、管理良好的城市。

安纳瓦迪居民知道他们居住的地方普遍被视为一大祸患，而他们的家，就像他们的工作一样，都只是临时性的而已。然而，他们仍然死守着这块两千多平方米的地，这儿对他们而言，被划分为三个截然不同的区域。阿卜杜勒和拉胡尔住在最古老、最好的泰米塞纳-马恩省加区，也是公厕所在地。苏尼尔居住的地段比较贫穷简陋，是由来自马哈拉施特拉邦农村地区的达利特人所建。（达利特人是印度种姓制度最受压迫的阶层，曾被称为贱民，位于社会最底层。）安纳瓦迪的达利特人，称他们的贫民窟巷弄为果坦纳加，是以在机场管理局的定期拆除工作中死于肺炎的八岁男孩的名字命名的。

安纳瓦迪的第三区，是位于贫民窟入口处的坑洼路段，也是许多拾荒者的居住之处。这里没有棚屋。拾荒者睡在他们的垃圾袋上，以防被其他拾荒者偷去。

小偷睡在车辙道上。他们的主要目标是机场四周的建筑工地，建筑工有时会对螺丝、钢条和钉子掉以轻心。机场私有化之前，许多小偷曾在那儿干活儿，帮助旅客把行李搬上车，换取小费。然而，使国际航站楼区几乎和豪华酒店区一样赏心悦目的改造计划，使下层社会的搬运工被驱逐出境，连同抱着婴儿乞讨牛奶钱的母亲们，以及叫卖小神像的孩童也被赶了出去。

由行李搬运工化身的小偷，比苏尼尔这些捡垃圾的人赚得多一点，他们会拿出大部分的钱到一个中国女人在机场大道上摆的摊位买宫保鸡丁饭。他们通常以 Eraz-Ex 这种印度的修正液结束晚餐。办公大楼的人会把还没用完的 Eraz-Ex 瓶子扔掉，安纳瓦迪的街童们知道这些残渣的价值。把它用唾液稀释后，涂在抹布上，吸进去——这一剂药，将使你敢于去做午夜过后的活儿。

然而，吸入 Eraz-Ex 可能造成长远的问题。阿卜杜勒曾对苏尼尔指出，吸食者不是骨瘦如柴，就是肚子里长出又大又麻烦的肿瘤。

阿卜杜勒对这个身材矮小的拾荒者隐约感到怜惜。不同寻常的东西能让苏尼尔兴奋不已，比如他最近在机场工人的流动餐饮站外看到的一张城市地图。回到安纳瓦迪后，苏尼尔谈论那张地图的口气，就好像他在水沟里找到一块金砖，别的拾荒者却不感兴趣，这似乎让他感到吃惊。阿卜杜勒明白其他人对自己的发现无动于衷时的那种困惑，所以他早已不再阐明自己的个人爱好，他估计苏尼尔总有一天也会体会到自己的孤独。

至于苏尼尔，他必然会注意到，那些吸毒的小偷比清醒、勤劳的阿卜杜勒过得更快活。春天到来时，他们闹哄哄地聚集在安纳瓦迪的第一个游戏厅，那是路边的一个窝棚，内有两台巨大的红色电动游戏机。

游戏厅是一个老泰米尔人招揽生意的手段，用来与阿卜杜勒争夺拾荒者的货物。这个泰米尔家伙几乎和阿莎一样聪明，他借给拾荒者玩《炸弹超人》和《合金弹头 3》所需的一卢比，借给他们肥皂，借给他们钱买东西吃，还借给小偷剪开铁丝网或掰开轮毂盖的工具。由于受惠于他，拾荒者和小偷就得把货品卖给他。

侯赛因家认为这是不公平竞争，某天夜里为了报复，米尔基闯进游戏厅，清空了游戏机的投币盒。老泰米尔人发现肇事者时不禁大笑，因为游戏厅的营收，比起他从赃物取得的报酬，简直微不足道。

在苏尼尔眼中，有个街童和其他人不同：一个机灵古怪的十五岁孩子，名叫卡卢，他是阿卜杜勒最亲近的朋友。卡卢嘲笑游戏厅老板穿的腰布[1]太短，也不认同他说阿卜杜勒这些人都是磅秤底下藏了磁铁的骗子。作为小偷，卡卢专偷机场回收桶里的垃圾，那里面经常会有废铝。虽然回收桶在有刺铁丝网保护的围场内，但人人都知道卡卢有多能忍受疼痛。多亏 Eraz-Ex 同时也被当地人拿来治疗铁丝网刺伤，他可以在一个晚上越过围栏三个来回。把废金属卖给阿卜杜勒后，他有时会塞给苏尼尔几卢比买东西吃。

像苏尼尔一样，卡卢幼年丧母，从十岁就开始工作。其中一份工作，是在一家戒备森严的当地工厂打磨钻石，这让其他男孩一想到就非常激动。

“为什么不把钻石塞进你的耳朵？”

“或是把十颗钻石塞进你的屁眼？”

卡卢对于每天工作结束后必须通过钻石检测器的描述，他们完全不以为然。

苏尼尔喜爱卡卢的一点，就是他能活灵活现地演绎他看过的电影，让从没去过戏院的小孩子观赏。卡卢能够尖着嗓门，操着类似孟加拉语的腔调，变身为宝莱坞恐怖片《祖庙闹鬼记》中被鬼附身的女人。带着喉音，用类似华语的腔调，他便成为《龙争虎斗》当中的李小龙。尽管一再有人请求，他却拒绝再演《金刚》。演《如果，爱在宝莱坞》里的迪皮卡更使他高兴。“美女明星！”他摇曳生姿地说道，“只有她能把那些老式的衣服穿得那么美！”

---

[1] 印度次大陆男性的一种传统服饰，围绕在肚脐以下腰部周围。对于泰米尔人，腰布是一种非正式的服装，也被视为舒适的睡衣。

卡卢本身相貌平平，如果把那张脸的五官拆解，就是小眼睛、塌鼻子、尖下巴、黑皮肤。别的街童给他取了“卡卢”这个绰号，意思是“黑小子”，这可不是恭维。但他的地位不仅来自他对疼痛的容忍力，还源自他制造乐趣的才能。当他对模仿电影明星感到厌倦，他便扮演安纳瓦迪著名的怪人，包括涂口红、走路时臀部突出的“独腿婆子”。她最近搞上了一个有海洛因毒瘾的街童。街童能有艳遇，即使是跟“独腿婆子”这样的残疾女人，也是求之不得。

苏尼尔经常偷听卡卢入夜后的交谈，因此得知警察有时建议街童去附近的仓库和工地偷些建材，再让警察从中获利。某天午夜，苏尼尔无意中听到卡卢异常严肃地向阿卜杜勒说起他在机场附近搞砸的一次行窃探险。

一名警察告诉他去一个工业用地，那儿有金属，但没有铁丝围栏，卡卢称之为“工作间”。他晚上十一点过去，看到几片废铁，却被一个警卫追赶，于是他把铁片扔在杂草丛中，跑回家去。

“要是天亮前不去拿铁片，别的男孩就会找到，”卡卢对阿卜杜勒说，“可我累得要命，现在没办法回去。”

“那就叫这里的某个男孩待会儿叫醒你。”阿卜杜勒建议。

然而其他男孩吸了毒，神志恍惚，也没什么时间概念。

“我可以叫醒你。”苏尼尔主动提议，反正他屋里的老鼠让他睡不着觉。

“那好，”卡卢说，“凌晨三点过来，你要是不来，我就完了。”

卡卢说“完了”时的语气轻描淡写，一如他对其他事情的态度，苏尼尔却放在心上。他躺在广场上，离阿卜杜勒几步远的地方，通过月亮的移动来推测时间。在他推算出来的凌晨三点，他发现卡卢蜷着身子睡在一辆嘟嘟车后座上。十五岁的卡卢站起身来，抹抹嘴唇，说:“原本要跟我去的男孩吸了毒，变得晕晕乎乎，你来不来？”

苏尼尔吃了一惊，随即感到荣幸。

“你怕水吗？”卡卢问道。

“我会游泳，我在瑙伯达游过。”

“你有没有床单？”

苏尼尔有的就是床单。他跑去拿来，而后跟随卡卢来到机场大道。两个孩子过马路时，苏尼尔把自己裹在床单里。他浑身发抖，尽管这天晚上并不冷。卡卢转头笑着说:“你这样想吓人啊！大家会以为你是鬼哩！”苏尼尔这才不情愿地把床单包成一团夹在腋下。不久他们来到通往国际航站楼的马路上。

这时仍然有车从机场出来。“从欧洲和美国抵达的班机。”卡卢说道。在搬运行李期间，他了解到航班时刻，以及世界各大城市的名字。他说小费给得最多的前三名是沙特阿拉伯人、美国人和德国人。

经过闪闪发亮的“出境”招牌，和几道写有“旅途愉快”的安全路障，两个孩子沿着一条铺了一半的工程车专用道跑去，随后转进一条黑漆漆的小路。苏尼尔能摸黑而行。他们过了几道高栅栏（飞机餐就在那后面制作），来到一个户外厕所，苏尼尔经常在这儿发现空水瓶。两个男孩迅速跑过这块荒地。此时，他们站在一条米提河溢流流入的宽沟边。苏尼尔不时到这儿来抓鲶鱼，带回贫民窟出售。在他还很小的时候，水是蓝的。“像游泳池的水一样。”

他说道。后来水变得又黑又臭，不过，鱼尝起来依然香甜。

宽沟对岸的右手边是安全围墙，保护灯火通明的飞机棚。喷气式客机一一驶进棚内过夜。宽沟最左边，便是卡卢说他们即将要去的地方，那里昏暗而寂静。苏尼尔看见一棵细长的菩提树，以及在树后若隐若现的几栋像棚子似的大型建筑。卡卢跳进发出恶臭的水中，朝这些建筑物走去。苏尼尔也游了起来，随后看见卡卢涉水前行，于是也涉水过去。沟里水流徐缓，毕竟雨季已经过了九个月。不过，苏尼尔向岸上爬去时，仍感到液体冲撞着肚皮。

卡卢所谓的“工作间”，是一个新的大型工业区，负责矿石熔炼，生产塑化剂和润滑油，还有一家名为“吾家金饰有限公司”的企业。其中几间仓库前方的淡蓝色灯光，照亮身穿制服的警卫，他们的影子像有九米那么长。

苏尼尔很想潜回水中，不过，卡卢已经计划好迂回的路线，可以前往他藏铁片的杂草丛。“警卫不会看见的，”他说，“简单得很。”结果的确如此。

草丛中的铁片在苏尼尔看来就像哑铃，举起来的时候，感觉也像哑铃。这也是今晚唯一伤脑筋的问题：两个男生游着泳，搬得动多少重量？他们把床单拧成吊兜，决定每人运三块铁片。

他们拿着这些货物摇摇晃晃地离去，十五分钟后，浑身湿透地回到安纳瓦迪。阿卜杜勒天亮醒来时，以三百八十卢比买下铁片，苏尼尔分到三分之一的利润。警察拿了多少，苏尼尔不敢肯定。卡卢对他的获利似乎默默表示满意。对苏尼尔而言，这是他一生中的第一笔可支配收入。

这会儿该去“粉红有声片城”了。卡卢带头来到电影院，苏尼尔被这儿的地毯和干净整洁迷住了。午间上映的电影是一部美国片，男主角名叫威尔·史密斯，在电影里，他似乎是纽约一场瘟疫中仅存的人类。一只母狗也在这场瘟疫中幸免于难，成为男主角的朋友。它有着黄色的皮毛，背上有个像马鞍一样的大斑点，男主角会跟它说话，仿佛它都听得懂。接近结尾时，男主角却掐死了它。[1]

苏尼尔猜想男主角杀死他唯一的朋友，必然有个动机。除了瘟疫，还有一个鬼魂和一场爆炸，虽然这些事件肯定是男主角做决定的因素，苏尼尔却弄不懂这其中的逻辑。当他从黑暗的戏院步入春日下午的烈日之中，背叛母狗的行为使他感到厌恶，直到吃得肚子鼓胀后，他的心情才稍微恢复。

几个星期后，卡卢又一次请他帮忙，苏尼尔想到其他小偷可以狼吞虎咽地吃宫保鸡丁饭，便也开始比较这个有潜力的职业与导致蛆虫、脓肿和橘色眼睛的捡破烂之间孰优孰劣。他心想，从目前看来，最好还是坚守自己的垃圾箱和岩架。

阿卜杜勒对苏尼尔做出的选择似乎松了口气，尽管苏尼尔一直无法完全搞懂这个像老头子的男孩在想什么。卡卢也没逼他，这也好，因为苏尼尔不知道其他人能不能明白他的想法。他的理由是：在他一生中赚最多钱的那天，他并没有达到其他男孩所谓“充满喜悦”的兴奋状态，那只被掐死的母狗只是部分原因。他有时说起自己的拾荒者身份，会说“我不喜欢我自己，干这份活儿像一种侮辱”。

---

[1] 该电影为二〇〇七年上映的末日科幻电影《我是传奇》（*I Am Legend*）。

但他认为，当个小偷，他很可能更不喜欢自己。况且，卡卢和萨哈尔警察局之间的交易令他感到不安。

往后，苏尼尔将逐渐了解孟买警察左右安纳瓦迪街童的权力程度。不过目前，尽管他擅于推敲他人的动机，却也只能断定，卡卢那份夜间工作背后的运作方式并非他的理解能力所及。

曼朱

《达洛维夫人》的情节在阿莎的女儿曼朱看来毫无道理。她读着大学课本，觉得懒洋洋提不起劲，担心自己又患上登革热或疟疾，毕竟她住在距离蚊虫嗡嗡作响的污水湖仅九米远的地方。“不可能。”她断定，只是天气的问题。才春天，却已经烈日炎炎，如刀的尖锐白光刺痛着眼睛，使安纳瓦迪的水牛提早发情。曼朱觉得她母亲看起来同样疲乏，不过，那或许是因为市政代表萨旺特在法庭被指控选举舞弊，阿莎还指望他能让她登上管事的位置。

曼朱第一次问起这个传言时，阿莎只是耸耸肩。毕竟这位赞助人先前让两起谋杀指控销声匿迹。正如市政代表所说：“在孟买，所有案件都可以处理。”他的肚子看起来比胸还大，紧绷的领子似乎和天气不太协调。

正如印度政府只允许妇女参加某些竞选一样，为了增加向来不被接纳的族群在印度政党中的人数，某些选举也只保留给低种姓候选人参选。在前一年七十六选区进行的这类选举中，市政代表轻松获胜。然而，萨旺特并非低种姓人士，他只是假造了一份新的种姓证明书，上面写着新的出生地和新的祖先，以符合候选人资格。在其他选区，至少有十名候选人也这么做了，多数是湿婆神军党。

但是，票数第二多的七十六选区国大党候选人是真正的低种姓人士，他现在正向高等法院提交萨旺特伪造文书的证据，请求法官扭转选举结果。突然间，市政代表觉得有必要领受市民的敬意。他治理这一选区已逾十年，几乎不记得以前坐过的嘟嘟车和处理过的琐碎案件。因此，他开始造访该选区的贫民窟，领受选民的爱，希望多少把伪造文书的事压下去。

下一站轮到安纳瓦迪。于是阿莎和曼朱得把贫民窟居民聚集到污水湖旁的粉红色寺庙，和他一起祈祷胜诉。

他下达的命令使阿莎进退两难。现在正是学校考试期间，由于怕孩子丢下课本，父母都不愿意离开屋子。然而，她必须施展自己的影响力，确保有足够的人前来祈祷。

在指定的那天太阳落山时，萨旺特穿着一身无可挑剔的白色狩猎装，在随行人员的陪同下，大步跨入安纳瓦迪。苏尼尔和其他拾荒者从远处看得目瞪口呆。市政代表会用警察那种大跨步走法，仿佛他的大腿肌肉发达到无法正常走路。他头发上抹的油，也多到足以炒蒜头。

市政代表赞许曼朱和她的朋友米娜为典礼制作的油饼。对于小庙里的装饰——一张老旧的金属课桌——他也很满意。当初定居安纳瓦迪的泰米尔建筑工人筑起这间小屋，供奉抵抗瘟疫的马里安曼女神[1]，米娜的父母也是这些工人中的一员。在萨旺特的认可下，阿莎帮马哈拉施特拉人取得了这里的控制权，此后，粉红小庙多数时候总是被锁起来。这天下午，米娜和曼朱把小庙好好擦洗了一番，死苍蝇和老鼠屎都不见了，新的神像闪闪发亮。

“把大家叫来，晚饭后，我会过来讲话。”市政代表告诉阿莎，随后，他和随从们搭乘 SUV 离去。晚上八点，阿莎敲打庙钟，不久庙里便挤满了人。一名塔布拉[2]鼓手轻轻敲鼓，阿莎则在课桌旁打扮自己，她穿着自己最好的纱丽，纱丽的金色镶边被十多盏许愿烛照亮了。

庙里几乎所有的人，包括阿莎在内，都是真正的低种姓阶级，大多数是湿婆神军党打算逐出孟买的移民。然而，居民到这里来，并不只是害怕惹恼阿莎，更是出于对市政代表本人的信任。

他们清楚萨旺特的贪腐，也认为他的确伪造了种姓证明书。“但是只有他会亲自来到这里。”安纳瓦迪的居民们说道。每次选举前，他便利用公款，或者向著名的美国基督教慈善机构世界宣明会[3]索取资助，为安纳瓦迪提供某项基础设施——公厕、旗杆、水沟、污水湖旁的水泥平台，这个平台也是他来这里时通常站的地方。他

[1] 马里安曼（Mariamma）女神是在印度南部泰米尔纳德邦、卡纳塔克邦等地备受崇敬的司雨水的女神，据说还能治愈霍乱、天花、水痘等疾病。

[2] 流行于印度次大陆的打击乐器，由大小和形状略有不同的一对鼓组成，可用于器乐合奏，为舞蹈伴奏，也可独奏。

[3] 专注于人道救援、扶贫发展及推动教育的国际基督教组织，致力于孩童及其家庭和社区服务，对抗贫穷与不公。一九五〇年由美国布道家、战地记者罗伯特·皮尔斯（Robert Pierce）创立，最初服务于朝鲜战争中的孤儿，随后推广到世界一百多个国家及地区。

每次来访便告诉居民，因为他全力抗争，才延后了机场当局推土机的到来，那些推土机曾在二○○一至二○○四年间将房屋夷为平地。在机场现代化以及治理孟买的过程中，市政代表只是个小角色，一个填补空位的政客。然而，在安纳瓦迪居民对政治的想象中，他比印度总理更为重要。他需要他们的选票；他们则必须相信，他有能力保护他们。

“他什么时候来？”大家问道。

“马上就到。”阿莎保证。挤满人的小庙，随着汗水流淌而充满臭气。贫民窟房屋，包括寺庙在内，几乎把整个城市的热度都吸聚进来了；但是在头一个小时，没有人表现出痛苦的神情。下一个小时，庙里的叹息声则不绝于耳。

安纳瓦迪居民的时间很宝贵，即使是对孩子的考试不觉得紧张的人也一样。他们天亮时就得干活儿，打扫房子，给孩子们洗澡；最重要的是，必须赶往贫民窟水流涓细的水龙头前，趁水还没流干尽快打水，这得花数个钟头排队。市政当局会在早上和晚上把水送到安纳瓦迪的六个水龙头，早晚各持续一个半小时。湿婆神军党的人将水龙头占为已有，向左邻右舍收取使用费，这些水掮客虽然令人愤慨，却比那些背信弃义的宣明会社工好得多，他们向安纳瓦迪居民募款买新的水龙头，但拿了钱后就逃之夭夭。

晚上十点钟，阿莎纱丽上衣的脖子和腋下部位已经汗水涔涔，不过，她终于用电话联络上了萨旺特的司机。“他在路上。”她告诉群众，随后带大家一起祈祷，以便在市政代表抵达时，能看见居民们在虔心祷告。

晚上十一点，他仍未到。阿莎对女儿做手势："把食物拿过来。"曼朱准备的饭菜，原打算在典礼后吃，可是大家已经开始离去，而市政代表和司机都没有再接电话。

本打算等典礼结束、吃过东西就回家的人，仅剩下十来个留在庙里，而且多半是无所事事的醉汉。阿莎的神色不再镇定。

离去的人会说，阿莎答应送市政代表过来，却没能遵守诺言；更糟的是，萨旺特抵达时将发现庙里空无一人。这场灾难，只有她一个人将受到谴责。他给她的微笑，只能被解读为一种侮辱。他会说，她得不到居民的敬重，说安纳瓦迪还没做好迎接女管事的准备。不用说，他一定会提及其他贫民窟聚集了多少人、晚会办得多么圆满成功。

正当阿莎怨愤地向女儿陈述这些可能性时，一个年轻漂亮的阉人踱入安纳瓦迪。他看见空空的庙里灯光闪烁，一名鼓手闲坐在那里，于是走了进去，跳起舞来。

阉人留着一头长而浓密的卷发，睫毛长到触及眉毛，手腕上戴着廉价的金属手镯，臀部开始慢慢摇来晃去。他伸出如雕像般静止不动的手臂，腿却像蛇一般扭动。鼓手也跟着活跃起来。曼朱吃惊地张大了嘴。阉人的上半身和下半身仿佛由不同的控制器操纵着。他停下来用牙齿叼住一盏许愿烛，而后开始旋转，弄熄了火焰。

阉人或称"海吉拉斯"（hijras），在孟买既令人惧怕，亦被奉为偶像。因为性别不明，他们非常不幸，而这种厄运又被认为有传染性；所以当阉人来到你家门口，你得付钱给他们，请他们走开。如果你要他们丢颗椰子到你的仇人面前，就多付点钱。只不过椰子一旦掷出，厄运便会从此跟随，即使你的仇人雇请宗师点三炷香，插在一杯米中，撒上朱砂，也于事无补。

安纳瓦迪住了六个阉人，化了妆的脸庞上写着无尽的风霜。其中几个跟着那位年轻的阉人进到庙里。然而，这位从外地来的年轻阉人毫无瑕疵，他的女性化并不在于他的衣着和脂粉，而在于他脸上某种无以名之的东西。他不要别人给钱请他走开。此刻他旋转得如此之快，使他的头发竖起，几乎与地面垂直，他的汗水溅在贫民窟居民的脸上，这些居民回到庙里来，流连忘返。

他手脚着地，弓起背，屁股高高翘在空中，随后唱出嘹亮的高音，和他身体的抽动一同起伏。他叫苏拉杰，十八岁。阿莎的儿子拉胡尔立即猜到其他人所没猜到的：在紧身牛仔裤底下，苏拉杰的身体依然完整如初。只是令他的母亲和姊妹们感到心碎的是，他一直觉得自己是四分之三的女儿身，四分之一的男儿身。现在，他会到各个贫民窟跳舞，卖力到令他胃肠发疼的程度，以赚取小费过日子。像阿莎一样，他也想在七十六选区闯出名气。

两个女人拥向前去，和阉人一起转了起来，红绿交杂，模糊一片。而后，阉人瘫倒在地。大家倒抽口气，怀疑他疾病发作，直到他宣布体内的女神有话要说："叶蓝玛女神[1]说，带一片苦楝叶给她，她就回答你有关未来的问题！"

阿莎皱皱眉头。万一萨旺特到的时候看见这种表演怎么办？随后她暗自断定，这总比看见一座空无一人的庙要好些。人们仍陆续

---

[1] 叶蓝玛（Yellamma）女神是马哈拉施特拉邦及印度南部一些邦的守护女神，也被称作"堕落者的女神"。

往这里聚集，跳起来、伸着脖子争睹阉人。街童出来了，妓院老板和他的客户们也走了出来。斑马主人罗伯特的儿子们在广场上放火烧两个轮胎，使气氛更加热闹，而在庙里，大家纷纷向被女神附身的阉人提出问题。

“我该不该贷款修我的房子？”“我该不该付钱给那个说能帮我找到工作的男人？”“我要怎么负担我女儿的婚礼开销？”“我儿子将来会怎样？”许多人关注孩子们能否通过考试，有个问题关于心瓣膜，还有许多问题是关于机场管理局的：“机场那些人什么时候会毁掉我们的房子？”女神或许比市政代表萨旺特知道得更多。

阉人的答复有如呓语，或谁都听不懂的神言神语，这些都无关紧要。重要的是那声音——无论是女神或阉人的声音——具有一种催眠力，听起来像是祝福。

此时大家提出他们的疑问，在广场对面侯赛因家的屋内，也听得见叫喊声。

“这是在搞什么！他们什么时候才能闭嘴？”阿卜杜勒的弟弟米尔基叫道，把额头抵在数学课本上，他不知道要怎么准备他的九年级考试。他的父亲来回踱步，咒骂市政代表和安纳瓦迪的印度教徒：“这些好吃懒做、崇拜偶像的人，每年一百个节日，用他们的噪声让我们受罪，今天甚至还不是节日，他们却跳舞跳昏了头……怪胎！”

安纳瓦迪文化程度最高的学生，是二十一岁的普拉卡什，他住的地方和庙仅隔五户人家。他坐在家中，把经济学课本放在腿上，双手抱着脑袋。两颗泪水滚落在手指间。他至关重要的大学毕业期末考试，被一个旋舞的阉人给毁了。他打算一有机会，就逃到班加罗尔去，他认为那座城市比较尊重学者。

午夜一点，市政代表接了电话。他不来了，因为要会见更重要的人，他抽不开身。不过，他对阿莎很满意，因为他以为电话那头传来的热闹喧嚣，是整个安纳瓦迪正在共同向他致意。

阿莎的好运再度降临。“回屋去吧。”她对曼朱说。

“这就来，”曼朱茫然说道，她的眼睛仍盯着汗湿的阉人，“不过，妈，我这辈子从没见过这样的场面。”

安纳瓦迪的居民一致认为，从曼朱的长相、她母亲的政治关系以及她累人的每日行程来看，她实在太过乖巧温顺了。早上，她去大学念书；下午，在家里的棚屋管理贫民窟唯一的学校；其他时间，她为一家五口提供烧饭、打扫、打水和洗衣等服务。这些义务，是以每晚只睡四个小时的代价来完成的，且鲜少对她的性情造成影响。不过今年春天，因为一连串神秘的感染和发烧，她的沉着开始受到考验。

阿莎担心女儿的身体燥热起来，这将使她失去贞节的风险提高。但曼朱没有危险。她从少女时期，就让自己变成举止得当、仪态端庄的典范，这些都是她认为母亲所欠缺的风度。

一天下午，她的弟弟拉胡尔站在墙上的小镜子前，一面用曼朱的“白雪公主”美白霜按摩他的脸，一面通过布满褐色斑点的镜子审视曼朱。她跪在地板上，黑亮的辫子披在肩上，脸上挂着越来越绝望的神情，嘴里念着英文词语。

“你脸上是什么表情啊？”拉胡尔说道。

曼朱抬起头来：“拉胡尔，不要涂那么多面霜！”

“白雪公主”面霜对保持她的浅肤色至关重要，对她在婚姻市场的地位也起着关键作用，不过，拉胡尔和他们的弟弟加内什比她涂得还多。

拉胡尔打开电视，电视上的卡通鼠杰瑞以鞋油作为掩护，正在试着让汤姆猫相信，他已经吞下足以炸毁一座城市的炸弹。曼朱看了一会儿之后，又叹了口气。“我不知道自己在干什么，”她说，“我的学生一个小时内就要过来，而我已经赶不上自己的功课了。我的计算机老师说：‘问问你母亲要你做哪件事：你的修图软件作业，还是你的家事？’否则他就要让我挂科。我有没有跟你说昨天在心理学课堂上发生的事？我把钱包放在课桌底下，去了趟洗手间，有人就把钱偷走了。什么样的人啊！别的女生可是比我还有钱。算了，我何必费心跟你说这些，你的眼睛一直盯着电视看，听都没听。”

“我在听啦，”拉胡尔抗议道，“只是你的压力这么多，我不晓得该去想哪个。”

拉胡尔也有压力，他必须在九年级的考试和酒店的晚班兼差之间保持平衡。现在，他已经能熟练地模仿洲际酒店服务生在接近房客时，脸上装出的表情。你必须抬头挺胸地说：“我反应机灵，乐于助人。”同时卑躬屈膝地说：“只要你喜欢，先生，我随时可以消失。”他的脸看上去十分坦诚，双眼充满好奇，能快速得到安纳瓦迪女生的认同。不过，他觉得一张经过好好打理的脸，能让他不再像在最近的一次酒店派对中那样丢脸。

那次派对出现问题始于一名DJ，午夜过后，他开始随兴点播歌曲。先是克里斯蒂娜·阿奎莱拉[1]的流行歌《我很美丽，不管他们怎么说》，紧接着是《站起来》，这是拉胡尔目前最爱的舞曲。

站起来！别再倒下去

站起来！我已打破枷锁许久

舞曲的英语歌词对他没有意义，倒是低音部分令他倾心。每回听到，都让他内心震荡。当第一段回音震荡的和音通过酒店的喇叭传出来时，他本来可以微笑，或用一只脚轻轻打拍子。但突然间，两个年轻的酒店宾客拉着他的胳膊，请他示范几个“孟买舞步”。

大家都知道，烂醉如泥的白种人小费给得很大方。于是他自认谨慎地示范起几个步法——不用肩膀和手，只用头和脚。

“你疯了吗，蠢货？”

酒店的一名上司扯住他，其余的经理也从房间另一头跑过来，仿佛他拿着叉子捅了宝莱坞明星一下似的。在他被拖进垃圾间时，酒店的正式职工们都在窃笑。直到回家心绪逐渐平复后，他才找到可用来捍卫自己的论点：假使酒店工作的第一条规定是不准盯着宾客看，那第二条规定难道不是他们要什么，就给他们什么吗？

随着卡通汤姆猫把房子炸成碎片，拉胡尔转头继续照镜子，曼朱开始读她主修的英国文学。今天的作业是十八世纪复辟时期戏剧，

[1] 克里斯蒂娜·阿奎莱拉（Christina Aguilera），美国著名女歌手、词曲创作人、演员。

以及康格里夫[1]的《如此世道》。

曼朱没读过《如此世道》，她的教授也不指望她读。除了学生主要是高种姓、有钱人的一流大学，印度的文科教育都是死记硬背的教学方式。在她那个水平平庸、由狮子会[2]创立的女子学院，老师只要求她熟记课程大纲中每部文学作品的故事梗概，然后在学校的考试以及后来的邦考中重写一遍。曼朱有背诵的天分，她称之为"用心熟记"。不过，她发现这种方法很难用在《如此世道》中的人物上。

"米勒曼特、米拉贝尔、佩图兰特——你听说过这些名字吗？而且还有更多更多，"过一会儿，她对拉胡尔说，"每个人都在说谎，骗别人的钱，但我看不懂老师写的这个故事的意义。"

她卡在了"Love is subordinated"（"爱即服从"）这句话上。虽然她从未和同龄的男生牵过手，但很确定"love"这个词的含义。然而，"subordinated"这个词唤起的只是她对母亲的气恼，她母亲并未遵守诺言，买一本英语–马拉地语词典给曼朱。拉胡尔和她母亲都不懂英语，但这种印度前殖民者的语言，被公认为是在办公室和酒店找到一份好差事的必要条件，这令他们很不服气，马拉地语不也一样值得推崇？

对曼朱而言，英语重新变得重要，是印度更加全球化、开始由精英领导的产物，不管是研读康格里夫，还是在英语口语班或国际

---

[1] 威廉·康格里夫（William Congreve），英国复辟时期剧作家、诗人。

[2] 一九一七年由美国人茂文钟士（Melvin Johns）于美国伊利诺伊州成立，是世界上最大的社会服务团体，致力于服务社会、造福弱势人群。

客服人员训练班练习办理美国大通银行 Visa 卡的对话，都可以学习这种语言。“具备英语能力”这种彰显受过高等教育的证书，是脱离贫民窟的可能跳板。曼朱的英语依然不够流利，但已经很不错，足以在安纳瓦迪排名第二。

英语讲得最好的是普拉卡什，住在寺庙附近的经济学系学生。在安纳瓦迪年轻人结构复杂的社会层级中，普拉卡什是顶尖级的人物。这种层级如今不太建立于种姓之上，而是建立在未来的经济前途上。他曾一度是中产阶级，在私立好学校念书，直到他父亲被火车撞了。于是他利用空闲时间，为印度工业信贷投资银行卖共同基金，打推销电话，赚取微不足道的佣金。

曼朱猜想，普拉卡什应当知道“subordinated”这词的意思，不过她没跟他讲过话。贫民窟的年轻女孩，对于与男性之间每一个可能互动的价值，以及可能引发的谣言，都必须予以权衡。已经有人在议论，一个板球手弄到她的相片，还加上心形护膜。因此当她到屋外搓洗衣服时，她瞥也不瞥在屋外念书的那个大学生，尽管只在几米开外。

“米拉贝尔，情郎。米勒曼特，花花公子。费诺尔先生，戴绿帽。”她喃喃说着片段的情节摘要，一边拿石块拍洗她母亲的大内裤和她父亲的小衬衫。

“错了，米拉是花花公子。”她把拧干的衣服拿进屋里，晾在墙上的绳子上。部分墙壁只到距离屋顶半米高的地方，她父亲已经承诺要把缝隙堵起来很久了。不过，那就像要她母亲带一本英语－马拉地语词典回家一样，是不可能的事情。

她一边清理两个煤气炉，一边背诵："作品主题是爱情、社会地位和财富。"上百只蟑螂散布各处。她跨过此时睡在地板上的拉胡尔，把一些食物残渣拿出去，倒进污水湖，炎热的季节让湖面长了一大片布袋莲。

"米拉贝尔通过和美人儿米勒曼特的婚姻，寻求社会优势。"

曼朱在背诵的时候，经常想象自己是女主角，可米勒曼特却使她无动于衷——她既有钱又独立，有资格商议自己的婚姻，却总是在发牢骚。曼朱大学毕业后想当老师，但她最怕的是，母亲一气之下可能把她嫁给某个认为女人不该工作的乡下小子。那她这辈子，都得做她现在做的事：打扫屋外吹进来的灰尘、拖地，然后再打扫在她拖地时吹进来的灰尘。

"在康格里夫的戏剧中，财富比爱情重要。"

这是她母亲的立场，显而易见。曼朱的小弟加内什在家门前放置一小批杂货，这是阿莎最近的创业方案，却未能成功。为了开店，她弄到坎伯先生原本希望能资助他心瓣膜的政府贷款。阿莎打算让她老公经营这家店，他却把所得贷款拿去在上工时喝得烂醉。他现在正醉倒在加内什脚边。

曼朱对金钱不感兴趣。她渴望美德，这种渴望部分是出于恐惧。读书时，她有时会抚弄脖子上多年前留下的伤疤：那天晚上，她偷了母亲的钱买巧克力，阿莎便拿着斧头挥砍她。不过，曼朱为善的欲望也是一种反抗，用来谴责一个据说靠着行为不端而得到电视机和其他好处的母亲。

曼朱展现情操的工具，是她每天下午在家管理的学校。学校由中央政府资助，通过一个天主教慈善机构运作，阿莎是公定的老师。但她终日忙于湿婆神军党务，因此曼朱从七年级开始便帮忙给学生授课，她的全心全意付出，很让母亲气恼。虽然阿莎对于学校给家里带来的小额津贴觉得满意，她却认为曼朱应当只在督学前来视察的日子授课，像其他许多家教老师那样。

中央政府称呼像曼朱教授的这种学校为“过渡学校”。她的工作简而言之，是给童工或因家务责任待在家里的女孩子每天提供两小时的课程，以便让他们适应并且想接受正规教育。激发他们的热情并不难，因为每一个贫民窟居民都知道，摆脱贫穷主要有三个途径：找一份事业，像侯赛因家找到的垃圾事业；政治和腐败，像阿莎对此寄予厚望；还有教育。贫民窟里，有几十对父母为了支付私立学校的学费，只靠煎饼加盐度日。

过去五年里，机场周边开了一百多所学校，有些是高学费的好学校，有些是骗局，有些则像曼朱的家教班，由不合格的青少年授课。不过大家都了解，所有的学校都比默罗尔市立学校要好些，阿莎与该校签署合同，成为教师。该邦有近六成的公立学校老师未完成大学学业，许多长聘教师为了稳固教职，会私下给学校官员送上大红包。市政代表便属于宁可充分利用这些条件不足的学校，也不愿对其予以改革的政客。他开办了自己的私立学校，由他人挂名。

“在默罗尔学校，我们玩游戏，下课休息，再玩游戏，然后吃午餐。”这是尼泊尔男孩阿达什对公立学校课程的描述。免费午餐是其吸引力所在。阿达什平时下课后，会来到曼朱的家教班，因为她至少还会教些东西——往往是她在大学念书尝试背诵的故事摘要。她的学生们对于《达洛维夫人》的情节并不比她了解，不过，他们明白奥赛罗因为黑皮肤而不受人信任。

此刻，一个学生飞也似的奔进她的屋内，速度之快，使钉在墙上的萨克雷海报飘落下来。“德沃！你来早了！”曼朱指责道，“你还忘了脱鞋！”

随后，她的目光从地上的泥印，挪到他那满是血的脸上。

“啊，”男孩抱着脑袋说，“有一辆出租车……”

安纳瓦迪的孩子们经常在混乱的马路上被车撞，通常是在过一个危险的十字路口到默罗尔市立学校上学时。新手边开车边使用手机，可能是一种致命的组合动作。曼朱跳了起来，抓起炉边的姜黄，把黄色粉末倒在德沃的头上。姜黄不仅对伤口有益，对准备结婚的新娘也有好处。她在伤口涂上姜黄香料，直到它和血融拌成鲜橘色的糊状，然后用力按压。在她检查是否已经止血时，德沃的独眼寡母走进门来，挥舞着三十厘米长的金属条。

“没有车会撞上你！也没有神会救你！你闯到马路上那样走来走去，现在，我就让你死在我手里！”

德沃冲到曼朱家的木制储物柜底下，发出痛不欲生的嚎叫。他的母亲把他拖了出来，开始用金属条抽他。

“不！”曼朱说，“别打头！别打他受伤的地方！”

“我要打掉你的牙齿！我要让你皮肉发红！”德沃的母亲喊道。在安纳瓦迪，最快速的倾家荡产方式，不是受伤就是生病，而这女人因为借高利贷，支付她已故丈夫的最后一笔医疗费，已经负债累累。“万一司机把你撞得更严重，我要怎么付医疗费？告诉我，德沃！我有没有半毛钱救你的命？”

“住手！”曼朱叫道，并尝试抓住女人的手，却未能成功。拉胡尔这会儿已经醒来，翻翻白眼。他认为，家教学校是家庭闹剧的吸铁石。在心平气和的时候，曼朱可能会认为，父母在一个似乎危险倍增、而他们尚未完全了解的城市里，会害怕管不住孩子。虽然曼朱厌恶任何类型的暴力，但偶尔的鞭打，就像她母亲偶尔拿斧头劈砍一样，能有效地让孩子乖乖待在家中。

然而，德沃母亲的管教现在变得太过火了，于是曼朱扑到两人中间，设法抱住德沃的母亲。

“你保证，”曼朱喘着气对德沃说，“不再闯到马路上去。”

“好。”他爬了起来，发出阵阵呜咽。

离开前，他的母亲用她那只独眼望着曼朱说：“明天他如果不来这里和你坐下来念书，我就打断他的腿，把煤油浇在他脸上！”

曼朱再次为男孩的伤口止血时，一个小女生责备说：“老师，你上课迟到了。”

曼朱解开她身上尽是鲜血和香料的披肩：“来，我们去找其他人吧。”如果她把学生们留在屋子里，他们有可能像她的弟弟们胡乱地涂抹“白雪公主”面霜一样放肆。

每当曼朱从屋里出来时，看起来总像在生气。凡是离开她家的人都要紧闭嘴唇，除非想吃进一嘴苍蝇。贫民窟里只有这些苍蝇对她母亲新商店里的走味商品感兴趣。“同学们，来吧！”她吆喝道，一边穿过广场，轻轻绕过阿卜杜勒完成分类的垃圾堆。她知道阿卜杜勒是谁，因为拉胡尔和他的弟弟米尔基形影不离。不过，她当然没和他说过话。据她所知，这个垃圾小子不跟任何人说话。

“孩子们，快点，”她喊道，一边拍手，一边转入一条贫民窟巷弄，“快点！时间晚了！”她的职责是要赶学生上课，这让她颇伤脑筋。他们不是该主动出现才对吗？

但事实上，她喜欢走出门来，朝各家门口窥视，搜集左邻右舍的八卦，在这几分钟的时间里，老师的地位使她免于被人说长道短。今天的八卦和宣传本田摩托车的写字板有关，那是由阿肯色州赛洛姆斯普林斯一家经销商提供的。世界宣明会慈善机构原本打算把写字板当礼物送给安纳瓦迪的三十多个助养儿童，但这些写字板却被指派分发的社工人员囤积起来。曼朱每回听说母亲没在当地丑闻中扮演关键角色，总是如释重负。

她的学生，大多是十二岁以下的女孩，此时正陆续从屋子里走出来。他们被阳光晒白的衣服，有些拉链坏了，露出瘦骨嶙峋的背部。曼朱不担心小沙尔达，这女孩生来就骨瘦如柴，跟她母亲一样，她的母亲先前在马路上敲石头，后来肺也毁了。拉克希米的情况很悲惨，她的继母把家里的食物全留给她自己的子女。妓院老板十一岁的女儿穿着紧身黑短裤，戴着摇来荡去的耳环，后面跟着她的弟弟。两个孩子在嫖客到他们家时，喜欢跑到屋外，尤其当嫖客找的是他们的母亲时。对这些孩子当中的许多人来说，曼朱的小小学校并非过渡学校，而是他们能得到的全部教育。

这班人随后朝曼朱的秘密学生——好友米娜家前进。米娜的父母对于女孩子的教育固守旧有传统，认为太有学问会让女孩子不够温顺。然而，曼朱一直偷偷教米娜英语。

十五岁的米娜是第一个在安纳瓦迪诞生的女孩，在她父母帮忙把沼泽改建成贫民窟的两年后出生。她是贱民阶层，曼朱则属相对稍高的昆比务农阶层。像大多数的安纳瓦迪居民一样，这两个女孩也认为长辈对阶层的注重是一种不合时宜的文化遗物。曼朱和米娜成为朋友，是因为她们都喜欢跳舞；能够继续当朋友，则是因为她们能守住对方的秘密。

此时，看见曼朱在她家门口，米娜露出一丝微笑，但不是她那种爽朗灿烂、电影明星似的笑容——其他女孩子试图模仿却未能成功的笑容。今天的微笑是“回去吧”的版本，表明她正被关禁闭，只能去打水或上厕所。她的“罪行”一如往常，是因为没对兄弟和父母保持沉默。她为什么不能在广场上听男生们谈论酒店的事？她为什么不能上学？白天她乖乖料理家务，可到了晚上，她有时会克制不住愤怒而爆发，她的母亲和兄弟于是觉得非揍她一顿不可。她这样的行为，有可能破坏他们在泰米尔纳德邦乡下为她安排好的婚事。

曼朱经常劝告米娜，要像她一样，把不满埋在心底。不过，米娜的反抗举动却触动了曼朱的内心某处。今天早晨，当曼朱准备去大学念书时，贴在她额头上的银色眉心贴滑了下去，落在颈凹处闪闪发光，看起来很美。阿莎已经出门干活儿，所以曼朱没去动它。一个女孩就算样子不完美，还是可以贞淑贤惠的。

回到屋里，她的学生们在沾血的地板上坐下。

“同学们下午好！”她用英语说道。

“老师下午好！”孩子们以震耳欲聋的音量回喊道。

她停了下来，不确定接下来该做什么。她对《如此世道》不够了解，无法和学生们钻研故事情节。那得留到做晚饭的时候，在她的母亲为了父亲喝醉和他吵起来之前，再消化。这天的正式功课，是水果的英文名称——苹果、香蕉、芒果、木瓜。她打算循序渐进，在复习过前一课教过的汽车、火车和飞机之后，再进行到这里。不过由于一开始孩子们仍在嬉闹，得先来个十分钟“头、肩膀、膝盖、脚趾”的儿歌练习，消耗他们的体力。

一如平常的这个时刻，学生们的诵唱声在广场回荡。小拾荒者苏尼尔在把他的货物卖给阿卜杜勒时，喜欢偷听他们上课。一月份，他曾在曼朱的课堂坐了几天，熟悉一闪一闪小星星的英文歌，而后，他觉得还是把时间花在为食物努力比较好。他如今认为，曼朱的学校只是在屋子里玩无聊的游戏而已。

阿卜杜勒认为，曼朱是安纳瓦迪几乎拥有一切的女孩，对于小男孩苏尼尔的优越感，他只感到纳闷。在“独腿婆子”自焚事件发生、一切改观之前，阿卜杜勒最骄傲的就是能够预测其他人的命运，尤其是拾荒者。不过，苏尼尔的未来很难预见。虽然遭到轻蔑会改变一个人，但只要苏尼尔依然觉得，背诵“Apple 的 A”或许会让他的生活有所不同，捡垃圾的差事就不会污染他的心灵。

第二部分

自焚这桩买卖

印度刑事司法制度如同垃圾市场：清白或有罪，就像一公斤塑料袋一样，可供买卖。

幽灵屋

起初，“独腿婆子”法蒂玛以兄妹的心态，去爱她那上了年纪的穷丈夫。婚后，她才得知其他方式的恋爱。这种爱的滋味是莫大的发现，无法隐藏。到她三十五岁左右，安纳瓦迪居民公认她的性需求就像她的口红一样明目张胆。如果她是正常的女人，她的风流韵事可能就是纯粹的丑闻；而她的身体缺陷，则使这些韵事成为笑话。还有她那令人印象深刻的发飙场景，为安纳瓦迪的许多傍晚带来活力。

鉴于生来膝盖以下的腿短小如鳍状肢让她承受了许多侮辱，法蒂玛早年即把她的语言兵工厂提升至炉火纯青的地步。三十岁时，她的骂人功力甚至凌驾于泽鲁妮萨之上。当一项政府措施为她提供一副金属拐杖时，她便具备了双重武装。肩膀强而有力的她会举起拐杖使劲朝她认为无礼的邻居打下去。她还能神奇地瞄准目标，甩出拐杖。“一定是私酒。”有人窃窃私语，为她的脾气提出解释；尽管整个安纳瓦迪的私酒，还没多到能让法蒂玛保持这种火爆脾气的程度。

她有残缺，她直言不讳地承认。她不识字，这点她也承认。然而，如果说她无礼又野蛮，那简直是一派胡言。她的愤慨，绝大部分来自她迟来的觉醒——自己和任何人一样都是人。

有时候，共度午后的男人会留给她钱；但多数人穷得没钱给她。然而，即使是当中最穷的人，也能帮她领会到父母从她手上夺走的东西——那两个感到羞耻、本身也同样令人羞耻的父母，把法蒂玛这个残疾女儿藏在屋里。

看着她的兄弟姊妹跑去上学，放学回家接受父母的爱，是她每天必须承受的惩罚。“我那时多么憎恨自己，”法蒂玛告诉让她既信赖又恼恨的泽鲁妮萨，“我听到的，全是我的出生是个错误。”如今，当她母亲搭火车到城市这头来看她时，总要把法蒂玛妹妹拍摄的艺术照拿出来传阅——她是一个双腿健全的美人，戴着光彩夺目的鼻饰。“这是个好女孩，”她母亲喜欢这么说，“瞧她多么好看，皮肤又白。”

“像‘独腿婆子’那样长大，她本来可以变得更坏。”泽鲁妮萨对阿卜杜勒说道，尽管她私下认为，一个成年妇女还在抱怨自己的童年，不免稍嫌任性。泽鲁妮萨不禁讲起自己早年在巴基斯坦吃“水泡麦壳汤”的日子，而后媒妁婚姻才使她越过边境，来到这里。安纳瓦迪很少有女人的年轻时代十分甜蜜。不过，法蒂玛认为，早年的坎坷岁月，该用几年的好日子加以平衡，而她根本还没有享受到。

她没兴趣扮演某些慈善家期待残疾人士扮演的角色：曳足而行、心怀感激。想在贫民窟维持尊严已经很不容易，就连吃苦耐劳的女人，也因料理家务精疲力竭。雨季期间，法蒂玛的早晨往往这么展开：用一条腿和两根拐杖，提着重达五公斤的用水泵打上来的水，踩着泥泞滑溜的道路，然后"啪嗒"一声跌倒在地。此外还有她追赶不上的小女儿们——那些贫困又放纵的小家伙，让她在追赶之中丑态百出。唯有在老公上工去、女儿上学去之后，别的男人来访，她才会感觉自己献出的身体部位，比她欠缺的部位来得更重要。

六月，为期四个月的雨季就此展开，每个怀有危机意识的安纳瓦迪居民都忧心忡忡。这处贫民窟是个淹水盆，四面环有高墙和成堆非法倾倒的建筑碎石。二〇〇五年一场让整个城市陷于停顿的洪灾使法蒂玛家失去大部分财物，就像侯赛因家和其他许多安纳瓦迪居民一样。两个居民淹死——原本可能淹死更多人，多亏兴建洲际酒店加盖区域的建筑工提供绳子，把贫民窟居民拖离洪水，送到安全地带。

今年，云层提早出现，雨水像铁钉一样倾盆而下，持续一个礼拜。安纳瓦迪外围的建筑工程停顿下来，领日薪的工人做好挨饿的准备。棚屋墙壁因发霉而变绿变黑，公厕的秽物排向广场，霉菌如同小型雕塑般从脚上鼓出——这对有戴脚趾环传统的人来说尤为痛苦。

"这双脚会害死我。"一个妇女说道，她在雨中排队打水，脚上的霉菌像蝴蝶翅膀一样呈扇形散开。"照我的孩子们那样吃下去，我存的米可撑不到两个星期。"在她身后的妇女说道。季节性的牢骚愈演愈烈。"我不想跟我老公一起在家困好几个月。""至少你老公不是坎伯先生，一天二十四小时都在那边'心瓣膜'。"然而，就在妇女们纷纷加入发雨季牢骚的节奏中时，雨停了，由淡黄色的太阳所取代。随后，妇女们又希望再度下雨；在她们看来，这么多天没下雨，似乎有违天理。

孩子们则用不同的眼光看待雨停。新的学年即将开始，好天气容许他们最后一次大玩特玩。阿卜杜勒的弟弟米尔基利用旗杆和破裂的自行车内胎，在广场发起巨型套圈游戏。

“算你侥幸。”米尔基对拉胡尔说道，拉胡尔的内胎一抖一抖地滑下旗杆。

“才不是侥幸，”拉胡尔抗议道，其他男孩则群起欢呼，捶打他的背，“看我的，我可以再来一遍！”

泽鲁妮萨出来看他们玩，她一边看着生气勃勃的儿子，一边拭去眼泪。米尔基似乎已经忘记他没通过九年级考试这件事给家里蒙上的阴影。泽鲁妮萨一直认为他是她最聪明的孩子，甚至希望他将来能当上医生。如今，他突如其来的失败使家庭危机晋升为三个，另外两个是：她的丈夫在医院与死神抗争；还有她的大女儿克卡珊，结婚一年就离开了自己的丈夫。

米尔基的欢天喜地，和他姐姐返家大有关系。侯赛因家的每个孩子都很高兴看到她。不只是因为她能代替他们大部分时间都待在医院的母亲烧饭打扫。对弟弟妹妹们来说，克卡珊就像第二个母亲，而且比真正的母亲更有条理、更有活力。不过，她回来时，眼里带着心痛的神情。

克卡珊的丈夫也是她的表哥。泽鲁妮萨和她的一个姐姐在她们孩子两岁时，安排了这门婚事。然而丈夫手机里的亲密照片让婚后一直困扰克卡珊的问题有了答案，即使照片里的人并不比她漂亮——她的新婚丈夫为什么不想做爱？“有一次他告诉我：‘因为你很早睡。’于是我很晚才睡，”她对母亲说，“后来，他晚上不再回家。他说：‘不要指责我，你没权利管我。’这是什么样的生活？”她婆家的妇女施行严格的深闺制度，也就是足不出户，除非由男性陪同。“因此我窝在家里，完全依赖这个男人，”她说，“结果发现，他的心从来没跟我在一起过。”

泽鲁妮萨希望克卡珊能让女婿迷途知返，可对于女儿最紧迫的问题——“怎么可能强迫一个人来爱我？”——她没有答案，因为她自己丈夫卡拉姆的缺点，并不包括缺少爱。

克卡珊的返家，吸引了印度教板球手们的注意，他们断定，这位穆斯林女孩光彩照人的容貌，胜过她食用山羊和住在垃圾堆的污点，即使现在她已被认定不是处女。男人盯着她的屋子瞧；克卡珊则别开眼去。有时为了寻求平静，她恨不得自己其貌不扬。

泽鲁妮萨责怪法蒂玛把那些发情的公狗引到他们家门口。她曾经揍跑法蒂玛的一个情人，因为他不断绕过来色眯眯地看着她的女儿。好在他因吸食海洛因身体软弱无力，若换作其他男人则有可能还击，法蒂玛也可能找她麻烦。克卡珊遭受的打击、米尔基的失败、要她照顾的学步儿、住院的丈夫，还有她持续不退的低烧，凡此种种，都让泽鲁妮萨已经没精神和“独腿婆子”争斗了。

泽鲁妮萨试着不去评断法蒂玛的私德，她知道这个女人渴望被爱、被尊重。然而，当泽鲁妮萨想到法蒂玛的孩子们时，她的尊重便流失殆尽。近来，法蒂玛会拿拐杖扑向她八岁的孩子努俪，使劲之猛，让泽鲁妮萨和另一位妇女不得不出面阻拦。还有法蒂玛两岁的女儿梅迪纳，这个小女孩罹患肺结核后，法蒂玛一直担心自己被感染。随后，梅迪纳就溺死在水桶里。

“事情发生时，我正在厕所。”法蒂玛对泽鲁妮萨声称，而他们共享的墙壁却泄露了秘密——梅迪纳溺死在那很小的屋里时，法蒂玛和她母亲正在屋内。法蒂玛六岁的女儿希娜也在现场，事后她说：“那天之前，梅迪纳一直是很乖的妹妹。”

泽鲁妮萨出了寿衣和墓地的钱，她试着说服自己，梅迪纳的死实际上是一场意外。她想到自己的孩子，想到她有一半时间都不知道他们在干什么。

一天，警方派人来到安纳瓦迪，询问梅迪纳的死，审问很快就结束了。贫民窟的女孩子不断地在各种可疑情况下死亡，只因为大多数贫民窟家庭都不像有钱人家负担得起超声波费用，能在女婴出生前把她堕掉。有时身体不好的男孩女孩也会被处理掉，因为昂贵的医疗费用会让整个家庭破产。

一岁的丹努什住的地方，和侯赛因家隔两条巷子，他在他出生时的那家肮脏的公立医院受到感染，皮肤剥落，碰到床单便尖叫不已。他的父母连续借高利贷，花了一万五千卢比，希望治好他。然而，三月的某天晚上，他的父亲把老婆打了回去，将一锅沸腾的扁豆倒在纱丽吊床里的丹努什身上。阿莎的儿子拉胡尔愤然插手这桩恐怖事件，跑去叫警察来。泽鲁妮萨为此对他钦佩不已，丹努什送医后幸免于死。如今，泽鲁妮萨每次看见他便感到痛心：在那张烙着烫伤疤痕的脸上，有一只被严重烧伤的眼睛，一眨也不眨。

梅迪纳溺死后，法蒂玛似乎异乎寻常地快活。妇女们把她说得坏到不行，她不怎么在乎。她画上夸张的黑色眉毛，脸颊搽上粉，还找了一串新情人。“花个五十卢比，变成白皙淑女。”侯赛因家的男孩子窃窃私语。“你看见那个男人和他朋友看我的样子了吧？”法蒂玛总是对泽鲁妮萨说，“你嫉妒吗？没有男人会看你一眼。”她告诉这位邻居，她请进家中的男人觉得她很美，还说整个印度没有任何女人比得上她，说她应该过更好的生活。

侯赛因家很同情法蒂玛的丈夫，他在另一个贫民窟给垃圾分类，每天工作十四个小时，一天赚一百卢比。米尔基直截了当地说：“她把那老头子当旧鞋对待。”那只“旧鞋”经常过来抱怨他那性情乖张的老婆，有天晚上，泽鲁妮萨跟他打趣说：“傻瓜，你结婚以前应该先来问我。我能给你挑个两条腿的女人，好好抚养你的孩子，好好料理家事。”

她错了。墙很薄，法蒂玛跑过来当着她的面，挥舞着拐杖大骂：“你是什么人，敢说我是恶妻！”

尽管如此，法蒂玛跟她老公吵架时，仍然会呼喊泽鲁妮萨的名字，泽鲁妮萨也总是及时赶到，叹着气，拉开这对怨偶，就像她在开斋节和其他穆斯林节日请他们过来一起吃她做的咖喱羊肉之前，也会叹气一样。虐待小孩的法蒂玛一家、可耻的妓院老板一家——她在安纳瓦迪的穆斯林同胞只有这些。

“一根筷子容易断，一把筷子不易折。”她对她的孩子们说，“家人，还有和我们信仰相同的人，都是这样。即使有小小的分歧，穆斯林还是必须团结起来，一起面对大苦大难，一同庆祝开斋节。”

乌云笼罩在城西的山丘上空，但并未下雨。安纳瓦迪的孩子们继续朝旗杆丢掷内胎。七月的一天早晨，阿卜杜勒的父亲在门口笑容满面地看着孩子们玩耍。他的衬衫搭在肩上，就像往常一样，不过，法蒂玛和其他邻居看见他的脸时，感到惊讶。垃圾的收益支付了他在私立小医院住院两星期的费用，他在那里呼吸的是氧气，而不是贫民窟的脏空气，因此卡拉姆容光焕发，看起来焕然一新。

“我不敢相信，”经营酿酒店的泰米尔女人对泽鲁妮萨说，“他的脸年轻了十岁！他看起来就像宝莱坞男主角萨尔曼·汗！”

“就该是这样，”泽鲁妮萨说，“我们付给医院两万卢比呢。不过说真的，他变得年轻极了，像个小伙子一样！我用余光瞥见他，心想，我的妈呀，我忘了我还有一个孩子呢，现在我得安排他的婚事啦！天晓得，我有多少婚事得去安排。”

下一个要被安排婚事的是阿卜杜勒。虽然财务方面仍有待克服，泽鲁妮萨和她丈夫却已经商定一名合适的对象，是萨基纳卡一名废金属商的十六岁女儿，萨基纳卡是阿卜杜勒出售货物的工业贫民区。她是个标致的女孩，脸上没有明显的痣，最重要的是，她能够忍受肮脏。她来过家里三次，穿蒙面罩袍，显得很端庄，后面跟着她的妹妹。在米尔基看来，这位妹妹相当性感，为了表示对她的赞赏，他在屋前画了一颗大大的红心。

米尔基自称渴望结婚。有一天，远在他父亲听力所及范围之外，他说：“妈，我要一个像你一样的老婆，活儿全由她干，我什么也不做。”阿卜杜勒则对结婚持谨慎态度，就像他对其他一切事物的态度一样。

“我经常听说爱这玩意儿，因此我想我懂吧，可我却感觉不到，我自己也不清楚原因，”他感到烦恼，“这些人爱来爱去，然后女朋友跑掉，就用刀片割自己的手臂，把香烟头摁在手上熄灭，他们不吃不睡，只是唱歌——他们的心肯定跟我的不一样。”

他告诉他的父母：“你不会用手掌去碰滚烫的熨斗，不是吗？你会先让它冷却。你会慢慢考虑。”

“我觉得我们该赶紧让他娶老婆。”泽鲁妮萨一边做午饭，一边对刚从医院回家没几天的丈夫说道。他要求吃肉好增强体力，所以她蹲在地上边给拉卢喂奶，边熬煮软骨炖汤：“我觉得，婚姻能让他快乐起来。他内心有太多不安——我想，只要待在安纳瓦迪，他一天都不会快乐。”

“住在这地方，谁快乐得起来？”她的丈夫答道，一边从他挂在墙上的塑料药袋里掏出银箔纸包着的泼尼松龙[1]，“我快乐吗？我们身边全是三流的人，没有半个人能和我谈话。这里有谁知道美国在伊拉克的战争？他们只知道彼此的事情，可我没向你抱怨。阿卜杜勒又何必抱怨？”

“你懂自己的儿子吗？他什么也没说，只是干他的活儿，做我们要他做的事。可为什么只有他妈看得出他不快乐？”

“我们到瓦塞后，他会快乐些。”他答道。

“到瓦塞会快乐些。”她小声重复他的话，语气中满是嘲讽，她丈夫选择不予理会。

他们在一月份缴了瓦塞那一小块土地的订金，那里位于离市区一个半小时远的郊区，是个由建筑供货商和工业废品回收商组成的社区。其中许多居民是来自北方邦的穆斯林，北方邦也是卡拉姆长

---

[1] 一种用于治疗过敏性、炎症性疾病的药物。

大的地方，在尼泊尔边界。他从一个穆斯林开发商那儿得知瓦塞这个社区，此人相当热衷于宗教研究，米尔基和阿卜杜勒经常翻着白眼称他为伊玛目❶。

卡拉姆头一次参观该地时，被一群手里攥着报纸、在茶摊谈笑风生的男人所吸引。他想象他们在谈论美国那位正在努力竞选总统的黑人。

从茶摊蜿蜒而上的沙土路上，到处是鸡，令他想起他的家乡。他并不留恋他出生的那个村庄，因为除了在甘蔗田里干活儿，那里的工作机会很少，而且孩童死亡率在印度名列前茅。不过，他觉得被富裕包围的城市贫民窟会让孩子们瞧不起他们的父母——"因为我们买不起名牌衣服和车子"。他庆幸米尔基只是懒散而已，而不是个性反叛的 Eraz-Ex 吸食者，不过，米尔基底下还有另外六个孩子。对卡拉姆而言，瓦塞是将城市与乡村相结合的理想居处：既充满机遇，又保留了孝顺父母的传统。

"至少他们不会因宗教受人侮辱。"他对他的妻子说道。

泽鲁妮萨觉得现在就把他们对孩子的梦想寄托在仅拥有部分所有权的一小块土地上，未免言之过早。他们甚至都没有四根竹竿和一块油布，无法搭起一个可以睡觉的棚子。"这是我们的幽灵屋。"她习惯这样称呼那块地。她允许丈夫付订金。他总是向她征求财务方面的决策，因为他不听劝的那两回，结果都极其悲惨。可是，他还没有带她去看那块地，这使她相当恼怒。

"有这些孩子要照顾，我怎么带你去？"他已经说了一整年。

❶ 伊斯兰教教职，指领拜人，也指穆斯林团体中的宗教领袖。

然而，即使这会儿有克卡珊帮忙，她仍未看到那个地方。她猜想，那个社区是否和他的家乡十分相像，让他也像住在那儿的保守穆斯林那样思考。

在泽鲁妮萨的丈夫住院治疗前，开发商曾来讨论购地付款事宜。她身穿蒙面罩袍，端来茶水，然后蹲坐在一角，就像过去她母亲在巴基斯坦做的那样。全身包着罩袍，不得被家人以外的男人看到。泽鲁妮萨当时以为她就要如此度过她的成年生活。然而，嫁到北方邦之后不久，她可以在晚间、在男人群当中，到甘蔗田里干活儿。她不断祈祷她丈夫的肺结核病情能有所缓和，让她能重返深闺生活。"那时候我甚至没办法开口说话，"她对她的孩子们说，"整个世界都让我害怕。"有个男人代她面对周围的世界，她觉得很不错。

克卡珊出生后，她不再祈求重返深闺。她相信应当把重点放在对安拉的请求上，每回只麻烦他一件事。因此她为克卡珊的健康祈祷，而后为出生于洲际酒店旁的土堆中的阿卜杜勒祈祷。她的丈夫带着全家人来到孟买，希望找到比务农容易挣钱的工作。租辆手推车，将垃圾运给回收商，就是他所能找到的工作。

阿卜杜勒是个脾气不好的宝宝，时常拒绝吸吮母亲的乳汁。不过，他没有像下一个儿子那样夭折，他活了下来。随后，米尔基出生了，又胖又俊，之后是六个同样健康的孩子。泽鲁妮萨生活中最大的满足，莫过于她的孩子们都像她一样，身强体壮，而不像她的丈夫。在阿卜杜勒之后，他们当中没有一个矮个子。

再过不久，其中一个小儿子就能证明自己足够能干，可以胜任她在阿卜杜勒事业中扮演的角色——同拾荒者、小偷和警察交涉谈判。而后，她便能心满意足地待在家中。至于重返深闺生活，她后来才意识到，这在瓦塞或许难以避免，而她丈夫居高临下的态度也可能因此加剧，这一点，让偶尔必须朝丈夫嚷嚷的她很受不了。

"我只是不识字，你就让大家以为你是这个家的英雄，而我什么都不是，"她最近对他说，"就好像我如果没有你，就只能困在娘胎里出不来似的！去吧，你就继续当你的名流贵族，可别忘了都是我一个人在打理一切！"

安纳瓦迪没有吹毛求疵的保守穆斯林，这使她在必要时能对丈夫大吼大叫，同时也让她能够工作，养活孩子。放弃这些自由，是极其痛苦的事。

"在你心里，你已经搬到瓦塞去了，"她对丈夫说道，一边舀出炖好的汤，用住在狭小、人口过多的屋子里的人特有的简洁动作递了过去，"也许你应该收拾好行李就走人，然后去沙特阿拉伯——噢，在那里你就真能好好放松了！不过，这个房子可是你老婆和孩子住的地方，你看看，你那位伊玛目过来的时候，你还觉得难为情哩！"

洪水使墙壁肿胀，留下水渍。石板地凹凸不平，每个角落都囤积着回收物。更多的回收物存放在一张铁床底下，床是他们最近才买的，因为卡拉姆睡在高于垃圾三十厘米的地方时，呼吸问题能得到改善。不过，即便他像蝙蝠一样睡在天花板上，也避不开各种臭味：垃圾味、混浊的油烟味，以及十一个人因缺乏足够的水清洗而散发出的味道。

"我也想离开这个地方，"泽鲁妮萨说，"可你的孩子们要在哪儿长大？幽灵屋里吗？"

他看着她，感到困惑。昨天整个晚上，和今天整个上午，她一直非常激动。

然而，泽鲁妮萨自有主意，在丈夫出院时，她感觉吉时已到。这与星星和月亮的位置无关，而是因为生命短暂，以及雨水骤停。

“你记不记得你住院时多么焦虑？”她说，“你那时候在想，万一离开这个家怎么办？”当时他告诉她：“我担心上天在召唤我。”

卡拉姆点点头，皱着眉头：“所以呢？”

“这回它饶过了你，”她稍微停顿，“我是不是为这个家努力干活儿？我有没有要求穿金戴银？”

“没有，”她丈夫承认道，“你没要求。”

她越来越不确定她想去瓦塞，越来越不确定她丈夫能活到那一天。她想凭借孩子们充沛的活力，在这儿有个更干净的家。她要一个能让她做饭的石架子，而不是捡来的胶合板，她想能在不受老鼠侵扰的环境中做饭。她想要一扇小窗户排放油烟，因为油烟会导致孩子们也像父亲一样咳嗽起来。至于地板，她想要能擦得干净的瓷砖，像“永远美丽”广告墙上展示的那些瓷砖，而不是每道沟纹都藏污纳垢的破水泥地。有了这些小小的改善，她想她的孩子们或许能在安纳瓦迪过得健健康康的。

她还没讲完自己的请求，她的丈夫就表示同意，因而启动了一连串事件，它们将对两个家庭造成永远的伤害。侯赛因家将把部分积蓄花在建造一个像样的房子上。第二天，卡拉姆照例表现得就像翻修屋子是他自己的主意一样，但在这种情况下，开心的妻子也不在乎丈夫怎么胡说八道了。

被称为窗户的洞

侯赛因家的小孩知道翻新屋子是严肃的事，因为虽然学校已经开学，父母还是让他们待在家里。随后三天，连六岁的小孩也被分派了活儿。首先是把屋里的所有家当拖到广场上。先拖出生锈的铁床，卡拉姆和泽鲁妮萨坐在床上，一边看守家当，以防路人偷窃，一边看着阿卜杜勒指挥他的兄弟劳动军。

“终于，我要有厨房了！”泽鲁妮萨说道，紧靠着丈夫，她的头巾滑落到肩膀上。

“你看阿塔尔，”过一会儿卡拉姆说道，他们的第三个儿子正使劲搅拌水泥，以免水泥在当天令人窒息的暑热中凝固，“我对他不抱希望，他没长脑子。八年级了，还不会写数字八。好在他肯干，像阿卜杜勒一样，不怕吃苦。”

“他不会有问题的。”泽鲁妮萨表示同意。他们的第五个儿子萨夫达尔才是她担心的孩子。萨夫达尔爱幻想，不切实际，就像她丈夫一样。他喜欢青蛙，有时会游过污水湖去追捕。在他游完回来之后，没人愿意睡在他旁边。

阿莎的丈夫马哈德奥出现在铁床边。他身材瘦小干瘪，清醒时寡言少语，自从阿莎找到一个更聪明的藏钱包处，他便一直清醒至今。为了缓解痛苦，他主动提出帮侯赛因家施工，以换取一百卢比。

不很清楚自己要做些什么的阿卜杜勒很乐意马哈德奥助他一臂之力。那户人家，只有阿莎让他害怕。“我觉得她的野心使她发狂，”前几天晚上阿卜杜勒的父亲说，“她想要一种闪闪发光的公众生活，想当大政客，可她的私人生活却丢脸得很。她以为大家听不见她晚上和老公吵架啊？”他们的争吵确实和“独腿婆子”法蒂玛夫妻一样大声。根据传闻，吵赢的人总是阿莎。

马哈德奥和侯赛因家小孩一同干活儿时，曼朱的几个学生感到好奇，晃了过来。曼朱不久就要叫他们去上课，不过在此之前，他们打量着侯赛因家堆在广场上的家当，大人们也过来围观。只有少数几个邻居去过侯赛因家，不过，从那一堆家当判断，这一户穆斯林拾荒者家庭的生活比大家想象的还要宽裕。

许多安纳瓦迪居民都还记得，侯赛因家在二〇〇五年的水灾中失去了多少东西。他们最小的女儿几乎溺死，他们的衣服、储藏的大米和五千卢比的积蓄全被水冲走。而今，他们有个做工粗糙的木头衣柜，比阿莎的柜子大上两倍；一台分期付款的小电视机；两床厚棉被，一床蓝白格纹、一床巧克力色。还有十一个不锈钢盘、五口锅子，以及新鲜豆蔻和肉桂，比大多数安纳瓦迪居民使用的香料好。再来是一面破裂的镜子、一管百利美发乳、一大袋药品，然后是生锈的铁床。贫民窟的大多数人，就连阿莎都得睡在地板上。

“看见我们在翻修房子，每个人都嫉妒我们。”克卡珊对一个刚从乡下过来的表亲说道。

“那就让他们嫉妒吧，”泽鲁妮萨嚷道，“我们既然日子好过一点，为什么不该住好一点的屋子？”不过，她仍然决定在翻修工程期间，把电视机托给妓院老板保管。

没有一个旁观者质疑，既然机场当局可能拆除屋子，何必翻修？这里几乎所有的人，如果有能力修缮屋子就会去做，不仅为了追求更好的卫生条件、防范雨季，还为了避免机场当局迫害。大家认为，倘若推土机来摧毁贫民窟，拥有一间像样的屋子就是一种保障。马哈拉施特拉邦曾经承诺，二〇〇〇年来在机场地区非法居住的家庭将被迁往公寓大楼。对安纳瓦迪居民而言，一户人家的屋子如果不易铲除，当局承认其机场用地所有权的机会便能提高。也正因如此，他们愿意把钱花在将被摧毁的屋子上。

对阿卜杜勒而言，翻修棚屋似乎是不智之举，原因和机场当局并不相干。在他看来，这就像站在屋顶上，吹嘘自己家赚的钱比别人家要多。有必要这样火上浇油吗？他母亲的新地砖，到头来还不是堆满破烂。

倘若家庭经费由他支配，他会买个 iPod。米尔基跟他说过 iPod 这玩意儿，阿卜杜勒尽管对音乐所知甚少，却为这个想法着迷：一台小小的机器，让你只听得到想听的声音，还能淹没邻居的声音。

排放油烟的窗户在第一天完成。第二天，孩子们敲碎裂开的石板地，把地面整平，准备铺上地砖。“陶瓷地砖。”泽鲁妮萨嘱咐丈夫，他感觉身体已经康复，能出门购买瓷砖。两岁的拉卢无法参与翻修工程，因此怏怏不乐，为了父亲重大的出行，他拿抹布帮他擦鞋。午后不久，卡拉姆把两千卢比放进口袋，动身前往萨基纳卡一家小瓷砖店。阿卜杜勒很高兴看到他父亲终于出门了。拖延是他父亲的专长，阿卜杜勒希望能在天黑前完工。

“你们家敲击声太大了！我听不见收音机！”没过多久，法蒂玛便隔着墙壁喊了起来。侯赛因家年纪还小的男孩们面面相觑，觉得好笑。前三回他们对屋子进行小幅修缮的时候，她也都会发一顿她那人尽皆知的脾气。

“我们在敲碎地板，要安装厨房，”泽鲁妮萨喊了回去，“我也希望瓷砖和架子能像变魔术一样，自己安好，可是不可能啊，所以今天会有一些噪声。”

阿卜杜勒不理会她们的对话，专注于他自己的问题。他母亲的厨房置物架简直要使他发狂。一米多长的灰色石板像地板一样凹凸不平，因此架子在他建造的两根支柱上摇摇晃晃，险象环生。这间蠢房子没有什么东西是正的，稳住架子的唯一方式，是在本身也同样凹凸不平的砖墙上开个槽，再用水泥固定住石板。

阿莎的丈夫宿醉得厉害，今天干不了活儿，另一个邻居于是表示愿意帮忙，只要先付钱给他。这个人似乎也踉踉跄跄，不过，阿卜杜勒在他们两人一同凿起砖墙时，便把这事抛到九霄云外。泽鲁妮萨说：“我们现在真要听见‘独腿婆子’抗议了。”三十秒后，法蒂玛开始叫嚷起来。

“我的墙怎么回事？”

“别紧张，法蒂玛，”泽鲁妮萨喊了回去，“我们正在做架子，只要给我们这一天就好。我们也想趁还没下雨之前尽快完成。”

阿卜杜勒继续干活儿。他不仅给垃圾分类，也给人分类，法蒂玛的外表虽然与众不同，他却认为她不过是个普通人。她恶劣的性情，就像其他的邪恶本性一样，根源多半是嫉妒；而嫉妒的根源，则或许是希望——希望他人的好运哪天能够属于她。他的母亲说，在安纳瓦迪居民的生活都差不多悲惨时，街坊邻居的仇恨还没有这么严重，尽管大家都知道，泽鲁妮萨是怀旧的人。

“你们这些浑蛋！你们想推倒我的墙啊！”

又是法蒂玛。

“你的墙？”泽鲁妮萨恼火地说，“我们砌了这面墙，从没拿过你一分钱，我们难道不能偶尔敲个钉子进去？忍着点，万一出了什么事，我们一把架子装上去，就会去修理。”

法蒂玛安静下来，直到她那边的砖块开始崩落。“砖块碎片掉进我的饭里啦！”她大喊，“我的晚饭毁了！沙子喷得到处都是！”

阿卜杜勒感到惊慌。他长期以来对于砖头可能崩解的疑虑，如今得到了证实。这些砖头掺入太多沙子，砖缝的灰泥早已变质；这些劣质砖块甚至没有粘在一起，与其说是墙，倒不如说是摇摇欲坠的砖堆。正当他考虑着如何装上厨房的架子而不弄垮整间房子时，泽鲁妮萨走到门外。法蒂玛也走了出来，两个女人于是开始推来搡去。邻人纷纷跑出来看热闹，孩子们则讨论她们谁比较像美国职业摔跤协会的印度摔跤手巨人卡里。

“你这狗娘养的！你再继续破坏我的房子，我就让你们自投罗网！”法蒂玛喊道。

“我是在破坏我自己的墙，婊子，”泽鲁妮萨回嘴，“如果我们慢慢等你砌好一堵墙，现在我们都还在看彼此光着身子呢！”

阿卜杜勒跑到门外，把两个女人推开。他搂着母亲的脖子，回到家里。

“你有没有孩子啊？”他反感地说，“你没比‘独腿婆子’好到哪里去，还在外面当众吵架！”这种场面有违他在安纳瓦迪的根本法则：不要引起别人的注意。

“谁叫她先骂脏话的。”他的母亲抗议道。

“那女人对自己的男人讲话都很难听，”阿卜杜勒说，“更何况是对你？可你不必反骂回去啊。她神经不正常，她疯了，这你也知道。”

法蒂玛穿过广场离开安纳瓦迪时，仍谩骂个不停。阿卜杜勒听见她走的时候，女邻居们在嘲笑她，不过，他对女人嘲笑的事不感兴趣。他只知道，法蒂玛不在场，让他有机会安安静静完成架子的安装。只不过，他雇来帮忙的邻居此时倒了下去，石板也跟着掉落在地。

“你喝醉了！”阿卜杜勒指责被石板压在地上的邻居。男人无法否认，因为他患有晚期肺结核：“最近我要是不喝酒，就没力气抬任何东西。”

阿卜杜勒看着墙壁上新添的破损，觉得想哭。幸好，石板掉下来时并未摔破，而这个意外，似乎让这位邻居清醒过来。他向阿卜杜勒保证，他们一小时内就能完工。阿卜杜勒让自己冷静下来，想象他母亲如果有个更好的居住环境，或许会开始学习更好的说话方式。

但是现在，有邻居过来通报一件不寻常的事。有人看见法蒂玛这个没什么闲钱的女人居然搭上嘟嘟车离去。十五分钟后，又有人通报：法蒂玛在萨哈尔警察局，指控泽鲁妮萨暴力攻击她。

“老天，”泽鲁妮萨说，“她什么时候变得这么会说谎？”

“快点赶过去，”克卡珊说，“你如果不赶紧去警察局，他们只会凭她一个人讲的话做判断。”

卡拉姆返家时，他的老婆正要出门。瓷砖比他原先设想的要贵，他还缺两百卢比。她对他说：“别再拖了，拿了钱就去买瓷砖。万一警察过来，看见我们屋外的全部家当，可能会把我们扫地出门。”年幼的儿子们已经在捡起家当，扔进储藏室中。

“不用担心我，”泽鲁妮萨对阿卜杜勒说，“别停下来，把活儿干完。”

泽鲁妮萨跑了将近一公里，气喘吁吁地来到警察局时，法蒂玛正坐在桌前，把她的情况告诉一名高大的女警察库尔卡妮。

“揍我的人就是她，你瞧，我是瘸子，只有一条腿。”法蒂玛说道。

“我没揍她！”泽鲁妮萨驳斥道，“很多人都在外面看，没有一个人会说我揍了她。是她先来挑衅的！”

“他们敲破了我的墙，沙子都掉进我的饭里了！”

“她说她要让我们自投罗网！可我们只是在干活儿，在做我们自己的事。”

法蒂玛在哭，因此泽鲁妮萨也开始哭鼻子。

警察举起手掌：“你们两个女人疯了吗？拿这些事情来烦我们！你们以为警察没事干，只能听你们为小事吵架？我们可是在保护机场哪。你回家煮你的饭，照顾你的孩子去。”她告诉法蒂玛，然后对泽鲁妮萨说：“你坐那边。”

泽鲁妮萨在一个塑料椅上坐了下来，弯下身去。此时，她流下了真正的眼泪。法蒂玛如她所威胁的那样，让泽鲁妮萨自投罗网。她就要回到安纳瓦迪告诉大家，警方像对待普通罪犯一样，扣押了泽鲁妮萨。

当她从一阵啜泣中恢复过来时，阿莎正坐在她身边的椅子上。

阿莎帮一些警察找到一栋政府补助的公寓，用于经营副业——这是她希望能真正搞到钱的掮客工作。调解两个女人之间的纷争所能获得的潜在利润不会太多；然而，倘若她不去处理安纳瓦迪的琐碎冲突，大家可能转而求助国大党一个被称为“白纱丽”的女人，还可能传到市政代表萨旺特那里去。

阿莎和泽鲁妮萨目光相接。“花一千卢比。”阿莎说，这样她就能说服法蒂玛别再找麻烦。钱不只是给阿莎，她也会把其中一部分交到法蒂玛手中。

对于金钱，阿莎并非总是如此直言不讳，但她觉得必须对泽鲁妮萨直说。米尔基有一回因为购买赃物被逮，泽鲁妮萨于是向阿莎求援。阿莎向警方强调，米尔基只是个孩子，而且身体不好——这刚好是事实，因为在他的屁股上，有六个严重感染的鼠咬伤口。阿莎带米尔基回家时，泽鲁妮萨只向她道谢，仿佛她不知道阿莎的帮忙早已成为一门生意似的。

然而，泽鲁妮萨对阿莎的不信任程度，就像阿莎对她一样。和警察局里的许多警察一样，阿莎也是湿婆神军党。

“我们会找法蒂玛的丈夫解决这件事，”泽鲁妮萨对阿莎说道，结束了对话，“谢谢你，不会有事的。”

一个钟头后，当库尔卡妮警察递给她一杯茶并提供建议时，她开始相信一切都没事。“你真的有必要好好揍一顿‘独腿婆子’，把这件事一次性彻底解决。”

“啊，可她是瘸子，我怎么能揍她？”

“你如果不把那种人痛揍一顿，你就得三番五次对付他们。揍她一顿就是了，她如果发牢骚，我会处理。不用担心。”

泽鲁妮萨认为，女警察的友善，或许也是一种索贿。名叫托卡勒的男警察则比较直截了当。他向这家人定期索贿，因为机场用地的违建户不许做生意。“你欠了我好多个月的钱，”他看见她便说，“你在躲我吗？既然你在这儿，我们不妨把账结一下。”

泽鲁妮萨比法蒂玛有钱，能从她这儿榨出钱来，或许正因为如此，被扣留在警察局的人是她，而不是法蒂玛。她得付钱给托卡勒，否则他可能让他们的生意关门大吉。不过，她决定用泪眼汪汪的神情注视库尔卡妮警察，以感激她提出揍法蒂玛一顿的建议。随后，她把注意力转向一杯奶茶。

黄昏时分，在安纳瓦迪，克卡珊气得七窍生烟。她坐在广场上守护家中的财物，看着她那几个惊慌的弟弟铲水泥，想赶在警察过来索贿前完工。克卡珊还能从法蒂玛敞开的门看见她拄着拐杖，随着磁带大声播放的印度电影歌曲摆动身体。从警察局回家后，法蒂玛把脸涂得比平时更夸张：额头上贴着闪闪发亮的眉心贴，眼睛四周画着黑色眼线，还抹上了红色口红。她的模样就像要上台表演。

克卡珊没办法不吭声："你说的谎让我妈被警方扣留，你却在这里浓妆艳抹，像电影明星一样跳起舞来。"

一场争斗在广场重新展开。

"贱货，我也可以让你进警察局，"法蒂玛叫道，"我不会罢手，我要让你们一家自投罗网！"

"你做得还不够吗？你让我妈被关起来了！我真该把你的另一条腿扭断！"

左邻右舍又一次聚集，观赏这场余兴节目。从来没有人看过克卡珊生气，她通常都是安纳瓦迪妇女中的调停者。此时的她眼睛闪着怒火、泪珠闪烁，看起来就像电视剧《家家有本难念的经》里的女主角帕尔瓦蒂。

"你可以扭断我的腿，但我能把你害得更惨，"法蒂玛说，"你说你已经嫁人，可你老公在哪儿？他知不知道你和其他男人乱搞？"

卡拉姆听见有人诬蔑女儿的贞节，走到屋外。但克卡珊最忧虑的不是被人骂的事，她对父亲说："你是不是忘了时间？眼看天就要黑了，妈还在警察局里。"

"跑去看看你妈怎么样了。"卡拉姆吩咐米尔基，而后他对法蒂玛说，"听着，叫花子，等干完活儿，我们就永远别再干涉彼此的事！"

在屋里，阿卜杜勒把砖头残片装入袋中；厨房置物架已经安装好了。这几天来，阿卜杜勒都在想象母亲看见架子完工时的喜悦，如今，她却被警方扣押。地板一半是瓦砾，一半是未干的水泥，等着铺上他父亲尚未采买的瓷砖。存放在妓院老板家的分期付款的电视机，已被那男人的儿子弄坏。阿卜杜勒的弟弟妹妹们被刚才的大吼大叫吓坏了，而他的父亲审视着家中的残局，似乎就要发狂。

突然间，卡拉姆愤然冲回法蒂玛家门口。“蠢蛋，”他吼道，“你撒谎，说我老婆揍你，现在我要让你尝尝真正被揍的滋味！”

但回头一想，他并不想亲自动手揍人。

“阿卜杜勒，”他呼喊儿子，“过来揍她！”

阿卜杜勒愣住了。虽然他一辈子都听从父亲的话，却不打算殴打一个残疾妇女。幸好，他的姐姐出面干预。“爸，冷静下来，”她下令，“等妈回家，她会处理！”克卡珊明白危机时刻谁才是家中的权威。

她带着父亲往家里走时，卡拉姆回头喊道：“‘独腿婆子’，跟你老公说，如果你就是这么对待我们这些年来的好意的话，那我要你们负责这堵墙全部开支的一半！”

“没错，你需要一点钱来给自己办丧事，”法蒂玛答道，“我要毁掉你们全家！”

米尔基不久从警察局返家，带回勘查的结果：他的母亲显然毫发无伤，和一名女警察静静地坐着。克卡珊松了口气，开始准备晚饭。

此时，整个安纳瓦迪生起炊火，滚滚炊浪在贫民窟上方汇聚成一股巨大的烟柱。住在凯悦酒店顶层的客人很快就要陆续打电话给大厅：“一场大火朝饭店烧过来了！”或者“我觉得发生了一起爆炸！”再过半个小时，针对牛粪灰烬撒落在酒店游泳池的投诉也即将开始。

这时候，在法蒂玛屋里，燃起了另一场火。

法蒂玛八岁的女儿努俪回家吃晚饭，可当她推门时，木门却打不开。在屋里，一首情歌放得震天价响，她以为母亲正忙着跳舞，跳到忘记时间。努俪跑去找她母亲的朋友辛西娅过来。辛西娅也打不开门，于是她把努俪举到靠近屋顶的一个洞——被努俪骄傲地称为窗户的洞。

“你看到了什么，努俪？”

“她把煤油倒在她头上！”

“不要，法蒂玛！”辛西娅大喊道，试着让她的声音在乐声中能被听到。几秒钟后，电影歌曲被“呼”的一声、小小的轰隆声和八岁孩子高喊“我妈着了火！”的尖叫声所淹没。

克卡珊尖声喊叫。妓院老板头一个穿过广场，三个男孩迅速跟在后面，一同使劲把门撞开。他们看见法蒂玛在地上挣扎，皮肉冒烟，一旁有个装煤油的黄色塑料罐打翻在地，还有一瓶水。她把做饭用的燃料倒在自己头上，划根火柴，然后用水浇灭火焰。

“救救我！”她喊道。

妓院老板紧张起来。法蒂玛的下背仍有东西在烧，他抓起一条毯子扑灭了火，同时，一大群人在屋外聚拢。

“这些捡破烂的家伙们，吵闹了一整天。”

“她做这件事前，有没有想过她的女儿？”

“她没事了，”妓院老板宣告，把他在匆忙中为了灭火而碰倒在法蒂玛身上的几口锅子推开，“还活着，没问题！”

他拉起法蒂玛，松开手时，法蒂玛又跪倒在地，号叫起来。

大家留意到翻倒的水瓶。

“她肯定是傻瓜，”一个老头儿说，“她想要稍微烧伤自己，演出戏，可没想到把自己烧得这么惨。”

“都是这些人害我这么做的。”法蒂玛叫了起来，她的声音异乎寻常地清晰。大家都知道她说的是哪些人。

克卡珊不再抽泣，向她的弟弟们和父亲发布命令：“快跑！快走！她说要让我们自投罗网，她有可能说是我们放火烧的她！”

“现在已经变成刑事案件了，他们完了。”一个邻居说道，看着侯赛因家的男孩们从公厕旁边跑过，朝着一间套房每晚八百美元的利拉酒店而去。

“水！”法蒂玛哀求道。她的脸又红又黑。

“万一她在你给她水的时候死掉，你就会鬼上身。”某人说道。

“女人的鬼魂最不好，过了好多年都不会离开你。”

倒霉的少女普里亚最后拿水过来。普里亚是安纳瓦迪最穷困的女孩之一，她偶尔帮法蒂玛煮饭和照顾孩子，换取食物。据说已经有两个鬼魂附在她身上。

“蠢蛋，听说烧伤后不能喝水。”

新来的人的声音比其他人的都要干净利落，是阿莎。她站在人群后方。

大家转过身去：“那叫她不要喝，阿莎！阻止她吧！”

“我要怎么抢过来啊？”阿莎说，“万一她就要死了，我可不想接受一个垂死女人的诅咒。万一她这会儿就死了，那还得了？”

曼朱走了出来。她的母亲阿莎叫她走开，曼朱最好的朋友米娜则凑近观看。她看到的景象难以言说：法蒂玛扭着身子，身穿两件式棕色衣服，前后有粉红色花朵，大部分的花已被烧去。原本有花的地方，垂着一块块皮肤。米娜觉得反胃跑开了，她看到的景象可能会让她反胃一辈子。

“我怎么去医院？”法蒂玛说，“我老公不在这里！”

“谁去叫嘟嘟车，带她到库珀医院？这些白痴只会袖手旁观，她就要死在我们面前了！”

“但如果你带她去库珀，警方会说你是放火烧她的人。”

“阿莎应该带她去医院，”有人说，“她是湿婆神军党，警方不会找她麻烦。”

法蒂玛的眼光锁定阿莎。“老师，”她叫喊，“我这样子怎么走去医院？”

“嘟嘟车的钱我出，”阿莎回答，“不过，有人在等我，我忙得很，没办法亲自送她过去。”

安纳瓦迪的居民们看着阿莎大步走回她的屋子。

“我主动说要付车钱，可我为什么该去？”阿莎回到家里，对丈夫说，“这些捡破烂的人在吵架，谁知道牵连进去会发生什么事？反正，泽鲁妮萨早该在警察局接受我的建议。她不了解最基本的道理：你早早付钱，之后就能少付一点。你付钱给‘独腿婆子’就是了，就当她是乞丐，你必须趁还没发展到歇斯底里的阶段，就立刻制止。你看现在搞成了刑事案件，她可需要律师了。她以为律师会先做事，再拿钱啊？接生婆哪会慢慢等你付钱？就算孩子死了，接生婆也照样收钱。不过，我不会再理会她那家人，还有他们的脏钱了。暴发户！”

她露出笑容：“‘独腿婆子’应该告诉警方，‘我生为印度教徒，这些人就取笑我，放火烧我，只因为我是印度教徒。’那样一来，这些家伙就得坐一辈子牢。”

此时是晚上八点，广场上方的天空像瘀伤一样呈青紫色。大家决定，法蒂玛的丈夫干完垃圾分类的活儿回家后，就能送他妻子去医院。

成年人三三两两回去吃晚饭，几个男孩子则等着看法蒂玛的脸皮会不会脱落。这样的事曾经发生在阿莎的一个女房客身上。那女人的老公离她而去，她把自己烧得很彻底，跟法蒂玛不同。女人烧焦的脸皮粘在地上，拉胡尔说，她的胸部简直就像炸开了，你一眼就看得见她的心脏。

崩溃

法蒂玛划火柴之前盘起的头发已经散开，此时她的脸又黑又亮，仿佛奉命为迦梨女神[1]雕像漆上眼睛的画匠太过投入，把整张脸都涂黑了。服务孟买西郊穷人的库珀医院的十号烧伤病房里没有镜子，但她不需要照镜子就知道自己成了“大人物”。肿胀只是一方面，这场火还在其他方面壮大了她。

她那骨瘦如柴的丈夫背着她离开安纳瓦迪时，她开始被当成重要人物对待。“我对自己做了什么啊？”她冲着凯悦附近投以同情眼光的围观人群叫嚷，“既然都做了，我就要他们付出代价！”

由于可能对椅套造成损害，没有一个司机愿意载她这种状况的女人。不过，有三个年轻人出面干预，威胁要司机的命，司机才送她去医院。

而在库珀医院，在牛虻般嗡嗡作响的日光灯下，她仍然觉得自

---

[1] 迦梨（Kali）女神是印度教的时间女神、末日女神、死亡女神，或者黑暗女神，常常与性欲或暴力联系在一起，但在一些传统中，也与母爱有关。

已像个举足轻重的人。小小的烧伤病房里虽然充斥着臭纱布味，但同许多病人躺在地上的普通病房相比，这里已经算是不错的地方，她只和另一个女人合住，那女人的丈夫发誓他没点燃那根致命的火柴烧伤他的老婆。她拥有了她的第一张海绵床垫，此时浸泡着尿水。她的鼻孔插了一根没接上任何东西的塑料管。静脉注射袋上插着用过的注射器，因为护士说，每回更换新的注射器很浪费。她身上有生锈的金属装置，防止污迹斑斑的床单粘住她的皮肤。不过，法蒂玛在烧伤病房的一切新体验中，最出人意料的是有不少安纳瓦迪的妇女前来看望她。

首先来访的是她昔日最好的朋友辛西娅，法蒂玛把目前的状况怪罪到她头上。辛西娅丈夫从事的垃圾买卖生意随着侯赛因家的生意日渐兴隆而一蹶不振，辛西娅于是鼓动法蒂玛做一件戏剧性的事，引发一起刑事案件，陷害击败她家的那一户人家。法蒂玛事后才了解到，这是个可怕的提议，尽管辛西娅带来的香蕉奶昔很不错。

泽鲁妮萨也来了，法蒂玛某天上午瞥见她蜷缩在病房外。接着，在阿莎的带领下，又来了四个邻居。阿莎来看她，使法蒂玛感到荣幸。在安纳瓦迪，这个湿婆神军党女人对她视而不见。现在，阿莎递来酸橙汁和椰奶，在法蒂玛焦黑的耳朵边说悄悄话。

她提醒法蒂玛，她和侯赛因家之间发生的事，有几百个人在广场上亲眼看到了，法蒂玛不该谎称被揍或被焚。“要这种自尊心能干吗？”阿莎想知道，“你烧坏了皮肤，干下这件蠢事，还一心想报仇？”

阿莎打算当中间人，寻求和解，避免引发一起刑事案件。法蒂玛如果承认侯赛因家没有攻击她的话，泽鲁妮萨愿意支付私立医院的病床费，并且给法蒂玛的女儿一些钱。法蒂玛明白，阿莎为解决这场纷争，打算从泽鲁妮萨那儿收取回扣。她虽然被烧伤，脑袋却清楚得很。可如今说实话为时已晚，她已经向警方提出指控。

抵达库珀医院后，法蒂玛说卡拉姆、阿卜杜勒和克卡珊放火烧她——她的陈述迫使警方在午夜过后前往安纳瓦迪逮捕卡拉姆，那时阿卜杜勒已经躲进了他的垃圾堆。然而次日一早，萨哈尔警方获悉法蒂玛的供述与事实不符，她八岁的女儿努俪陈述时还特别指明：她从屋子上的一个洞里，看见她的母亲放火自焚。

要让对侯赛因家的指控成立，并从他们家榨出钱来，必须要有一个更合理的受害者口供。为帮助法蒂玛做出这种陈述，警方派了一位美丽、丰腴的政府官员前往库珀，那是一个戴金框名牌眼镜的女人，她在阿莎来到前不久，才离开法蒂玛的病床边。

马哈拉施特拉政府的特别执行官普尔妮玛·帕伊克劳受命到病床边记录受害人的证词。她体贴入微地帮助法蒂玛，为导致她自焚的种种事件建构一份新供词；甚至在法蒂玛承认她读不懂执行官所写的声明，也没办法在声明书下方签名时，戴金框眼镜的女人仍然彬彬有礼。反正按手印也行。

据特别执行官了解，煽动一个人尝试自杀，在印度属于重罪。英国人制定了这个严格的反自杀条款，以终止自古以来，家族为节省开销而鼓励寡妇陪葬的习俗。

在新供词中，法蒂玛承认自焚，而后把自焚之举的责任天衣无缝地转嫁给其他人。她如实报告，克卡珊在日落时辱骂她，说要拧断她的另一条腿。她如实报告，卡拉姆扬言揍她，还要她丈夫出一半的钱，修理隔开他们屋子的墙。她并未提及泽鲁妮萨，因为她有最好的不在场证明——法蒂玛自焚时，她正在警察局。相反，法蒂玛把控诉重点放在阿卜杜勒身上。

阿卜杜勒·侯赛因威胁她、掐她，她在证词中说道。阿卜杜勒·侯赛因痛打她。

如果不把那户人家干活儿最多的小子揪出来，怎么能击垮他们家？

“我左腿瘸了，不能还击。一气之下，我把屋子里的煤油倒在自己身上，放火自焚。”她的证词以此作结。

特别执行官普尔妮玛·帕伊克劳在证词中加入：“在明亮的日光灯管下做的记录。”而后她离开病房，去展开真正的工作。有了这份修改过的证词，和其他几份她希望能受她左右的安纳瓦迪目击证人的证词，她认为自己能从侯赛因家获得可观的利润。

住进公立医院的第三天，法蒂玛脸上焦黑的皮肤皱了起来，使她杏仁状的眼睛变成圆形。她看起来好像很惊讶，仿佛不知道点燃火柴会发生什么事。“我越说越痛。”她对站在病床边的丈夫说道。尽管疼痛，她仍然觉得偶尔非朝他大吼不可，虽然她的音调比过去低了不少。

她的丈夫一直是大饼脸，可现在，他的脸似乎一天比一天长。他虽然拥有垃圾分类者高超的整合力，但悲惨的状况使他变得笨手笨脚。就连把药丸磨成粉这种体力活儿，都让他感到十分复杂。他把带过来的面包捻成面包屑喂法蒂玛吃。

幸亏她不是太饿。数百万穷人要靠库珀医院治病，但那儿只有五百个床位，也不提供食物和药品。“今已售完”是护士的官方说法；窃取供应箱里的药品转卖出去，则是非官方说法。病人需要的药品，家人必须从街头买来，带进医院。医生建议的烧伤专用药膏——磺胺嘧啶银乳膏，一条要价两百一十一卢比，两天就会用完；为了再买一条，法蒂玛的丈夫必须借钱。涂药膏时，他唯恐弄痛妻子，尤其是在碰到她那已无血色的肚皮时。他原以为护士或许愿意帮忙，但他们都避免和病人直接接触。

年轻高大的医生不介意碰触病人。一天晚上，他过来伸直法蒂玛的一条手臂，接着又伸直另一条，然后她那变黄变黑的绷带松开了。

“不知道怎么回事，”她对医生说，“我觉得很冷。”

“每天喝三瓶水。”他说道，然后把肮脏的绷带捆回原处。但法蒂玛的丈夫买了药膏后，没钱买瓶装水。医生在背后说他这老头子不负责任，不能提供老婆需要的东西。

法蒂玛的丈夫为购买医药用品而回去干活儿时，改由法蒂玛的母亲照顾病人。“隔壁那家人放火烧我。”法蒂玛告诉她母亲，接着，对于发生的事，她又编了另一套说法，使她的母亲困惑不解。法蒂玛如今自己也感到困惑，不想从头再解释一次。她的任务是康复，既然侯赛因家的阿卜杜勒和卡拉姆已被警察局扣押，指控细节就交由警方操心了。

鱼唇警察第一次抽下皮鞭时，皮鞭尚未落在阿卜杜勒身上，他便尖叫起来——那是从一大早跑去警察局投案时，便在他内心酝酿着的号叫。

沿着机场跑去时，他希望自己或许能解释前一天晚上和法蒂玛之间发生了什么事，或者至少献上自己的身体，让父亲免受暴力。或许，他趴在木桌上挨的打，原本可能落在他父亲身上，他并不确定。唯一确定的是，警察不听他的话。他们不想听一则有关火爆脾气和破烂砖墙的故事。他们似乎要阿卜杜勒供认，他把煤油泼在一个残疾女人的身上，随后划了火柴。

“她就快魂归西天了，那可就成了三〇二条款啰。”一个警察对阿卜杜勒说道，语气在这男孩听来像是幸灾乐祸。阿卜杜勒知道三〇二条款，在印度刑法中指谋杀罪。

在接下来不知多久的鞭打后，母亲的声音唤回了他的意识。她似乎就在警察所谓的会客室外面。“别伤害他，”她用相当大的音量恳求，“和平解决吧！手下留情！”

阿卜杜勒不想让母亲听见他的叫喊，他尝试汇聚自己的自制力。盯着手铐无济于事，盯着鱼唇警察或他卡其制服裤上笔挺的线条也同样无济于事。他闭上眼睛，试着回想上次祈祷时的关键词。

他的努力没能帮助他保持沉默。他的叫喊声和接下来的啜泣声，都传到马路上去了。后来，看着警察亮闪闪的棕色鞋子离开后，他设法告诉自己，他并没有出声。尽管在他挨打时，母亲的哀号声变得震天动地，但这并不见得代表什么。从他母亲的性情来看，她很可能早就哀号了一整天。

幸好，她的痛哭声此时从更远处传来。或许警察嫌她太吵，把她拖了出去。机场管理局改善了警察局老旧平房的周边用地，种了粉红色的花和热带植物，这些植物的叶子就像停在附近的新吉普警车一样闪闪发亮。阿卜杜勒希望他母亲赶紧退到这块狭长的花园之外，他宁愿想象她待在家里。

关押他的大牢房里住了另外七名囚犯，包括他的父亲，他也在阿卜杜勒面前遭到鞭打。这地方跟阿卜杜勒在萨基纳卡游戏厅里观赏的电影中那些家具稀少的牢房大不相同。相反，房间里有数张金属椅子、一张桌面铺着叠层板的漂亮大木桌和四个新铁柜——那是阿卜杜勒见过的最好的柜子。高德瑞治牌，漆了铜色、天蓝色和灰蓝色。两个柜子的门上，嵌有闪闪发亮的镜子。除了紧张气氛和尖叫声外，其他一切都让他仿佛身在橱柜展示间。

萨哈尔警察局内另有其他更正式的关押处。阿卜杜勒和父亲被关押的房间是累犯所谓的“普通牢房”——一间大办公室，警方的文书工作就在这儿完成。根据官方记录，侯赛因父子未被逮捕、未被关押，这间办公室里发生的事不在记录之中。被关押者一致同意，这间房间最值得称道之处，是一个能让亲友递来香烟和慰问品的小窗口。

阿卜杜勒一直等着苏尼尔、偷垃圾的卡卢或其他哪个男孩来看他，问他好不好。他想象着自己的回答：不好。然后又想象其他令人放心的回答。然而，除了他母亲之外，没有人来看他。到了第三天，他不再期待有其他人来。

“你为什么对一个残疾人做这种事？”警察一次又一次问他相

同的问题。

阿卜杜勒的回答有些无力："先生，像我这么懦弱的人，挨了这么多巴掌，早就跟你说实话了，可我没做啊！我们大家只是骂来骂去。"

他还有一个不太有用的回答："请您到安纳瓦迪问问大家，当时在场的人那么多，我根本没碰她。我为什么要和女人斗，更何况是个一条腿的女人？问问任何人，我戏弄过女生吗？我不打架、我不跟任何人说话，我只戏弄我的弟弟米尔基。就算是以前，我也从来没打过他，即使我知道他是我的弟弟，我可以打他。"

然而，他担心警方不会去安纳瓦迪问大家。于是无可奈何地答道："她一气之下就自焚了。她跟我妈起了小争执，然后把事情闹大。说这些有什么用？她做了那件事、说了那些话，可是因为她烧伤了，你就只会听她说，不会听我说。"

警察问他父亲的问题更有趣，比方说："你干吗生这么多孩子？你现在没办法养他们、教育他们了。你要在牢里待上很多年，连你的老婆都会忘记你长什么样子。"

"看他们打你，还不如我自己挨打。"阿卜杜勒对父亲说道，他父亲也在一个失眠的晚上，对铐在一起躺在地上的阿卜杜勒这么说。卡拉姆两个星期前在私立医院接受的氧气治疗的疗效已被抵消。

他们躺在瓷砖地上时，卡拉姆试图让儿子相信，警方并非真的相信他们想杀法蒂玛。他低声说，警察对于实际上发生的事，现在应当至少有些了解，毕竟现场有数百个目击者。不过，残疾女人所经受的细节不是警察最关注的事。他对儿子说，他们关心的，是如何从这起悲剧中获利。“看来，你在安纳瓦迪赚了大钱。”一名警察一再对卡拉姆说道。

他们的想法，是要让惊恐的犯人付出一切，让他们向放高利贷的人借所能借到的一切，以避免不实的刑事指控被记录下来。鞭打尽管有违人权法，却相当有效，因为这能提高囚犯为获释所愿意付出的代价。

阿卜杜勒如今了解到，印度刑事司法制度如同垃圾市场：清白或有罪，就像一公斤塑料袋一样，可供买卖。

阿卜杜勒不确定，他家在整修屋子和支付他父亲的住院费后，还剩下多少钱。不过他认为，为了清白，剩下的都应该缴付出去。他想回家，回到那个他讨厌的地方。

“万一法蒂玛明天就死了呢？”卡拉姆说道。阿卜杜勒知道他父亲在自言自语，并非在征求他的意见。如果他们现在付钱，而法蒂玛却死了，他们的存款将付诸流水，警方仍可能以刑事案件控诉他们。到时候，他们怎么付得起律师费？他父亲每回提起“律师”这个令人倾家荡产的词，声音就变了。另一个被警方非正式关押的男人之前受过审，他警告说，假如他们用市政府的公共辩护律师，可能会永远被关起来。

随着关押的日子一天天过去，阿卜杜勒和父亲不再讲话，阿卜杜勒觉得这样也好。他能说什么？难道要说，如果父母像他一样多疑而警惕，他们就会避免和独腿婆子起争执吗？在回答过首席调查员尚卡尔·叶岚副督察的所有问题之后，他们宁可假装累得不想讲话。阿卜杜勒如今断定，叶岚的嘴唇，看起来不像鱼唇，反倒更像猴唇。

每一天，有时候一天两回，憔悴的泽鲁妮萨会出现在囚室窗口，说明他们的自由必须付出的代价。阿莎说，想让案子私了，得花五万卢比。当然，钱并非全进她的荷包，她得付钱给警察，还得用一笔更合理的钱，安抚法蒂玛的丈夫。

在自焚事件发生后的最初几天，泽鲁妮萨对阿莎甚为感激。阿莎尽管在政治上对穆斯林和移民反感，却能为侯赛因家努力争取利益，而且不收他们一毛钱。除了要求法蒂玛收回她的不实声明，她还陪同泽鲁妮萨前去警察局，再三向警方强调法蒂玛放火自焚。但这种尝试干预的企图并未成功。一名警察大吼："你们两个女人自以为是警察吗？滚吧！我们自己会去调查！"阿莎在安纳瓦迪虽有势力，但在贫民窟的范围以外可不见得。

在囚室窗口，泽鲁妮萨对丈夫说："重点是，阿莎免费帮忙了几天，但现在她却说我坐在钱堆上，必须掏腰包才行。为了把你们两个弄出去，我愿意付钱，但我不确定是不是付钱给她就没事了。"

泽鲁妮萨已经付钱给警察托卡勒，也就是她和法蒂玛争吵后，在警察局要她把"账"结一下的那个警察。自焚事件过后，他告诉她，他能确保调查"公正"，保证她的丈夫和儿子在拷问过程中不受重伤。"我告诉他，我愿意照付，我想他真的为我们难过，"她对丈夫说，"他知道这是一场诬陷，而且他原本可以索取更多更多的钱。"

在医院提取法蒂玛证词的特别执行官也想要钱。她已经拜访过泽鲁妮萨，告诉她那份证词以及安纳瓦迪其他证人的证词都由她控制。她对待泽鲁妮萨就像对法蒂玛一样体贴入微，她两手一摊，说："你要我怎么做？有利的证词还是不利的证词？我为政府工作，我说什么都算数。一切掌握在你手中，你得快快决定。”

泽鲁妮萨告诉丈夫：“她和阿莎一样，说我们付的钱不是给她自己，她还得把钱给法蒂玛的老公。可我已经直接告诉他，我会帮助他的女儿，还会把法蒂玛送去私立医院，付清所有的费用，包括床位、医药、食物的开销。我不敢付钱给这个控制证词的女人，万一她从法蒂玛老公那里偷了这笔钱，让法蒂玛继续待在库珀医院，那该怎么办？”

“你提起私立医院的时候，她老公怎么说？”

“他一句话也没说。他很难过，没办法做决定。真是疯了，他难道要她死，好讨个新老婆吗？库珀医院会害死她，那我们的一切就……”

泽鲁妮萨听米尔基唱过一首打油诗：“进库珀，上天堂。”万一法蒂玛上天堂，泽鲁妮萨的丈夫、儿子和女儿将面临十年或更长的徒刑。

卡拉姆也认为，他的妻子无须理会特别执行官，应该为私立医院的事，继续向法蒂玛的丈夫施压。

“我会的，”她说道，一面哭了起来，“但你知道可能的后果。女官员很可能恼羞成怒，让调查人员相信那些要我们好看的人所说的证词。如果这是我们自己的村子，我们自己的村民，我们或许能期待目击者因为关心我们，就实话实说。可在这个城市，我们只能孤军奋战。”

某天晚上，下起了微雨，阿卜杜勒听着雨打在警察局的屋顶，想起一部他和卡卢看过的动作片《囚室惊魂》。主角坐了多年牢，却不知道自己为什么坐牢，在一无所知当中发了狂。

卡卢喜欢结局部分：那家伙从监狱逃脱，得知自己坐牢的原因，便把害他的人通通锤死，尽管他自己的背上也被插了把刀子。阿卜杜勒至今仍记得其中一个情节：那家伙仍在坐牢时，在囚室的一道砖墙上凿了好多年，终于凿出一个小洞——那道墙显然比侯赛因家和法蒂玛家之间的墙来得坚固。接着囚犯探出手去，怀念雨打在皮肤上的滋味。

在家时，阿卜杜勒从来没怎么想过自己的未来，除了住在瓦塞的模糊幻想，以及与健康有关的更具体的担忧之外。他的肺是否和父亲一样每况愈下？他的右肩是否向前弓起？这是蹲着身子捡十年破烂的可能后果。

由于很早接受垃圾分类的生活，他自认和米尔基、几乎拥有一切的曼朱，或安纳瓦迪其他自认将成为另一种人的年轻人，是不同的族类。阿卜杜勒追求的未来和过去一样，只是赚更多的钱罢了。一个赚钱不多的邻居的怒火，并不在他的计划之内。

他不清楚母亲说得是否对，她说在早期的和平年代，穷人俯首听命于各自的神明，因此对待彼此也更友善。他只知道，母亲并非真的渴望同舟共济的贫穷。她对卑贱的生活了如指掌，回忆起来就痛恨不已，所以她让自己的儿子学会面对残酷竞争的现代社会：在这个时代，有人成功，有人失败。还小的时候，母亲就让他了解，他必须成功。他们在二〇〇五年的洪灾中损失惨重，可许多安纳瓦迪居民也跟他们一样。他觉得母亲并未让他做好独自失败的准备。

今天是几号？他在这儿多久了？他挨了一顿鞭打，隔壁房间的电话在响，阿卜杜勒断定那是某个控制中心，因为有收音机的嗡嗡响声。所有的警察都说马拉地语，他努力想听清楚。尝试搞清楚警察说的话，使他除了担心明摆着的清白问题以及在囚室挨打之外，有别的事情可做。

警察鞭打他的双手，那是他干活儿必不可少的身体部位。他小小的手青筋突出、带着橘色锈斑，还有几道愈合的伤口——受伤是干这行常有的事。这双手只受过一次重伤，那次有根自行车辐条深深切入了手中。

他的思考稍稍被打断。隔壁房间里的电话交谈声逐渐消失，直到后来声音重新出现时，他才觉察到，一名警察提到了他。

"攻击瘸子的那些人……不是爸爸，是儿子……可是没有人挨打啊，阿莎……不，不是那么回事。"

安纳瓦迪的阿莎打来电话。她打电话来，或许是为了把殴打一事搞得更严重，好让他的母亲改变主意，决定给她一点好处。

突然间，警察托卡勒站在非正式囚室中："阿莎说，这小子没放火烧任何人，也没在安纳瓦迪制造任何麻烦，所以打他也没有用。"他对手持鞭子的同事说道。阿卜杜勒被从轻发落，他和父亲都没再挨打，阿卜杜勒的脚镣也被解开。

阿卜杜勒尝试搞懂这次缓刑的缘由：阿莎的儿子拉胡尔是米尔基最好的朋友，或许是拉胡尔说服他母亲保护阿卜杜勒；也可能阿莎多年来看着阿卜杜勒在广场上做垃圾分类，看到他是个吃苦耐劳的孩子，一个沉默的失败者，不该受到凌虐。

阿卜杜勒的父亲猜得比较对。这通电话可能是专为他们父子演的一出戏，指望他们向泽鲁妮萨报告这件事。阿莎和托卡勒经常携手合作，此时，托卡勒正在展现他的势力，设法不让阿卜杜勒和他父亲在扣押期间受重伤——这就是他给泽鲁妮萨的保证，用以换取酬劳。对阿莎来说，这出戏则得以向侯赛因家证明，她在萨哈尔警察局确实具有影响力，从而增加她也分得一杯羹的可能性。

然而，卡拉姆不打算跟他那备受伤害的儿子说明缓刑背后的利益因素。他想，最好还是让这孩子相信，有人留意到他为全家付出的努力，出于善心，决定为他辩护。

自焚事件过后第四天，日落时分，一名穆斯林托钵僧带着孔雀羽毛扫帚，来到安纳瓦迪赐福驱邪。因为住在安纳瓦迪的穆斯林极少，托钵僧难得来一次，他们的客户多半付钱请他们提供灵界服务。阿卜杜勒的姐姐克卡珊见到这位老翁时，跳了起来。她的母亲担心一个漂亮的女孩在警察局可能会出事，因此恳求警察托卡勒尽可能拖延克卡珊被捕的时间，然而，克卡珊如今接到前去自首的通知。她感觉迫切需要托钵僧的祝福。

她从胸罩里取出一张十卢比纸币，托钵僧用扫帚触碰她的头顶，她闭上眼睛。他并未拿扫帚打她——像某些托钵僧在进行念咒仪式时所做的那样，这使她松了口气。她希望这是因为他没有感觉到恶魔盘旋在她上方。克卡珊坐着不动，让托钵僧的祝福渗透全身。同时，托钵僧朝法蒂玛家门口走去。

法蒂玛的丈夫愤怒地冲出屋子，怒目而视："你没手没脚啊？你来找我讨钱？看在老天的分上，去赚你的钱，找份工作吧！"

托钵僧望着天空，抚弄柯泰衫[1]口袋里的金丝线，往后退去。

这下，克卡珊沮丧万分："真主安拉！他居然赶走托钵僧，接受他的诅咒？"克卡珊担心法蒂玛的丈夫对托钵僧的说话方式，会使他自己陷入厄运；而他可能遭遇的厄运，也可能毁了侯赛因家。

"那男人怎么回事？"托钵僧想知道。

"他的老婆自焚了。"克卡珊低声说道。

"她什么时候死的？"

"不！不！"克卡珊喊了出来，"保佑她活下来吧，否则我们可惨了。"

法蒂玛的女儿努俪挨着克卡珊。这女孩从看见她母亲自焚以来，就一直倚靠在克卡珊身边。"我今天扮演男生，"努俪说，"讲话也像男生。"

"就像我妹妹塔布一样，"克卡珊心不在焉地回答，"她只想穿男生的衣服，要不然就大哭。"克卡珊决定不让自己哭出来。

"去取米，我来洗，"她站起身来，掸掸衣服，对米尔基说，"轮到谁去打水？"

她最小的弟弟拉卢已经大到能像他母亲一样骂人："赶快给我晚饭吃，要不然我就把你的眼珠子挖出来！"她最小的妹妹则在崩溃大哭，因为没有拿到她应得的一包牛奶饼干。

托钵僧完成神职工作、离开安纳瓦迪时，侯赛因家门内的景象和他经过的各家门后展现的景象并没有什么不同。夜幕笼罩在贫民窟时，大家吃着胡乱凑合的晚饭，恶语交加，然后彼此吻去泪水。

---

[1] 印度男子穿的宽松无领长袖衬衫。

第二天早上，法蒂玛躺在白色的金属箱子里回到家中。

感染导致她的死亡。院方为了推卸责任，涂改了记录。法蒂玛进库珀医院时，全身的烧伤面积是百分之三十五，在她死的时候则变成百分之九十五——一种无可挽救、必然死亡的状态。“所有的烧伤部位都有发黄发绿的死皮，发出恶臭，”验尸报告写道，“脑充血，肺充血，心脏发白。”法蒂玛的档案捆着红线，被送去太平间的档案室，野狗睡在高高叠起的文件堆中，鸟的歌声从窗外传进来。一群斑鸠占据外头的一棵棕榈树，咕噜咕噜的叫声彼此交迭。

死后的法蒂玛变得更小了，占据的空间还不到箱子的一半。所有的安纳瓦迪居民都来到屋外，就像她自焚的时候一样，只不过这一回，旁观者保持了一定距离。贫民窟安静下来，当泽鲁妮萨和克卡珊戴着头巾、从屋里出来清洗尸体时，更是安静。

唯有穆斯林妇女得以进行这项重要仪式——洗去法蒂玛的罪过。泽鲁妮萨总是说，不管怎么样，穆斯林还是必须团结起来，一起庆祝节日，一起面对苦难。告诉法蒂玛她已经往生、即将入土，是传统风俗的一环，因此侯赛因家的女人一边喃喃低语，一边把破棉布浸入盛了水和樟脑油的盆子中。她们揭开一条白布，开始清洗法蒂玛的身体。她们擦完那条完整的腿，接着是那条残疾的腿，再慢慢移向那张油亮的黑脸。“合上她的嘴巴，”有人说，“苍蝇飞进去了。”

把法蒂玛洗得干净无罪后，克卡珊合上箱子，把侯赛因家最好的蓝色小格纹棉被铺在棺材架上。法蒂玛此时将被带往一公里半以外的穆斯林坟场，克卡珊也将去坐牢。控诉即将进行，很可能根据法蒂玛的第二份证词：侯赛因家殴打她，迫使她自焚，阿卜杜勒则是行使暴力的那个人。在警察局里，一名警察告诉泽鲁妮萨，她必须再付五千卢比，才能看控诉书。

泽鲁妮萨回到屋里，啜泣起来，手上仍握着她擦拭邻居时用的破布。她之所以哭，不是为了她丈夫、儿子和女儿的命运，不是为了她如今被迫通过的腐败大网，也不是为了这样的体制——最凄惨的人想惩罚稍不凄惨的人，于是诉诸邪恶无比的司法系统，让大家一同毁灭。她哭的是容易处理的东西——失去的那条美丽的棉被，它作为一件赠别礼物，赠给一个用自己的身体对抗邻居的女人。

法蒂玛的丈夫抬着棺材架的四根柱子之一，米尔基站在他旁边。散发着樟脑味的金属箱子在交通高峰时段移往机场大道。

悲痛的贫民窟居民队伍，与机场城市的蓬勃生机相比，似乎更微不足道了。偌大的广告牌宣告，印度版的《人物》杂志即将发行。司机驾驶的黑色轿车驶出凯悦，那是药品大展的与会者稍事休息，出来参观城市。在利拉酒店，环球影城主题公园的美国代表对于打进印度市场的计划感到乐观：“印度的有钱人虽是少数，但瞧瞧绝对数字吧，这足以让我们的计划成功。不要跟我谈迪士尼，我们是最优秀的品牌。除了“蜘蛛侠惊魂历险记”“木乃伊复仇记”，目前我们看到“哈利·波特园区”的表现也很好。我知道，大家都说我该去‘迪士尼乐园’了解竞争对手，可我做不到。我太好胜了，一毛钱都不想给对手……”

白色箱子穿过一个繁忙的交叉路口，经过默罗尔市立学校，穿过一个个贫民窟的狭窄巷弄，直到抵达有座水渍斑斑的绿色清真寺、一棵木瓜树，以及许多鸽子的坟场。

法蒂玛被埋入土中，她溺死的两岁女儿同样被葬在这里。几天之后，她的其他两个女儿被托付给保莉特修女照管。

法蒂玛的丈夫深爱女儿，把她们送走时难过不已；可他一天要花十四个小时分类垃圾，而当地的酒鬼有时会蹂躏独自留在家中的小女孩。

师父

下起了倾盆大雨，雨水打在身上让人刺痛。在这个多雨城市的高地上，有钱人谈论雨季的浪漫：慵懒的性爱、购物治疗法，还有七八月常见的小吃糖耳朵[1]。在安纳瓦迪，污水池不断向前涌进，像活物一般。生病的水牛在潮湿的、不值钱的垃圾堆中搜找食物，把吃下的坏东西排出体外，速度之快，甚至连安纳瓦迪的水龙头都比不上。生病的人们会甩开脚上的烂泥，说："我的胃在烧，还有我的胸口也是。""我的整条腿一整晚都是这样。"污水池的青蛙同情地鸣唱，屋子里却听不见蛙鸣。雨水猛烈地打在铁皮屋顶上，仿佛贫民窟的几匹斑马在头顶上方窜来窜去。

有人告诉过苏尼尔，雨水可以洗去人的卑贱。雨水确实洗去了斑马身上的条纹，几个星期以来，这些动物站在那里，瘦骨嶙峋，露出黄色皮毛，变回了老马，直到没落的管事罗伯特用卡尼尔染发

---

[1] 印度常见的一种甜点，将面粉加工成环状，油炸后浸入糖浆中，口感酥脆，甘甜清香，有嚼劲。

剂重新为它们染上黑色条纹。

雨季期间，机场的交通量减少，工程建设暂时停摆，垃圾比其他季节来得稀少。苏尼尔那座米提河上的水泥岩架，也被风雨清扫得干干净净。所幸，他在机场大道沿路的一面墙后找到一丝慰藉：在这湿润多树的地方，开了六朵紫莲。他没把他的发现告诉别人，担心别的男孩会摘下这些花，设法卖出去。

苏尼尔在秘密莲花附近的街道穿梭，寻找坏了的人字拖、塑料瓶和其他废弃物时，有时会走过泽鲁妮萨·侯赛因身边，她一反常态，穿着蒙面罩袍。她踉踉跄跄，试图快速穿过路上的泥坑。

其他拾荒者悄悄地说，为了花钱请律师，她已经卖掉棚屋后边的房间。苏尼尔希望，她为阿卜杜勒所做的一切能把他从拘留所释放出来，因为米尔基很不适合接替阿卜杜勒做称重工作。这个年纪较小的儿子，不清楚任何东西的价值，当苏尼尔和其他拾荒者想帮助他时，他还取笑他们的脓疮。

拾荒者对他们的疮以及他们货物的售价很是敏感。因此，侯赛因家的竞争对手——那个经营电玩游戏厅的泰米尔男人的生意开始蒸蒸日上。

泽鲁妮萨眼看着米尔基的经验匮乏给生意造成损失，可她忙于这桩刑事案件，无法和拾荒者亲自交涉，也忙得没工夫帮她的小孩洗澡，喂他们吃饭。照顾这些小孩，也变成米尔基的任务，因为泽鲁妮萨必须俯身请求的那些亲戚，遍布整个豪雨成灾的城市的贫民窟。“求求你，能不能帮把我生病的丈夫、儿子和女儿从监狱保释出来？”

在每一间棚屋，她都必须坐在那里，面对一小时的惋惜和借口，而后再继续下一个屈辱的造访。只有一次乞求十分短暂。她身穿蒙面罩袍，几乎是游过萨基纳卡贫民窟，才到达阿卜杜勒未婚妻家中，不过很快就要变成前未婚妻了。女孩的父亲看着她，仿佛她在当地酒厂泡了一上午似的，婚事于是告吹。

问题在于，她缺少取得保释金的担保物。她不识字，米尔基于是帮忙审阅她丈夫存放在灰色塑料柜的公文，与几首伊克巴尔的诗和一本乌尔都语版的平装惊悚小说放在一起。米尔基搜出让他家时来运转的五份财产的对应文件：一辆手推车，让他父亲能把垃圾运往回收场，成为拾荒者货物的买主；他们家的棚屋，是从一个对孟买灰心的移民那儿购买的；棚屋隔壁的仓库，让他们家能在市场价格过低时，先不用卖掉他们的货物；平板式三轮车，比手推车能载送更多货物；还有瓦塞那块地的订金。这些文件上，只有卡拉姆·侯赛因的签名。

“妈，放心，我在这儿很好。”克卡珊谎称，这时她的母亲来到柏库拉监狱的女子监区，说明她无法支付保释金的原因。

当泽鲁妮萨来到全城最大、最臭名昭著的拘留所阿瑟路监狱时，卡拉姆却表示无法谅解。为了探望他，泽鲁妮萨必须排四个小时的队，贿赂过警卫和警察之后，才能够走进一扇扇大门。在那些门后，关押犯的总数是官方规定的四倍。

“我简直要疯了！”她的丈夫对她说道。他的囚室挤满了人，谁也无法平躺下来。因为拥挤，他不能呼吸、吞不下食物。他因她向法蒂玛挑衅而对她大吼，随后又叫她把他弄出监狱，仿佛她没努力过似的，仿佛他不是那个威胁殴打法蒂玛的蠢蛋，仿佛他不是那个没把老婆名字放进家族文件的人。

她离开监狱时，对丈夫感到愤怒，但她的愤怒持续不了多久。阿瑟路监狱的恶名，让每个有思考能力的孟买人惧怕，也让泽鲁妮萨惧怕，而此时的她，并不完全能够思考。她那生病的丈夫跟人家吵架，成为阿瑟路的囚犯，面临十年的监禁重罪，这可不是他们打算面对的后果。

一天早上，她站在监狱大门外的浑浊大雨中，拉卢在不断咒骂，因为蒙面罩袍妨碍他吃奶。为了接手机，她换另一只手抱他，手机的主人是她丈夫，如今由她保管。电话那头是她在萨哈尔警察局的唯一盟友警察托卡勒，他比拉卢还要愤怒：安纳瓦迪的其他人是怎么听说他拿了她的钱，在这个案子中帮她的？

泽鲁妮萨能说什么？家人被捕后的几星期以来，她几近疯狂地四处奔波，把每件事都絮絮叨叨地讲给别人听。听见长子在警察局挨打时发出的惨叫声，看见温柔的女儿被警察押进牢里的那一刻，泽鲁妮萨脑中出现了四个字：世界末日。

在那之后，她睡不着觉。在那之前，她也睡不着觉。她几乎不知道这天早上自己站在哪一座监狱的门口。大雨过后白雾弥漫。拉卢骂着：“我要叫那条狗咬你！”骑自行车的男孩呼啸而过，去给上班族送午餐便当。赛菲二十四小时救护车的车胎似乎扁了。

电话中的警察仍在嚷嚷。

“是的，不是的，”她万分焦急地对托卡勒说，“我在外面，我在医院。那些话是谁说的？不，沙巴，不。他们捏造事实，煽动这一切，只是为了让你生我的气。我在医院，我的身体很不好。请听我说：我儿子的事、我女儿的事让我压力很大。不，先生，我什么也没说。”

日落时分，乌云散去，当雨季的天空出现红色绫纹时，她将跪在警察局外，恳求警察的宽恕。天知道愤怒的警察还可能做出什么伤害她家人的事。

审判可能得等上好多年，而卖掉棚屋后边的房间获得的钱早已用完；米尔基通过买卖垃圾赚到的钱仅够食物和其他一点东西的开销。接下来，她是否该卖掉仓库？随着丈夫被监禁，她成为一家之主，而到目前为止，她所做的每一个选择似乎都是错误的。或许，她的确什么都不是，就像她不愿向丈夫承认的那样。

在警察局那天，她应该花钱请阿莎安抚法蒂玛；她应该付钱给宣称掌控证词的特别执行官；她应该避而不谈自己买通托卡勒，要他停止鞭打阿卜杜勒父子、延后逮捕她女儿一事。她只对一个决定有信心，那就是她为阿卜杜勒所做的决定。

警方即将把阿卜杜勒当作成年人起诉，因为他看起来就像成年人，也因为泽鲁妮萨没有他的年龄证明，因此，他将被送到阿瑟路监狱，和他的父亲关在一起。

泽鲁妮萨自己也不清楚阿卜杜勒的年龄。自焚事件前，人们问她，她说十七岁，不过谁知道，他也可能是二十七岁。你不会去记一个孩子的年纪——如果你天天都在为了不让他饿死而奋斗，就像其他许多安纳瓦迪的母亲们在子女还小时所做的那样。

阿莎会编造孩子们的生日，如今则以派对和蛋糕确认这些日期。一月份，曼朱连续第二年庆祝她的十八岁生日——这是阿莎的手段之一，以保存女儿作为新娘子的价值。阿卜杜勒从来没要求过生日派对，他要的是一个具体的日期和年份，他的母亲却只能把她所知道的告诉他：

"你出生前，萨达姆·侯赛因已经在其他地方杀了很多人，可能是一或两年前，我不清楚。你还在我肚子里的时候，就狠狠踢我，比你任何一个弟弟妹妹都厉害，我常常痛得大叫，结果大家开始说，我肚子里怀了另一个萨达姆。你生出来的时候个头很小，像老鼠的儿子，不是什么萨达姆。不过，我们还是给你挑了一个平和的名字，因为我们担心大家的话或许有道理。阿卜杜勒·哈基姆，表示这个人凭他自己的才智拯救其他人。你大一点的时候，我松了口气，因为你身上根本看不到萨达姆的影子。"

倘若阿卜杜勒更像萨达姆，她就不会害怕他同职业杀手、恋童癖和黑手党老大一起关在阿瑟路监狱。她担心由自己挑起的一场争端将使儿子在阿瑟路遭人欺负，或者强奸。为了不让这些事情发生，她所能想到的唯一办法，就是花钱请人为他制作一份年龄记录，确保他被当作未成年人起诉。

她穿过广场去找妓院老板，此人曾被控贩毒、拉皮条、抢劫，天晓得这些年来还犯过什么其他的罪，可他只被关进监狱两次。她想，他对有用的贿赂应当所知甚多。

妓院老板承认这是他的专长之一，他很乐于帮忙，以换取报酬。然而，与年龄相关的档案证明，并不属于他的拿手绝活。

还有谁知道应该向谁贿赂，以及如何制作这样一份记录呢？当然是萨哈尔警方。后知后觉的她这才意识到，有个警察已经暗示她好几天了。

接受警察的忠告后，她把钱寄给默罗尔市立学校，同时也送进警察的口袋，然后拿着需要的东西回到家：一纸伪造的学校证明，指出校友阿卜杜勒·哈基姆·侯赛因今年十六岁。她那几乎不算是孩子的长子，现在至少能被刑法制度当成孩子对待。

孟买的少管所位于东日区，在安纳瓦迪以南二十一公里处。前往少管所的第一段行程，阿卜杜勒被推进囚车的后车厢中，和另外二十多个人挤在一起。在班德拉的法院停留登记青少年身份后，他改搭出租车来到东日，只有一名女文官押送他。从女文官的肩上看过去，他能够看到一个穆斯林中产阶级社区生气蓬勃的街头夜生活。

在一座深绿色清真寺的两旁，店面的生意一片繁忙，虽然当时是雨天。清真屠宰店、穆斯林家具商、纳齐尔药店、哈比卜医院、钩子上挂着汤勺的厨具店、鲜黄色大门的餐厅、挂在柱子上用来推销备考课程和宣传有志向的穆斯林政治家的破三角旗，还有一个摆摊卖风车的男人……接下来，街头生活的景象逐渐消失。

庞大的、长满青苔的石墙环抱着一个街区。正面的墙壁上有一扇铁门通往东日少管所，这扇铁门小得出奇。“儿童尺寸。”阿卜杜勒心想。

他本来可以不用低头进门就逃之夭夭，因为他的押送人似乎心不在焉，她的手几乎没抓住他的手。不过，他仍然进了门，沿着一条阴暗的通道走去，墙上嵌有木制印度教神龛。通道尽头，他惊讶地看见一个悦目的中庭，以及一棵棕榈树。

少管所是英国人于十九世纪初兴建的砂岩建筑群，辅以半平房、半窝棚的新建筑。在殖民时期，印度和英国罪犯在这儿上绞刑台，他们的尸骨堆在地下室，至少其他的少年犯在阿卜杜勒进来时是这么对他说的。被绞死者的鬼魂，据说每天晚上都出来活动。尽管阿卜杜勒像安纳瓦迪的许多男孩一样怕鬼，可这些谣传并未引起他的不安。被活人恐吓，似乎削弱了他对死人的恐惧。

衣服被没收后，阿卜杜勒拿到一件稍大的制服，被带往其中一间窝棚似的建筑物，关进一个房间，和其他的新来者挤在一起。房间窗户紧闭，弥漫着污浊的空气和体味。过了一小时，阿卜杜勒感到窒息，甚至觉得自己要精神失常了。“我如果继续待在这里，很可能会把小孩切块吃掉。”事后，他惊讶于自己居然会有这种想法。等到门终于打开，有人向他们分发烤饼时，他已经难受得吃不下了。

接下来他前往典狱长办公室，注册为青少年拘留犯。谢天谢地，这里开着窗户，秃头、胸膛宽厚的典狱长看起来焦虑不安，并不残暴。印度最重要的报纸《印度时报》才刊登了一则少管所的内幕报道《东日之家，人间地狱》，人权运动人士一直在调查关于没穿内裤的孩子们被迫喝马桶水这件事，因此情况很快得到改善。

阿卜杜勒和其他几个男孩坐在房间后边的地板上，等典狱长叫他的名字，把他的个人资料放进牛皮纸档案袋中。典狱长身后的墙壁上有几位印度大人物的肖像，十张脸孔当中，阿卜杜勒能确定其中三个人的名字。一个是甘地，毫无疑问，尽管他在肖像上的眼睛比卢比纸币上的更凸出。甘地关心穷人，喜欢印度教人，也同样喜欢穆斯林，他抵抗英国，让印度自由。阿卜杜勒还认得贾瓦哈拉尔·尼赫鲁，他是印度独立运动的领袖，看起来又白又英俊，和阿卜杜勒在现实生活中看到的任何印度人都不一样。比姆拉奥·阿姆倍伽尔打着红色领带、戴着黑框眼镜，他为贱民阶层争取人权。在安纳瓦迪，许多贱民家庭都在屋前挂了布满灰尘的阿姆倍伽尔肖像。

墙上的其他脸孔对他而言，就像典狱长桌上摆满的印度众神像一样神秘。他猜想米尔基或许叫得出所有印度大人物的名字，一个男孩子只要有幸上学，都会记得这类知识。

注册之后，阿卜杜勒被带到一间营房，和其他一百二十二个男孩躺在凉爽的瓷砖地板上。窗外传来哗哗拉下卷帘铁门的声响——在石墙外的街区，商家打烊了。他肯定睡着了，因为接下来他听见的声音，已成了洪亮悦耳的唤拜声，那是社区清真寺以扩音器发送的黎明召祷。

阿卜杜勒的父亲认为，向安拉祷告的时候一身肮脏，是大不敬的事，因此阿卜杜勒不常祷告。“就算祷告的时候，我还是在想干活儿的事。”他最近向克卡珊坦承。不过，听见唤拜人召唤信徒，或宣告走丢的绿衣小孩在清真寺等人领回，总让他感到安慰。在拥有这种声音的男人的照料下，他认为所有走丢的小孩定能平安无事。

关于安拉本身，阿卜杜勒随着时日发展出一套基于经济学原理的论证，只因为他对真主的存在缺少强烈的内在感觉。他说：“我花在理解上的时间比其他人长，但是很多聪明的人都相信安拉——伊玛目、唤拜人、做慈善事业的富有穆斯林。这些人怎么可能为一个不存在的真主做这些事、花这些钱？这些大人物不可能随便挥霍他们的卢比。”因此安拉绝对存在，而它肯定也有理由让阿卜杜勒为一个莫须有的罪名进监狱。

一个麻脸警卫让大家站起来，他开始分发抹布和水桶，命令犯人前往一长排水龙头那里去。这里的水多于安纳瓦迪，阿卜杜勒洗去他在警察局拘留室流的汗后，感觉好一点了。然而，第二天早上，再次被要求洗澡时，他却感到气恼。

在安纳瓦迪，他看不出有什么理由必须天天洗澡，因为一擦干自己，只会再次弄脏。有时候，他臭到让他的母亲不得不拿条抹布在他面前挥舞：“你这傻瓜，让自己干干净净不好嘛！”对其他人而言或许很不错，但他却认为，每天洗澡不仅没有意义，还是一种自欺欺人的行为。让自己焕然一新，迎接新的一天，或许有新鲜事会发生；他认为还不如在新的一天，承认这天只会和之前的每一天一样沉闷单调。如此一来，你就不会大失所望。

阿卜杜勒跟警卫说，他不想洗澡。警卫回答：“不洗澡就没早饭吃。”这是东日的规定，于是阿卜杜勒决定挨饿。回想起来，他这回闹的脾气有欠考虑。然而，自从法蒂玛自焚后，他和熟悉的事物已经渐行渐远，一身脏污是他与过去仅有的联系，因而必须坚守。

第三天早上，警卫说他不洗澡的话，不仅吃不到早饭，还得被关进那间让他想吃小孩的不通风的牢房，于是他决定服从东日的洗澡规定。到了第四天早上，他的膝盖、耳朵和脖子史无前例地干净。这次意义重大的投降，换来的早饭却令人丧气。饭里有石子，面包难吃极了，要是他母亲拿出这样的面包，他会放进口袋，拿去喂猪。

在他的营房中，多数男孩都是穆斯林，他们坐在地板上用餐，嘲笑差劲的伙食。他们把少管所叫作“零头”之家，“零头”指一文不值的东西。

早晨，营房门打开，“零头”们被放出来。在中庭，男孩子们奉命绕圈跑步，随后放声高唱国歌。接着，他们再被送回营房，坐在地板上，什么也不干。而在典狱长办公室，教育和职业培训活动的官方时间表却张贴在醒目的地方。这种矛盾并未让阿卜杜勒感到困扰，毕竟在东日，无论发生什么事或不发生什么事，都比在阿瑟路监狱安全。

其他被关押者把空闲时间拿来说故事，为彼此的案情提供建议。有个建议被反复提出：“他们说你做了什么，你承认就是了，他们就会放你出去。”不时过来的律师，也对他们的被告人这么说：“认罪，案子就此了结，你就能回家去。”

阿卜杜勒很想回家，打算承认在法蒂玛自杀前揍了她。想到她已经过世，仍让他觉得奇怪，因为在安纳瓦迪，他不曾当她完全活着，就像他的许多邻居一样，他认定她有身心障碍问题，于是随意轻视她的存在。然而，就像他在警察局了解的那样，身心障碍和死亡是两回事。

在营房的某天晚上，一个十六岁少年向其他男孩子坦承，他拿刀捅死了自己的父亲。此举事关荣誉，他说，因为在这之前，他父亲勒死了他母亲。然而，警方将两起命案都归咎于他。

这在阿卜杜勒听来像是电影情节。对其他犯人而言，这个男孩清白与否，不如他声称自己出身有钱人家来得有趣——他的银行账户里有两百五十万卢比，相当于五万六千美元。“这么说来，你父母死了，现在你成了阔少。”其中一个男孩向这个杀死自己父亲的凶手指明这点。即使男孩说明双重杀人罪会影响遗产，其他孩子仍继续谈论他所能买到的车子和衣服。

许多孩子之所以被羁押，是因为他们被发现在打工。在阿卜杜勒小时候，童工即已遭到禁止，但直到如今，这个法令也只是偶尔执行。

两个看起来像是七岁的孩子在廉价旅馆扫地时被抓起来。他们让阿卜杜勒想起他的小弟弟们，和他们在一起使他情绪激动。他看不出政府有什么理由，把他们从父母身边夺走。穷到年纪轻轻就得干活儿，似乎已经算是一种惩罚。

阿卜杜勒知道自己不擅于交谈，因此在东日的头几天，他不跟别人往来，然而，监禁七岁孩子这件事令他火冒三丈。“你看看他们的脸，对生活多么热情，他们会打破这座监狱的围墙。政府官员应该让他们工作，让他们自由。”

只有在被羁押时他才想到，在安纳瓦迪这种都市里的肮脏角落，苦役也可能被视为自由。他很高兴来自其他都市肮脏角落的男孩们一致同意他的看法。

一天早上，阿卜杜勒唱国歌时，一名泰米尔妇女因为养不起两岁的儿子，把他留在典狱长办公室外面。阿卜杜勒不忍心看她脸上那副悲伤的表情。同情他人与他的本性不符，他在安纳瓦迪见过更糟的情况，然而，他在那儿承受的工作压力和忧虑，使他变得麻木不仁。

小时候，他家的棚屋倒塌，除了他之外，每个人都受了伤。他的母亲常说，是他的自私救了他。那时她煎了一片厚叶当晚饭，阿卜杜勒在他那份被父亲咬了一口时，惊慌地拿着剩下的叶子，从屋里跑了出去，没过多久，墙就塌了下来。

被监禁时，没有任何东西需要保存，没有什么需要买卖或分类。后来他意识到，这是他头一次长时间的休息，在这期间，他的内心发生了变化。

一天早上，他和几名囚犯被送往警察部门管辖的一家小医院，由指定医师为疑似超龄的少年犯检验年纪，十八岁以上的人得被送去阿瑟路监狱。

在检验室里，一名医疗助理为阿卜杜勒量身高体重：大约一百五十五厘米，四十九公斤。他光着身子躺在一张桌子上，他的阴毛被判定为正常，脸部毛发被归类为“接近成人”，右睫毛上方一个隆起的旧疤被写入档案。随后，一名医生带着检验结果走进房间。阿卜杜勒如果缴付两千卢比，就算十七岁；如果不缴钱，就是二十岁。

阿卜杜勒怒气冲冲地坐了起来。他没有两千卢比，不知道这位有钱的医生是怎么回事，竟然要一个被关押的少年付钱。医生举起手来，可怜巴巴地说：“没错，跟你这样的穷小子要钱很荒唐，可政府付给我们的钱不够我们养孩子，所以我们不得不接受贿赂，当个混蛋。”他对阿卜杜勒笑了笑：“这年头，为了钱，我们几乎可以不择手段。”

阿卜杜勒不禁为这位和蔼的医生感到难过，更何况这家伙最后动了怜悯心，证明他十七岁。过了几天，阿卜杜勒甚至对一个孟买警察产生了关怀之心。

一个体重过重的警察把一批孩子送到少管所后，向一名警卫说起他心脏的毛病。“你以为你想当警察，可事实上你不行，因为它会要你的命。”警察说道，一面擦去额上的汗水。随后，他说起另一个肺部有毛病的警察，一个罹患癌症的警察，还有一些人因压力导致生病，他说他们每个人赚的钱都不够多，请不起像样的医生。阿卜杜勒从前不曾把警察想成有心有肺、担忧金钱和健康的人，现在这世界似乎充满像他一样生活贫困的人，这使他觉得自己并不孤单。

一天下午，东日的男孩子们听说他们有事可做，都感到意外，或许因为人权运动人士经常带着记事本出现吧。六十个新来者被赶进一个水泥砖砌成的房间，里面有一块黑板和一张警告抽烟危害健康的海报，他们要等一个老师——一个被热情地称为“师父”的人——过来。

师父现身时，阿卜杜勒微微感到失望。这家伙完全不像他的头衔那么威严。他是个矮胖的中年印度教徒，头发高高蓬起，一双水汪汪的、发红的眼睛让阿卜杜勒想起他的母亲，长裤底下则露出一大截中筒袜。接着，师父开始讲话。

他一开始先讲了一则故事：一个少年不听父母的话，最后被关进阿瑟路监狱。师父列举少年在监狱碰上的可怕经历时，流下了眼泪。情况非常悲惨，他几乎不忍心讲出细节。随后，他提到其他不尊重法律的少年、带给他人痛苦的少年，那些少年就像他在这个房间看到的男孩一样。“你们如果是我的孩子，说实话，我早就会抛弃你们。”师父说道。随后，他为他们的未来——他似乎可以预见的未来而哭泣。

按照师父的说法，房间里的少数几个男孩可能改过自新，过令人羡慕的生活。这些人将得到回报，然而，其他人可能继续过苦日子，继续犯罪。懊恼的家人不再到牢里探望他们，他们出狱时已经年老衰弱，或许将死在街上，无人关爱。

师父为那些打孩子、不花时间跟孩子说理的父母而哭泣。有意思的是，他还为自己离婚而哭泣，说他的老婆如何对他母亲犯浑，以及他如何在离婚协议中失去一辆大车。谈起他漂亮的新任女友时，他才高兴起来。

每当师父哭泣，无论是为了他失去的车子或为了东日囚犯的命运，男孩子们也跟着哭起来。阿卜杜勒这辈子从来没像现在这么哭过。这些泪水，不是他被萨哈尔警方鞭打后流的泪水，而是振奋的泪水。他从来没遇到过像这位师父一样豁达风雅的男人。

阿卜杜勒不愿意说明自己在听师父讲话时的感受，因为那种描述可能并不准确。然而，他对师父有很强烈的感情。师父允许他成为学徒。

他不是什么优秀的学徒。他不很了解关于尸毗王[1]把自己的肉体献祭给老鹰的印度神话，这则神话，和父亲在他行为不端时讲到的另一个国王、他的混账儿子和一只猴子的故事，似乎并无二致。

---

[1] 古印度阎浮提洲国王，广施仁政、怜悯众生。在印度神话中，他为了解救一只即将落入鹰口的鸽子，愿意割下自己的肉给鹰。鹰和鸽子实际上是印度教天神帝释天及其大臣毗首羯摩天的化身，以考验尸毗王是否真的一心向善。

然而，父亲的国王故事让他感到愧疚；而师父的故事，却点亮了一条正直的道路：当一个仁慈高尚的人，献上你的肉体，允许世上的众多老鹰吞食你的肉体，总有一天，正义将归属于你。这样度过一生将痛苦无比，阿卜杜勒却被美好的结局所吸引。

他评估自己在某些方面还算正直。他抗拒吸食 Eraz-Ex、喝私酒、涉足妓院，或他觉得可能对他的警觉心和工作能力造成危害的种种娱乐活动。他拒绝怂恿其他男孩偷东西，即使这意味着输给拥有电玩游戏厅、为增加收益而出借剪铁丝网工具的泰米尔男人。阿卜杜勒从来不打架，只是有时候会说谎，他也极少说出对父亲的不满。然而，他原本可以更好、更正直，现在他依然可以。

他将断然拒绝购买他认为是偷来的任何东西，即使只是偷来的垃圾。他决不承认他未对法蒂玛做的事，即使这能让他脱离东日少管所，即使他家的收入因他不在家而受到影响。

对他的家庭来说，阿卜杜勒的体力是至关重要的事。他是那个埋头苦干的人，他的道德判断无关紧要，他甚至不确定他具有任何道德判断力。然而，当师父提及“尊严”和“荣誉”时，阿卜杜勒认为师父炽热的眼神越过一排排人头，在他一个人身上停驻下来。现在还来得及，在他十七岁或不管多少岁的时候，努力对抗他的世界和他的天性当中存在的腐败势力。一个笨手笨脚、没受过教育的男孩仍能拥有正直的内心。他打算牢记这点，以及师父所说的其他一切道理。

第三部分

几许荒凉

安纳瓦迪的男孩们大致接受了这个基本的事实：在日益繁华的现代化城市里，他们令人难堪的生活最好局限在小小的空间内，他们的死根本无关紧要。

底层的逆袭

七月，阿莎和她的家人坐十三个小时的火车向北，来到马哈拉施特拉邦的维达尔巴区。走下火车时，他们村里的亲戚审视着他们的脸，寻找孟买贫民窟生活过得好的证据。“你们都比小时候白哦，”曼朱、拉胡尔和加内什的一个表亲说道，“皮肤光滑，魅力十足。你们从前很黑，很害羞。”

为了仔细端详阿莎，老妇们必须伸长脖子，因为数十年的务农使她们弯腰驼背，阿莎的曾祖母甚至匍匐而行。瞧着这些年老的妇女，阿莎像桅杆一样站得笔直。回到老家，她觉得自己就像女巨人一样。

在安纳瓦迪，每当马拉地语频道播出乡下电影时，她总是泪如雨下。甚至最老掉牙的讲述洪灾和饥荒的电视剧，也能让她想起自己年轻时在维达尔巴贫瘠的土地上耕作。偶尔对儿女追述往事时，她总是用夸大的语气说：她就像疯狂青春版的《印度母亲》[1]，牛死

[1] 印度经典电影，上映于一九五七年，讲述一个农村妇女在丈夫离开又负债累累的情况下，独自将儿子们抚养长大的故事。

了以后，还继续拖犁耕田。村里的妇女怀着崇敬的心情回顾当年的阿莎。她以驴子般的劳动能力著称，即使连续几天没吃东西也能劳作。

“我们那时候在柑橘园干活儿，她骨瘦如柴，饿得半死，”她的一个亲戚对其他人低声说，“你绝对想象不到。她现在身子强壮，还有她说话的样子，简直就像没踩过泥地。”

阿莎很高兴自己被大家赞不绝口，并且能远离安纳瓦迪的纷纷扰扰。她回老家来，是为了推销她美丽的女儿，并且在昆比务农阶层的同乡中展现她相对的成功。她的丈夫马哈德奥将假装清醒，她将假扮恭顺的妻子，曼朱则扮演她自己。虽然这次返乡还碰上了一个象征性的庆祝场合，但登门求婚的人不管怎样都会蜂拥而至的。

这是一场精简的家族婚礼：没有音乐，没有舞蹈，也没有糖耳朵。新郎是马哈德奥的一个侄子，还在为他哥哥的过世感到伤心，他哥哥死于艾滋病，去世前不久把病传染给了他的老婆。艾滋病在维达尔巴十分猖獗，大家却坚决否认。如果曼朱的亲戚死于艾滋病的事传了出去，可能会减少她在婚姻市场的价值。然而，村民对年轻人的死、未在婚宴上露面的寡妇，甚至阿莎在城市里的经历，都不太感兴趣。农民的目光，只是不断地望向天空。

在安纳瓦迪所说的“雨停”，在乡下有不同的称呼：旱季。六月的降雨很少，前一个月种下的数百万棵棉花幼苗已经枯死。村民们以高价购买的被称为“杂交品种”的基因改良种子，理论上是为维达尔巴反复无常的气候设计的，如今他们必须种下更多的种子，为了支付开销，他们必须重新申请贷款。

一些昆比人说，七月是众神睡觉的月份。阿莎的亲戚们则希望今年神明能调整作息时间，因为忧愁让他们晚上睡不着觉。

阿莎和她丈夫所在的村庄相距二十多公里，自他们离开那儿二十年来，许多方面都在朝着更好的方向改变。多亏到城市谋生的人把钱寄回家，一些房子变得更大、更坚固。公款也使地貌发生了变化：干裂的农田之间，散立着小学、大学和漂亮的政府机关，那里的草坪就像机场大道的凯悦饭店一样受到精心照顾。此外，政府兴建了许多水利设施，然而，这些设施未能补足维达尔巴天然供水系统的衰退。贫乏的降雨和非法抽水，使地下水枯竭，溪水干涸，河流改道。随着鱼的死去和庄稼歉收，放债人成为非正式的村长。

由于感到羞愧，加上负债累累，有些农民于是自杀——这种老掉牙的剧情，是马拉地语电影的主要素材之一。然而，这部电影仍在上映。在新世纪，政府推算维达尔巴区每年平均有一千起农民自杀案；人权运动人士推算的人数更多。无论数字多少，自杀已经让该区在国际上成为印度贫农的绝望象征。

在维达尔巴官僚机构的档案室中，灰尘累累的案卷显示，以喝农药为主的现代自杀方式已经取代自焚。在发霉的数千页文件当中，亲属描述了亲人的痛苦状况：

> 过去两年，我们作物歉收，他没钱还贷款。接着棚屋发生一起火灾，种子全部烧光，向日葵、小麦都毁了。他没钱让二儿子娶老婆，怕大家问个不停，问他什么时候结婚。
>
> 他家里人口很多，看了银行文件后，心烦意乱，就喝了农药。

庞大的贷款，让他不知该如何偿还。

他脑筋迟钝、不灵光，在田里干活儿。他借钱办女儿的婚礼，结果感觉被套牢了。

他说："爸，你如果不买手机给我，我就自杀。"然后，他就喝下了农药。

曼莫汉·辛格总理从德里来到农村，表达对农民困境的关心，以及中央政府疏解困苦的决心。一些负债自杀者的家庭将获得政府补偿，对于向银行而不向放债人借钱的农民，一项债务调整、豁免利息的计划业已展开。一项增加农村收入的全国大计划也在进行中，保证失业村民每年能有一百天从事政府补贴的工作。政府的一个目标，是防止村民舍弃他们的农场，使孟买这些大城市不堪重负；然而，阿莎的亲戚们，对这些著名的纾困方案一无所知。

在有权有势的印度人当中，机会分配往往是内线交易。那年夏天在其他地方，价值数百亿美元的公共电信执照被卖给出价最高的幕后企业买主；原本打算用来为二〇一〇年英联邦运动会[1]兴建世界级体育馆的公款，被私人挪用；国会对印度和美国之间一项重要核武条约的未来所持的反对态度，因大量金钱介入而软化；最有钱的一百个印度人的财富总额，几乎相当于国内生产总值的四分之一。

---

[1] 英联邦运动会（The Commonwealth Games）是英联邦国家每四年举办一次的综合运动会。二〇一〇年，第十七届英联邦运动会在印度首都新德里举行。

在阿莎和她丈夫从小长大的维达尔巴以东的一片森林地带，许多民众不再相信政府会增加他们财富的承诺。大规模企业和政府的种种现代化方案，摧毁了他们的土地和传统生计，于是他们协助复兴毛派革命分子持续了四十年的运动。这些游击队利用地雷、火箭筒、钉子炸弹和枪支，对抗资本主义及印度政府。他们的行动，如今遍及印度六百二十七个区当中的三分之一，包括印度中部和东部落后的“红色走廊”地区。今年夏天，毛派分子在奥里萨邦战绩尤佳。他们击沉一整船的突击军，杀死了三十八名突击队员，炸毁一辆警车，又杀了二十一个人。

然而，在大多数村庄，人们尚未谈及革命。他们等着看基础设施和农业技术的改善能否让他们的前景有所改观。今年，曼朱十七岁的表弟阿尼尔在棉花田和大豆田劳动时，便背着这样一种先进的农业设备：金属农药喷罐。

他劳动的田地属于一个有钱的政客，政客每个月付给劳工一千卢比，相当于二十一美元。新的化学农药虽然提高了政客的作物产量和利润，但喷罐的重荷和吸入的有毒气体，却使劳动者的工作万分辛苦。在最近一天劳动结束后，和阿尼尔一同干活儿的一个劳工放下他的喷罐，爬上农场边缘的一棵树上吊自杀，他的家人也没有收到应得的政府赔偿。

夜晚时分，阿尼尔想象和政客雇主之间的许多对话，在对话中，他温和地表明，辛苦的活儿越多，工资也应该越高。然而，怨天尤人的劳工很容易被取代，所以阿尼尔没把这些想法告诉别人，包括自杀的想法。

阿莎前一年建议他到安纳瓦迪碰碰运气，于是，阿尼尔成为每年来到孟买的约五十万印度农民之一。每天拂晓，他和其他找工作的人一起站在机场附近的交叉路口默罗尔纳卡，监工搭卡车来这儿挑选临时工。每天早上，一千个没有工作的男男女女来到这个十字路口，其中会有几百人被挑去干活儿。阿尼尔并不知道，孟买的平均寿命比全国的平均值少七年。他只知道，在交叉路口竭力和其他移民抢工作却未能成功，让他觉得胸口仿佛塞满稻草。碰壁一个月后，他回到家乡。

“看我回来，大家都笑我，”此时，他对曼朱说，“我告诉他们，我要去赚钱、去城市见识一番，结果两件事我都没做成。我主要看到的，只有飞机。”

婚礼前一天晚上，曼朱身为她这一辈当中最年长的女性，带着一盆谷子走过村子，到庙里为新郎和新娘念经祷告。她穿着一件城里姨妈穿腻的桃色亮片雪纺罩衫，领着家人邻居一行人，沿着黄土路行进。路上挤满找东西吃的驴子。经过几间漆成绿色的粪土屋——那是田里再也看不到的那种绿，随后，她爬上一条坡路，来到哈奴曼神猴[1]庙。

早些时候，她在新郎脸上擦上粉，在他眼睛四周刷上亮粉。然而，即使在黑暗的、没有电的庙里，她仍感觉到人们注视的是她，而不是涂满亮粉的新郎。一个上大学的都市少女，在村里就像烟火般耀

[1] 哈奴曼（Hanuman）神猴是印度神话《罗摩衍那》中的人物，力大无穷，后被视作民族主义和反迫害的象征，集“力量、英勇、自信”以及“爱和忠于神明”等品质于一体。

眼。可哪一个昆比男人会被阿莎选为她的丈夫呢？当中有些人可能觉得曼朱念书太多，不容易听话；有些人则可能觉得自己太穷，很难让她母亲感兴趣。

第二天，曼朱没能在死气沉沉的婚礼上随时留意阿莎的一举一动，但不久，一名年轻士兵来到这家人待的屋子，阿莎到屋外同他私谈。曼朱不时听到她母亲嘶哑的笑声。

最近在安纳瓦迪，曼朱看着阿莎为一个害羞的邻家女孩和来自另一个贫民窟的男孩协商婚事。曼朱很高兴有机会一窥究竟，因为这种协商有朝一日也可能决定她的未来。女孩抬起头来之前，一切似乎进行得相当顺利。“不漂亮！”男孩的家人表示反对，责怪阿莎浪费他们的时间。

那天下午的残酷现实使曼朱自我武装起来，因此当阿莎叫她端茶出来时，她把头发抚平，眼睛低垂，试着让自己的心保持冰冷。士兵接过杯子，盯着她许久，说：“别站在太阳下，你会晒黑。”

尽管留着小胡子，但他并不难看。曼朱的目光并未垂得很低，因此注意到，他的目光顺着她的身体滑下来。她觉得仿佛被人触摸。有时候她不安地感觉到自己强烈地想被人需要；她几乎已经准备好结婚，准备好接受性爱。可万一阿莎安排的婚事判她被终身囚禁在维达尔巴，曼朱决定她要逃跑。

阿莎一家返回安纳瓦迪的前一天晚上，阿尼尔向他的表亲们说起他做的一个梦：他从农场狂奔而去，曼朱、拉胡尔和加内什在他身旁一起奔跑。“我们全都逃跑了，这让我们的母亲非常生气。她们说：‘你们离开的话，就不准再回来！’我们就说：‘别叫我们回来！我们不想回来！我们要去更好的地方！’我们一边跑，一边开心地笑。”

回到安纳瓦迪，阿莎把悲惨的法蒂玛事件抛诸脑后，也把疯狂的泽鲁妮萨拒之门外。雨季剩下的日子里，她要致力于自我进修。首先，她必须选修一两门大学课程，否则她在默罗尔市立学校幼儿园的临时教职可能不保。马哈拉施特拉邦政府打算提高学校的办学质量，一些老师被迫证明自己也在努力地继续接受教育。幸而，阿莎在恰范马哈拉施特拉公开大学的教授向班上的老师们保证，他会提供年终论文和考试的答案。

然而，阿莎想成为政客，而不是低收入的幼儿园老师。为了达成这一目标，她认为自己必须抛弃以往的贫民窟作风，一如她抛弃自己的乡下作风那样。这是另一种迁移——阶级的迁移。她告诉曼朱，关键在于：“研究上流人士。观察他们怎么生活、怎么走路、做什么事，然后也跟着那样做。”

阿莎让女儿从小相信自己和安纳瓦迪的其他孩子不一样，甚至比她自己的弟弟们还要优秀。十四岁的加内什脾气温和、优柔寡断，而拉胡尔尽管自信十足，却缺乏野心。放弃酒店的工作后，他对于在机场员工餐厅收拾桌子的新临时工作非常满意。阿莎越来越常在儿子身上看见她老公的影子，既然已经把她认为他们所能学到的东西教给了他们，她就随他们去了——他们如今是安纳瓦迪切洋葱切得最快的男性。只有她和曼朱似乎有可能借着聪明的规划，跃入印度日益扩大的中产阶级。

阿莎记得左邻右舍听说她仅以七年级的学历取得幼儿园教职时的情形。他们用嘲弄的口吻叫她“老师”。然而，时间一久，头衔固定下来，这些嘲弄便烟消云散。同样，你也能冒充城市上流的一员，待奚落过后，晋升成上流人士。这是另一种形式的“用心熟记”，正如曼朱在学校里熟背功课一样。

“别害怕直接找上流人士交谈。他们有些人很不错，愿意回答你的问题，”阿莎指示她的女儿，“问他们怎样看起来更体面，并且接受他们的意见。”

最近，阿莎请一个湿婆神军男人对她的形象进行严格批判。“他说，身高够的话就别穿有跟的鞋，因为这会让你身价下跌，”她叙述给曼朱听，“不要把家居服穿到外面去，改穿纱丽。要戴长的曼加拉经[1]，而不是短的。不要看起来一副心事重重的样子，就算你真的心事重重也一样，没有人想看你脸上那些皱纹。不要和看起来比你糟糕的人走在一起。”

传达最后一点建议时，湿婆神军男人几乎不留情面。一天傍晚，两人一起去市政代表家时，他说：“我看起来很不错，但你看起来很丑，你的丑也让我变得逊色。”

曼朱从大学带回更多的信息：吊坠耳环，下等；小圈耳环，上等。她告诉母亲，上流妇女还穿牛仔裤，她母亲于是批准她购买一条喇叭牛仔裤。有一天，曼朱穿着牛仔裤和桃色亮片二手罩衫照镜子看搭配时，对自己大声说：“选框效果，变身！”这是她在计算机课上

---

[1] 一种项链。在印度的婚礼仪式上，新郎在新娘的脖子上挂上曼加拉经，表明新娘从此成为一名已婚女性，并保护新娘不受其他男人以及邪恶鬼怪的侵扰。

练习修图软件时，学到的术语。

在阿莎的妹妹给母女俩剪了个带有羽毛般刘海儿的发型后，这身搭配失色了一些。在潮湿的空气中，羽毛般的刘海儿像毛躁的云团一样高高隆起。不过，利用雨季的时光让自己变得时髦，倒很有趣。曼朱察觉到她母亲突然间对她平等相待，便提出一个新的话题：许多上流人士和他们阶层以外的人通婚，结婚对象由他们自己而非他们的父母挑选。

“有钱人都有这种不一样的思维。”曼朱说道。

阿莎并不想变得那么上流。

阿莎喜欢维达尔巴的士兵，他来自一个相对富裕的人家，可她丈夫基于不太可靠的理由，反对这桩婚事：军人往往像他一样酗酒。保莉特修女至今已两度来安纳瓦迪拜访阿莎，代表另一个可能的新郎进行游说，此人住在毛里求斯，是个中年男子。“他是我哥哥。”修女说道，眼睛快速地眨动。阿莎怀疑保莉特修女其实是拿钱办事。然而从某方面来说，阿莎也是。

安纳瓦迪的大部分居民都认为女儿是累赘，因为嫁妆是沉重的经济负担。但是阿莎很久以前就意识到，像曼朱这样漂亮、能干、无私奉献的女孩，可能攀上一门相当有利的亲事，因而提升她全家的地位。这位毛里求斯男士虽号称有钱，阿莎却不放心把她唯一的女儿送去非洲，她听说漂亮的女孩在那儿会被卖去当奴隶。她决定暂且不做决定，而去鼓励曼朱扩展她的社交圈，以增加遇到条件更好的对象的机会。

阿莎相信，一个人要追求更好的生活，应当尽可能尝试多种方法，毕竟你不容易预测何者可行。曼朱的第一个想法是卖保险，就像她的一个大学同学那样。印度人寿保险在利拉酒店旁边的一栋办公大楼为有志成为保险员的人提供免费培训。

阿莎对这家保险公司的电视广告十分着迷，保险能让买得起的人远离印度生活的变幻无常。在一则广告中，年轻的丈夫体贴地为妻子买了医疗保险，后来妻子发生车祸。如今，他的妻子奇迹般地从轮椅上站了起来，人寿保险竟然让葬礼变成庆典！卖这些保险，能使曼朱有机会接触有钱人，同时还能给家里带来更多的收入。

曼朱学习保险条款的英文名称时，家教学校的孩子们会提早过来给她支持："未来信心 II""财富信心""投资信心""抱负人生"。孩子们的语汇一下子扩及"退保价值""附约保费""部分提领"。

受训期间，曼朱了解到，如果直接提起悲剧或死亡，什么也卖不出去。必须强调利润——讲一个男人买了四十种保险，让他家坐望卢比纸钞积聚成堆的故事。

曼朱练习推销话术及辩驳，直到说得流利为止，并且高分通过了期末考试。而后，什么也没发生。她哪认识买得起保险的人？

"人人都想获得利益，"有一天，她对孩子们摇头说道，"他们都说，如果我做这件事，能赚多少钱？大学里的女生也这样说话，即使是在谈到彼此的时候。'为什么要和那个奇怪的女孩说话，帕拉维？有什么好处？有用吗？'"

妓院老板的十一岁女儿祖布比别的孩子更了解曼朱对追逐利益的担忧。她的父母想卖掉她，祖布觉得自己就要发疯。曼朱只能祷告祖布父母在这笔生意上的冒险尝试以失败告终，就像他们的其他生意一样。

教导祖布这样的女孩子，让曼朱感觉到自己的幸运。明年春天，假使她通过邦考，她就能拥有文学学士学位。卖掉她们家的出租房再多念一年，取得教育学士学位后，她便能成为合格的教师。她不期望在公立学校找到一份固定工作，因为这些工作往往得用巨额金钱贿赂教育局官员。小型私立学校更有可能，尽管薪资少得可怜，少到她的大学同学都开始担心他们投资在一个愚蠢的职业上。有个女同学打算毕业后到客服中心上班；另一个女同学则认为当厨师赚的钱更多。这群人当中，只有曼朱仍然想去教书。不过，供她磨炼技巧的安纳瓦迪家教学校，一天比一天令她母亲恼火。阿莎觉得，和低等孩子打交道没有任何长远效益。

中央政府通过非营利组织资助曼朱的“过渡学校”以及孟买数百所类似的学校。尽管公共教育资金随着印度财富的新近增长而增加，这些资金仍主要在政治精英间流通。政客和市政官员为取得政府资助，帮助亲朋好友开办非营利组织，至于学校办不办学，他们根本不感兴趣。

曼朱的学校，在天主教慈善组织“普及教育行动计划”[1]的赞助下开办。比起其他非营利组织，这一组织更注重对穷困学生应尽的义务。管理这一组织的牧师拒绝支付回扣，于是他手下的学校在孟买各地一一关门，安纳瓦迪的学校是其中一个幸存者。慈善机构的督导员每隔一个月左右过来听课、考察并记录。他明白本该由阿莎

---

[1] 印度非营利组织，致力于扫除文盲，向贫民窟、农村等地区的儿童普及教育，通过“把教育带到家门口”实现目标。

管理的学校，实际上却由曼朱执教，不过他没有计较，毕竟学生们还是学到了东西。

一天下午，孩子们正在练习英文单词：chariot（战车）、knee（膝盖）、mirror（镜子）、fish（鱼）和hand（手）。“你用两只手来做什么？”曼朱问道。

“吃饭！”

“洗衣服！”

“跳舞！”

“举起来让有些人知道我要揍他一顿……”

大家转过头去。阿莎站在门口，怒不可遏。

“上课有多急迫？”她对曼朱大吼，“是这些孩子重要，还是帮我保持家里的整洁重要？”

脏兮兮的孩子趴在地上，笔记本丢得到处都是。这完全不像一个即将成为管事和民选官员的人的家。求助者随时都可能到来，向阿莎反映他们的难题。早上洗的衣服还是湿的。“好极了，”阿莎摸摸一条毛巾，对曼朱说，“现在外头艳阳高照，你却把衣服晾在屋子里。我不在家的时候，你难道连一件事都做不好？”曼朱转过头去，不让学生看见她的脸。

此后，曼朱开始每隔一天或三天授课一次，孩子们明白她是身不由己。一个新学校在污水湖旁的粉红色寺庙开办时，他们当中不少人被吸引过去，不过，非营利组织的负责人为取得政府资助，拍摄了几张孩子们在念书的相片后，学校随即关门。

曼朱把新的空闲时间用来实践她扩展社交网络的第二个主意。

她加入“印度民防团”，此组织旨在让一群中产阶级市民接受训练，以便在水灾或恐怖袭击事件中拯救他人。

和孟买的许多人一样，她对恐怖主义越来越忧心。七月，班加罗尔发生数起炸弹爆炸事件，而后在艾哈迈达巴德也发生爆炸事件——在市中心共发生了十九起爆炸案。炸弹袭击者并非毛派分子，毛派分子是印度农村的问题。都市的危机来自宗教武装分子，其中有些以安拉的名义行事，他们在写给报社的电子邮件里是这么说的。

作为金融中心的孟买显然会是袭击目标，因此五星级酒店的维安队伍中还加入了嗅探犬。机场里沙包掩体的数量增多；西部高速公路上，则有电子显示牌敦促全民提高警惕：“如你所在地区有生人出没，请速报警。”在曼朱看来，要保护她的城市，相较于报警检举陌生人，民防团似乎是更可靠的方式。

在政府大楼空空的地下室里，她和其他四十位马哈拉施特拉邦民，包括中年妇女和两名充满理想的大学男生一同模拟危机状况，演习救人技术：炸弹爆炸时保持冷静，首先确保自身安全，然后安抚他人，带他们到安全的地方。在突发的洪水中，南瓜和空塑料水瓶可作为漂浮装置。把丝巾绑在身体虚弱、不能游泳的人身上，拖着他们走。

在这支队伍中，曼朱的身材最纤弱，胜任不了至关重要的抬举移动的任务，因此在演习训练中，她通常扮演受伤的援救对象。她呈大字形躺在铺着油毡的地板上，头发散乱，做出她能想到的印度电影里的痛苦表演，从上气不接下气、惊恐的眨眼，到老掉牙的叹气颤抖。随后，她被抛到某人肩上，带到安全的地方。在这里允许身体接触，而最令人愉快的，是她在维贾伊的怀抱里全身放松的时刻。这位认真的、方下巴的大学男生是领队，他感谢曼朱充当灾民所做的真诚努力。

一天晚上，当曼朱穿着她的新牛仔裤和桃色罩衫离开训练班时，维贾伊喊了她的名字。他们一起穿过马路到公交车站时，他抓住她的手。这是她第一次和男生牵手。曼朱的期望被她受过良好磨炼的务实倾向压制住了，她的务实使她坚定地认为，城里像维贾伊这样的人有比她这种尚未成为上流人士的女孩更理想的选择。

在贫民窟保守秘密是件难事。据阿莎所知，成功守住的秘密就像一种流传的谣言。她晚上去了什么地方、和什么人做什么事情，都可以随便别人讲，只要没有被他们逮到，她就能否认一切。

此时是她四十岁生日的晚上，低沉的天空挂着弦月，没有下雨。曼朱把切成块的蛋糕分给大家，还有一堆薯片摆在旁边。阿莎搂着她的儿子们，连她的丈夫马哈德奥也带着庆祝的心情抢走她的礼物：一个装满金币巧克力的塑料百宝箱。“应该装真的金币，因为今天是我的四十岁生日。”阿莎笑着说道，一边吃着蛋糕。

她的手机又响了，过去的十五分钟里一直响个不停。她把摆在大腿上的手机越来越深地藏进蓝色纱丽里。一个名叫瓦格的警官急于见她。

“急事吗？”曼朱过一会儿问道，“打这么多次。”

“是那个叫里纳的女人，要找我谈部门的工作。”阿莎谎称那是湿婆神军妇女分会的事务。一分钟后，她犹豫地说：“我可能得过去。”

“什么？告诉她你不能去，这是你的生日聚会啊！”曼朱语调欢快地要求道，而后阿莎接起电话。

“不行，”她对着电话说道，然后停顿许久，“不，不可能。明天好吗？你瞧——”又是停顿许久。“听着，我……”

她突然起身站到镜子前，在脸颊上扑粉，整了整纱丽，梳理她浓密的头发。她看得见丈夫和曼朱盯着镜子里的她。

“我的项链看起来肯定像真的，”她局促不安地念叨，“一个家伙今天在火车站跟我说，把项链收起来，要不然会被偷走。你们知道迦特克帕市场的香菜只要五卢比吗？之前我去那里的朋友家喝茶，错过了公交车。香菜又好又新鲜，比我们这里的好……”

“妈，”曼朱平静地说，“别去了。”

手机再次响起。

阿莎说：“好，我说我这就来。我尽快。什么地方？”

整个手机沾满了粉，在脖子上留下一道痕迹。她流着汗，她的丈夫则泪水盈眶。

“妈，”曼朱又说一次，伸手抓她的手，“求求你，妈！”

然而，阿莎挣脱女儿的手，快速走过广场，经过游戏厅的街童，经过凯悦，一直走到威风凛凛的马拉塔大酒店外头的公交车站，才停下脚步。

这个粉红色的酒店是附近最贵的一家。此时呈现出金粉色，因为数百盏灯照亮了酒店正门前的斋浦尔石。站在酒店围栏外的阿莎也被映得闪闪发光，一边脸颊上留有一道白色的粉痕。

她猜得没错，家里的曼朱在一小块巧克力蛋糕上滴下了眼泪。

多年来，阿莎都希望女儿猜不着她和其他男人的事；但此时，她真希望她能把曼朱教得老练些，能理解她的处境。这和情欲或流行无关，尽管她知道，许多上流人士四处跟人上床。这不只是关于被爱和美丽，而且关于金钱和权力。

她的脑袋动得比其他人快，政客和警察终究认识到她的机敏，也渐渐重用她的能力。二十岁时，她是个贫穷的、未受教育的难民，旱地出身，丈夫对工作没兴趣。今晚，四十岁的她，是个幼儿园老师，在她的贫民窟是最具影响力的女人。她让女儿受大学教育，再过不久，她希望能让她嫁得风光。只要曼朱大放异彩，这些交易就值得了，即使她曾做了那些有关艾滋病的噩梦。

她知道，她该去验血，她该查看那位警官是否已经抵达机场大道。然而，一群参加上流人士婚礼的人涌入马拉塔大酒店的草坪。她忘了这天在印度日历中是黄道吉日，占卜家认定适合结婚的日子。一支铜管乐队正在吹奏她分辨不出的音乐，狗仔队竞相拍照，挡住了她看新娘的视线。红色和粉红色的碎纸屑吹过围栏，落在她的脚边，而后，阵阵强风吹走了碎纸。一辆白色警车为她停下来。阿莎缓缓背过灯光、乐队和婚礼，警车的后门朝着她自动滑开。

被出卖的鹦鹉

七月底的一天清晨，苏尼尔发现一个拾荒者躺在安纳瓦迪车辙道和机场要道交会处的泥巴中。苏尼尔知道这个老人：他工作卖力，睡在约一公里外的默罗尔鱼市外面。此时，男人的一条腿被压烂，鲜血淋漓，正在向路人呼救。苏尼尔猜他被车子撞了，有些司机总是懒得避开路边的拾荒者。

苏尼尔不敢去警察局，也不敢叫救护车，特别是在听说了发生在阿卜杜勒身上的事之后。他跑向货运大道的垃圾箱附近，希望有哪个成年人勇敢地到警察局报案。每天早上，这个路口都有成千上万的人走过。

两个钟头后，拉胡尔离开安纳瓦迪去上学时，受伤的男人喊着要水。“这人比你爸醉得还厉害。”拉胡尔的朋友取笑他。“醉得比你爸厉害。”他们拐向机场大道时，拉胡尔做出了没什么创意的反驳。拉胡尔不怕警察，邻居把沸腾的扁豆倒在生病的宝宝丹努什身上时，他曾经跑去向警方求援。然而，马路上的男人只是个拾荒者，而拉胡尔还得赶公交车上课。

一个小时后，泽鲁妮萨·侯赛因路过时，拾荒者正在痛苦地惨叫。她觉得他的腿看起来惨不忍睹，可她正要带食物和药品给她丈夫，他远在城市另一头的阿瑟路监狱，看起来同样惨不忍睹。

没过多久，坎伯先生经过此地，眼睛浑浊、身体疼痛的他开始走访各个企业和慈善机构，继续为他的心瓣膜寻求捐款。他曾经像这个受伤的男人一样露宿街头，但如今，坎伯先生只看得到自己无止境的痛苦，因为他知道，在新印度什么奇迹都可能发生，却不可能发生在他身上。

午后，拉胡尔和弟弟放学时，受伤的拾荒者一动不动地躺着，低声呻吟。下午两点半，一个湿婆神军男人打电话给萨哈尔警察局的一个朋友，说一具尸体令小孩们感到害怕。下午四点，警察们叫其他拾荒者把尸体搬上警车，如此一来，他们就不会染上拾荒者身上的疾病。

萨哈尔警方没有去找拾荒者的家属，便断定这是身份不明的尸体；库珀医院的验尸官未经解剖，便得出拾荒者死于肺结核的结论。处理此案的警察托卡勒和比贾布尔帕蒂尔医学院有业务往来，想让事情快速解决。解剖学系需要二十五具无人认领的尸体做解剖之用，加上这一具就够了。

过了几天，在雨中干活儿的一个年轻拾荒者在机场发现另一具尸体：一个残疾人，躺在通往国际航站楼的专用道路上，身旁有一支手工拐杖。他同样身份不明，也未进行解剖。第三具尸体出现在污水湖尽头，在人们拉屎的一个坑里。使用露天厕所的人都留意到，这里的气味比平时难闻。腐烂的尸体是嘟嘟车司机奥德恩，他也被标示为无名尸，死因被记录为“疾病”。在凯悦对面的机场灌木地，出现了第四具尸体，头颅被砸扁——那是一个在机场搬运行李的安纳瓦迪居民。

安纳瓦迪居民怀疑，这是“独腿婆子”留下的诅咒，他们猜测，如今这整个地区已成为破败、腐臭、沉沦之地。有传言说，安纳瓦迪和其余的机场贫民窟，将在来年的议会大选后被拆除。

一些安纳瓦迪居民深信，市政代表萨旺特能延迟推土机的到达日期。然而，在附近的十字路口，一张随风摆动的政治海报说明有桩交易正在进行：“你假装你揍了我；我假装我在哭。你们这些住在机场土地上的人，对这些假把戏都非常熟悉。如今，另一党说，他们要阻止机场当局拆毁你们的家，那他们为什么要密会政府和开发商？”

这些死亡和传言使苏尼尔万分恐惧，然而，更紧迫的问题是，他的妹妹又长高了一点，使他们之间的身高差距持续增加。雨季期间，机场的垃圾远远不够让他长高。最让他沮丧的是他瞥见另一个枯瘦如柴的安纳瓦迪拾荒男孩拖着满满一大袋子垃圾，满得使那男孩必须俯下身子。

那是眨眼男孩索努·古普塔。他住的棚屋与苏尼尔相隔七户人家，年纪大苏尼尔两岁。几年前，机场拾荒者之间的竞争还没有那么激烈时，他们还一起在机场大道上的垃圾箱周围干活儿——他们的合作关系，在苏尼尔意外打断索努的鼻子时告终。不过近来，索努似乎释放出原谅的信号。苏尼尔有时在天亮前，看见他在他们的贫民窟巷弄徘徊，脸上布满“我们一起干活儿吧”的神情。

索努的脸倒人胃口：消瘦干瘪，其中一只眨动的眼睛朝上翻。他还是半个聋子，天热时会流鼻血——这是家族遗传的先天缺陷。苏尼尔的年纪已不小，能够想象自己若是重新开始和这种人人都瞧不起的人合作，别的男孩会怎么说。不过，他很好奇眨眼男孩是如何找到这么多垃圾的。在任何季节，更不用说在雨季，视力差对拾荒者来说可是极为不利的条件。

某天，苏尼尔在索努干活儿时跟着他。他惊讶地发现，这个在安纳瓦迪没有任何朋友的孩子，在外面竟然拥有有利可图的人脉：主要是在印度航空一个入口把关的保安人员。索努在黎明前的黑暗中手持破破烂烂的扫帚，在货运大道上的一排闸门外等待。终于，一个印度航空保安员让他进去，他于是带着滑稽的愤怒打扫起来。他清扫走道、保安亭，再扫走道，扫除他小小的足迹。他把腰弯得很低，低到都能吸入他扫起的滚滚烟尘。

这种毫无尊严的行为让苏尼尔打算对他嗤之以鼻，直到警卫把两大箱垃圾倒在索努的脚边。苏尼尔于是看懂了索努的精明。在野蛮凶残的货运大道上，一个无足轻重的少年竟然包下了安检门后的一切：大量的塑料杯、可乐罐、番茄酱包和铝箔盘，都来自印度航空工作人员的食堂。

不知为什么——是因为他那令人同情的外表吗——眨眼的索努在保安人员面前，实现了苏尼尔在造访孤儿院的富婆面前未能做到的事——索努从衣衫褴褛的人群中脱颖而出。不久之后，苏尼尔同他并肩走出安纳瓦迪，觉得好像没有那么难为情了。

苏尼尔必须大喊大叫，索努才听得见，起先，他几乎懒得叫喊。他们一天说不上几句话：在印度航空入口附近打扫卫生，尝试从酒吧和快餐店经理那儿获得瓶罐和垃圾，而后分道扬镳，去更多地方找垃圾。苏尼尔擅于爬墙，以及躲避阻止他离航站楼太近的机场保安员。但索努不想挨保安员的揍，他的才能是协调和规划，他头一次付钱给印度航空警卫取得垃圾后，他们便不再开口要钱。

被索努取代的印度航空拾荒者揍了他一顿，在路上碰见时仍咒骂他，然而，生来便引人嘲弄的索努并不担心他人的想法。完成当日的工作时，他会站在机场大道上面对车潮，利落地系紧肥大的袋子，全身散发出骄傲的光芒。

“你教会我怎么把这件事做好。”苏尼尔有天对索努说道。索努很善良，会平分他们的收入：在大多数的日子里，每人分得四十卢比，相当于一美元。

他们干活儿时说的话多了起来。起先是无聊的小事：在判断物品能否回收时，脚趾几乎和手指一样有用；索努家有台收音机，在调大音量时会电到人。后来他们开始谈论较大的议题，因为索努喜欢一边拾荒一边做简明扼要的演说。他坚称，患上黄疸是因为喝了污水湖的水，而不是像苏尼尔所认为的那样，是因为取笑黄疸患者。鉴于他弟弟的遭遇，索努建议还是别跟住在豪华酒店的男性旅客扯上任何关系。他建议苏尼尔至少应该刷一次牙，因为他的口气比贫民窟那些吃腐烂食物的猪的气味还难闻。

某天在米提河，索努在苏尼尔把一段烟屁股装进口袋前，抢先发现了它。索努蜷着身子，用石头敲击烟蒂，取出烟草，扯碎滤嘴，然后朝那堆残迹点了点头。“如果再被我看见你抽烟，苏尼尔，我就用这样的石头揍你。”

索努同样强烈反对苏尼尔对卡卢的痴迷，就是那个为没钱看电影的男孩们模仿电影角色的垃圾窃贼。“你半个晚上都在听卡卢讲话，害我隔天早上得浪费很多时间叫你起床。”索努抱怨道。索努不太了解为什么人会睡过头，他说：“每天早上，我的眼睛就会自己睁开。”苏尼尔虽不习惯，却喜欢有人担心他。

比起苏尼尔的父亲，索努的父亲是更为有趣的酒鬼。他有时会把当天通过修路赚来的卢比纸币撕碎，说：“去他妈的！钱重要吗？”所幸索努有个好母亲。夜里，她和她的四个孩子把细条状的零件从粉红色塑料衣夹里抽出来，这是她为附近一家工厂做的计件工作。白天，她在利拉酒店附近的人行道上贩卖过期的袋装番茄酱和小罐果酱。航空餐饮公司把果酱及塑料袋装的蛋糕屑捐献给保莉特修女，给她监护的贫穷孩子们吃；而修女却把过期商品卖给贫困的妇女和孩子，再让他们转卖出去。因此索努比苏尼尔更憎恨保莉特修女。

索努在默罗尔市立学校读七年级，虽然工作使他不能去上课，他每年仍然去学校注册，晚上念书，年底回学校考试。索努认为苏尼尔也该这么做。一天早上，他歪着脑袋，仿佛要倒掉他的耳聋般庄严地说：“只要受教育，我们赚到的钱就能和垃圾一样多！”

“你可以的，老板，”苏尼尔笑着说，“我当穷人就好，可以吗？”

“但你不想当个了不起的人吗，肥仔？”索努问道。索努给苏尼尔取了这个绰号，只有在和索努相比时，这绰号才适合苏尼尔。

苏尼尔的确想成为了不起的人，可是他认为，市立学校的教育似乎无法为安纳瓦迪的男孩们提供更好的机会。那些念完七八年级的人，最后还是去拾荒、修路或去工厂包装“白雪公主”面霜。只有上私立学校的男孩，才有机会念完高中，考进大学。

结束垃圾搜集工作回到安纳瓦迪时，苏尼尔和索努便不再说话，走路时，他们的髋部不再碰在一起。他们只是能挣一点点钱的瘦小家伙，于是成了猎物。年纪较大的男孩沿路追击他们，让苏尼尔和索努突然被喷了一鼻子的水牛粪。斑马主人罗伯特的儿子保护他们免受年纪较大的男孩子的攻击，一个礼拜收取三四十卢比保护费。没缴钱的时候，他便亲自攻击他们。

苏尼尔羡慕那些似乎受到太多保护的孩子。大家都清楚，谁若是招惹阿莎的孩子，就可能遭湿婆神军那帮人修理，因此没人敢这么做。侯赛因家的孩子们则有另一种保护：和板球队人数一样多的大家庭。苏尼尔认为，不管信仰什么宗教，有个大家庭就是好事，因为他只有一个长得太高来刺激他的妹妹苏妮塔。

垃圾窃贼卡卢在附近时，总是会关照苏尼尔，虽然卡卢本身也很瘦小。傍晚时分，他有时候和苏尼尔一起坐在污水湖对面温热的瓦砾堆上，黄昏前的斜阳使两个男孩的影子巨大无比。这儿远在眨眼男孩索努的视线之外，使苏尼尔能够安静地享受他每天的香烟。卡卢也抽烟，尽管几年前他染上了肺结核。

两个男孩喜欢从一个隐秘的高处审视湖水对面的安纳瓦迪。从这里，他们看见歪七扭八的棚屋，与后方直立高耸的凯悦和艾美酒店形成鲜明对比，仿佛棚屋是从天上掉下来的，在着地时被揉成一团。

湖的对面，另有几处奇景：一个小农场，像城市里的秘密；还有一株蒲桃树，有鹦鹉在树上筑巢。一些街童曾把鹦鹉一只只捉去默罗尔市场卖钱，不过，苏尼尔说服了卡卢，使他相信这些鹦鹉应该留在原地。苏尼尔每天早上一起床，便留心聆听鹦鹉的叫声，确定它们未在夜间被人诱捕。苏尼尔把卡卢看成街童中的鹦鹉，虽然年纪较大的卡卢近来似乎郁郁寡欢，甚至连他扮演的电影也越来越阴沉。

卡卢专偷航空餐饮区内垃圾桶里的垃圾。私人垃圾回收商会定期清空这些垃圾桶，不过，卡卢掌握了垃圾车的时间表，所以他会在收垃圾的前一晚，翻越铁丝网围墙，搜刮塞满的垃圾桶。他曾经成功取得“巧福”“泰姬陵餐饮”“欧贝罗伊航空服务”“航空美食”这些航空餐饮公司丢弃的铝制餐盘，他说欧贝罗伊的垃圾桶防守最为严密。

然而，警方获知了卡卢的日程。他不断被逮捕，直到几个警察提出一个不同的解决方案：如果卡卢把在街头得到的有关当地毒贩的信息告知警方，他就能保住他的废金属。

穿白色西装的可卡因贩子加内什·安纳在机场做投机生意，每周两次派遣他的分销员——二十岁出头的安纳瓦迪男人——到另一个郊区取散装可卡因。加内什·安纳虽然买通警方，警察却不满意他们分得的利润。为了报答卡卢提供毒品购买时间和地点的相关信息，他们打算不干涉他偷垃圾。卡卢把一张写有警察手机号码的纸条放在休闲裤口袋中，这条红棕相间的迷彩裤是米尔基穿旧的衣物。

卡卢对警方和加内什·安纳同样恐惧。他觉得自己像饵料鱼。他不断提及电影《一世相爱》中的贫民窟流氓，流氓觉得自己被生活所困，决定喝烈酒自杀——此时，美丽的玛杜丽·迪克西特[1]便丰姿袅袅地前来拯救。卡卢常常追不到等在水龙头边的女孩子们，他和苏尼尔都认为，不大可能出现任何别的女孩，像玛杜丽那样把他从纠葛中解救出来。离开孟买比较可靠，与他关系疏远的父亲给他提供了一个似乎可行的逃逸路径。

他的父亲和哥哥是没有固定工作的水管维修工，在附近一处贫民窟拥有一间悬在半山腰的棚屋，十分危险。卡卢有时会哭着说自己尚未来到安纳瓦迪露宿街头前，在家中就觉得自己没人疼爱。“我在我妈过世的那一秒钟长大，”他对苏尼尔说，“我爸和我哥不了解我。”然而，被人误解总比夹在警方和毒贩之间来得好。他的父亲和哥哥正要前往一个建筑工地，位于格尔杰德附近的山区，距离安纳瓦迪两小时路程。卡卢小时候就学会了安装水管，建筑工地会有他能做的工作。

苏尼尔希望卡卢不要离开，因为安纳瓦迪少了卡卢将失色不少，再也看不到他生气勃勃、摇臀摆腰地重新演绎《如果，爱在宝莱坞》，也看不到他随着他喜爱的电影不断改变发型了。最近，他像萨尔曼·汗在老片《擦身而过》中扮演的疯狂大学生一样，留起长直发。

---

[1] 玛杜丽·迪克西特（Madhuri Dixit），印度最受欢迎的女演员之一，在电影《一世相爱》中饰演女主角拉克希米·拉奥。

况且，卡卢这样的窃贼享有拾荒者没有的地位，随着卡卢离去，苏尼尔的拾荒者身份将更加根深蒂固，像眍眼男孩索努一样，是那种孤苦无依、独自死在街头的人。

动身前几天，卡卢对苏尼尔说："我的真名叫迪帕克·拉伊。别告诉任何人。还有，我的主神是象神[1]。"他认为驱除障碍的象神也应当成为苏尼尔的主神。为了说服他，卡卢带他踏上长达十四点五公里的忏悔者赤足朝圣之旅，前往孟买市中心的西德希维纳雅克寺。

对于信奉哪些圣人和神祇，许多街童都拥有强烈的感受。有的人说，赛巴巴[2]比肥嘟嘟的象神速度更快。还有人坚持认为，湿婆睁开它的第三只眼睛，就能炸毁其他两个神明。苏尼尔的母亲还没教会他认识神明便过世了，苏尼尔不清楚这些神各自的优点，因此无法选定一个最爱的神。不过，据他在安纳瓦迪所做的观察，一个男孩对神有所认识，并不代表神会关照他。

一天下午，阿卜杜勒的母亲抵达东日少管所时，被雨淋得浑身湿透，她眼睛底下的黑眼圈，好似芒果籽一样。阿卜杜勒绷着脸从营房走出来，脑袋低垂，脚下踢着一团硬泥巴。她来接儿子回家。一名法官判定，像阿卜杜勒这样的人，在少年法院受审前不可能逃逸，于是将他释放，并要求他遵从严格指示：在受审前的每周一、三、

---

❶ 象头人身的象神（Ganpati）是印度教诸神中最受喜爱的神明之一，传说他是湿婆与妻子帕尔瓦蒂的儿子，主掌智慧，决定人的成功与失败。

❷ 赛巴巴（Sai Baba）是印度圣人、苦行者，推崇"自我意识"的重要性，强调诸如爱、宽容、助人为乐、仁慈、知足、内心平和、虔诚等道德品质，并谴责宗教和种姓的分化。

五来东日报到，证明他尚未潜逃。

阿卜杜勒跟随母亲，沿着挤满孩子的熏臭长廊，走过中庭来到街上。雨转为细雨，微弱的太阳低垂而苍白。“那我什么时候受审？”他问母亲，“爸什么时候受审？”

“没人晓得，不过别担心，”泽鲁妮萨说，“一切都交给真主，继续祷告。现在我们有律师，他会说该说的话，然后事情就会结束，法官会找出真相。”

“找出真相。”他不以为然地重复母亲的话，仿佛真相是掉落在人行道上的硬币。他换了个话题。

“我爸怎么样？”

“阿瑟路监狱不提供药品，也没有睡觉的地方，看见他在那里的情况真叫人难过，他的脸越来越小。不过，克卡珊倒是说她的囚牢没那么糟糕。她经常为我们每个人祷告。她说这是安拉的旨意：所有的灾难，同时从四面八方找上门来。”

“你为什么不先把爸弄出来？”他问道，“我反而比他先出来，这样不对。”

泽鲁妮萨叹着气，提起所有的亲朋好友都拒绝帮忙保释，以及在他前未婚妻家受到的羞辱。

“对这些人来说，我们的遭遇只是余兴节目，他们无聊时谈论的话题，”阿卜杜勒冷冷地说，“现在我们才知道，根本没有人关心我们。”

一阵意味深长的沉默后，他向他母亲问起他的垃圾生意。

在米尔基的管理下，生意垮了。所有的拾荒者都把货物卖给开游戏厅的泰米尔人。

阿卜杜勒发出类似大声打嗝的声音。他早该猜到结果会这样，毕竟他的父母一直教导米尔基从事比回收垃圾更好的工作，甚至阿卜杜勒自己也想让米尔基拥有更好的东西。

“好吧。”过了一会儿他说道，用一根手指紧紧按住他颤抖的下唇。现在的情况多半没救了，他要从头开始，比过去更卖力地工作，不去懊恼每周三天往返东日所损失的时间。他决定走上东日师父建议的正道，有生之年不再进警察局的审讯室，因此他将放弃额外收入：不再购买赃物。

母亲似乎接受了他的决定。他希望母亲真的在听，但她的疲惫似乎使她心不在焉。而随后当他问母亲，他受的苦能否换来一台 iPod 时，她肯定没在听。

拾荒者都发现，阿卜杜勒从东日回来后话变多了。在磅秤前，他一遍又一遍地问，他们的货物是不是光明正大地获取的。在新的审问式买卖过程中，他又发表了一段诡异的声明：“我能不能跟你说件事？我得说说这件事。”于是，他滔滔不绝地谈起一位东日的老师，说他看见他天性中的高尚。

阿卜杜勒声称他一直和师父讲话，还说师父很喜欢自己，因此留下了手机号码。每个人都知道，这个垃圾分类工在说谎。街童并不在乎撒谎，毕竟胡诌可以消磨时间。他们只是觉得好笑，他竟然编造和一位老师的交情。说这种差劲谎言的另一个男孩是苏尼尔，他喜欢向新来的男孩假装自己是五年级学生，在班上名列第一。

九月中旬，和阿卜杜勒算是半个朋友的卡卢从格尔杰德的建筑工地回来时，阿卜杜勒有了个新听众。由于城外没有 Eraz-Ex，卡卢长胖了。

泽鲁妮萨惊讶地看见卡卢这么快回来，把他叫进屋里吃一盘剩菜，剩菜的分量比往常更多，因为侯赛因家在斋月禁食。泽鲁妮萨喜欢卡卢，认为他需要母爱。卡卢对此没有异议，他叫泽鲁妮萨"阿玛"已经叫了一年，这个亲昵称呼相当于"母亲"，这使阿卜杜勒有点紧张。

"你父亲还在山区？"她问道。

"对啊，可是阿玛，我必须离开那里。我现在不想待在乡下。"为纪念敬爱的象神，孟买正值欢天喜地的节庆日。再过两天，随着击鼓声和欢呼声，全孟买的数百万市民将把精雕细琢的象神像带到海边，浸入海水之中。环保人士并不支持此种节庆习俗，然而对卡卢来说，这是一年当中最有趣的日子。

"你应该待下去的，"泽鲁妮萨责备他，"你变得这么健康，我几乎认不得你了。为什么就那样把你父亲抛到脑后？你在这里，只会再走上从前的歪路。"

"我不会再去偷东西了，"他答应她，"我现在很好，而且进步了，你没看见吗？"

"是啊，变好了，又有进步，"泽鲁妮萨也同意，"不过，小偷真能改过自新吗？如果能的话，我还没看见哩。"

第二天，卡卢和苏尼尔在机场拾荒。傍晚时分，他们把垃圾卖给阿卜杜勒后，同他一起在游戏厅外闲荡。三个男生的话题和往常一样，包括食物、电影、女孩、垃圾价格。此时，精神恍惚、目光呆滞的残疾男人马哈茂德不知为何，忽然朝阿卜杜勒的胸部打了一拳。又来了一个暴怒的“独腿婆子”。当然，阿卜杜勒不打算跟他打架，他跑回家睡觉去了，苏尼尔也是如此。

但卡卢无家可回。他决定去机场，穿过大街，朝标示国际航站楼的鲜蓝色招牌而去：楼下入境。楼上出境。旅途愉快。

第二天一早，卡卢躺在印度航空红白相间的登机门外：一具上身裸露的尸体，留着长长的萨尔曼·汗发型，瘫倒在一道开花的树篱后方。

一顿好眠

身材魁梧、留着小胡子的警察纳迦雷骑着摩托车来到安纳瓦迪，前一晚揍阿卜杜勒的残疾的瘾君子在后座努力保持平衡。摩托车在泽鲁妮萨面前猛然刹车，她正在和一个拾荒者讨价还价。见到警察的脸她浑身发抖。纳迦雷的脸色，不是警察前来收贿时惯有的脸色。他的脸色紧绷难看，泽鲁妮萨不知该如何解读。看来，他带来了会让她家的麻烦愈发复杂的新灾难。

结果她和阿卜杜勒都多心了。警官只想知道卡卢的家属在哪里，残疾的马哈茂德告诉他说，泽鲁妮萨或许知道。泽鲁妮萨松了口气，感觉轻飘飘的，直到纳迦雷说明原因。

“那个男孩死了。”他皱起眉头说道，他急驰而去时，泽鲁妮萨几乎来不及难过，因为接下来，她听见阿卜杜勒痛哭的声音。

几个星期以来，阿卜杜勒想努力忘记他在囚室的遭遇，直到此时，密封在他内心的某种东西瞬间迸裂。他记不起该怎么呼吸，开始用短促、狂乱的语调说话。他唯一称得上朋友的卡卢死了。现在，他就要因谋杀罪被捕。警方将设陷阱让他往下跳，就像法蒂玛事件一样。“我知道。”他一再说道。马哈茂德可能已经告诉警方，前一天晚上，阿卜杜勒和卡卢一同站在路上，这将成为阿卜杜勒遭到指控的证据，他将再次遭警方毒打，然后在阿瑟路监狱待上数十年。他蹲下来咽了口气，随即站起身来跑进屋里，就连被保释出狱的克卡珊也安慰不了他。他觉得他必须再次躲起来，不过这回不能躲进垃圾堆中。

“卡卢被谋杀了！他的眼珠被挖出来，屁股也被切开！”

还未经受过生活打击的其他男孩跑去看尸体，他们的报道穿梭于贫民窟巷弄之间。苏尼尔拒绝相信这些报道，他必须亲眼看见。他动身前去，闪避机场大道上的车子。

男孩们说卡卢的尸体在花园，可在哪个花园呢？由企业集团GVK领军，经过两年的改头换面，机场遍布着花园。利拉酒店附近也有花园，不是吗？在悲痛的此刻，苏尼尔脑中的机场地图彻底被打乱了。

当他终于来到正确的花园时，印度航空和GVK主管人员聚在一起，警方不让其他人接近。一个男孩告诉苏尼尔，乌鸦啄去了卡卢的眼珠子，丢在椰林中。

苏尼尔从远处看着卡卢半裸的尸体被装上警车。他看着警车开走，眼前只剩下一言不发的黄色塑料封条扭曲地穿过一片橙色的蝎尾蕉，它们开的花就像幼鸟张大的嘴巴。

苏尼尔转身走回家，经过机场大道中间正在修建的高架路的巨大立桩；经过GVK竖立的一排标志，上面写着：“我们关心我们关

心我们关心”；经过那道长长的墙，墙上的广告贴着会“永远美丽”的地砖。他觉得自己渺小、悲伤、无用。谁对他的朋友做出这样的事？然而，震惊和哀伤的迷雾并未完全遮盖他对自己所处社会层级的理解。对安纳瓦迪的男孩们来说，卡卢是明星；而对上流城市的当权者来说，他却是必须除去的障碍。

按官方说法，萨哈尔警方的管辖区是大孟买地区最安全的区域之一。两年来整个辖区，包括机场、酒店、办公大楼、数十处建筑工地和贫民窟，只有两起谋杀案记录，而且都立即破案。“我们侦办的每一起凶杀案，都是百分之百成功破案。”萨哈尔警察局局长、高级督察帕蒂尔喜欢这么说。不过，这个成功率或许只是假象：他们并不侦办无名小卒的凶杀案。

卡卢一案的负责人贾达夫督察迅速下了结论：此人死于“不可挽回的疾病”。在库珀医院的太平间，“不可挽回的疾病”被确认下来。十五岁的迪帕克·拉伊，又名卡卢，死于肺结核——和在马路上慢慢流血而死的拾荒者的死因一模一样。

生气蓬勃、攀爬围墙的男孩不会突然因肺结核暴毙；不仅病理学家知道，就连安纳瓦迪的居民都知道，肺结核是会折磨人致死的慢性疾病。然而，卡卢的尸体证据在机场大道的帕希瓦达火葬场迅速化为骨灰，伪造的死亡原因登记在官方记录上，被一支搁着的香烟烧穿过去。而后，按警方规定拍摄的尸体照片，从萨哈尔警察局的档案里消失了。

如同阿卜杜勒和他的家人已经领会到的，警察局不是受害人得到赔偿、公共安全得到重视的地方，而是忙碌的市集，就像孟买其他许多公共机构一样。调查卡卢的死亡无利可图。不过，这起死亡案倒是给了警方一个机会，把机场地区的安纳瓦迪街童扫除一空。

卡卢死后，五名街童遭到逮捕，被带到萨哈尔警察局的“普通”牢房。警方以侦讯的名义痛殴他们，释放时还说如果他们不离开日益优美的机场，可能会被指控谋杀卡卢。这些男孩并不知道，警方已经把这个案子归档为自然死亡。

其中一个获释的男孩卡兰离开安纳瓦迪，逃离孟买，从此不再回来。另一个男孩桑贾伊·谢蒂疯狂地搜集垃圾，拿到侯赛因家出售，打算筹集自己的逃跑资金。

泽鲁妮萨看见他时，倒抽了一口气。“你的脸怎么了？”她问道，“你为什么哭？”

十六岁的桑贾伊以不寻常的身高、俊美的外形和浓重的南印度拖腔，在众街童当中脱颖而出。“你说的每一个字，听起来都很温柔，”泽鲁妮萨有一回打趣说，“你说话的样子能把人融化。”但此时的桑贾伊，却几乎说不出话。

“冷静下来，”泽鲁妮萨对他说，“说说发生了什么事？”

他一边抽泣，一边告诉泽鲁妮萨，他看见卡卢在黑暗中被一伙人攻击，就在印度航空的登机门前。随后，他跟她说自己在警察局挨打的情形。桑贾伊不知道何者更令人恐惧：是袭击卡卢的人发现他是目击者而找上门，还是被警察抓去，进行第二回合的暴力侦讯？

他不能继续睡在安纳瓦迪的车辙路上，他要前往他母亲的房子，因为他想不到还有什么地方可去。他家在机场的棚屋被烧毁后，他母亲搬到安纳瓦迪以南八公里的达拉维，那儿也是城里最大的贫民窟。

泽鲁妮萨同意，达拉维比安纳瓦迪更适合一个男孩躲藏。她把钱塞进桑贾伊手里，看着他跑走。

桑贾伊来到达拉维时，他十四岁的妹妹阿南迪正在做晚饭吃的西红柿酸辣酱。她看见哥哥惊惶的脸色时，差点把锅子掉在地上。他们俩很亲近，最近，他难得拥有可自由支配的收入，于是在前臂上把妹妹名字的头一个字母刺在他自己名字旁边。阿南迪常责备他说，自称这么爱妹妹的哥哥，更应该经常回家。然而，他们五平方米左右的棚屋太小，住不下三个人，而且桑贾伊喜欢待在机场附近，说这让他觉得有机会远走高飞。

桑贾伊握住妹妹的手，两人促膝坐在地板上时，他告诉她，他看见一群人同时扑向卡卢。“他们杀了我的朋友，”他反复地说，“把他扔在地上。”好像他是垃圾一样。

恢复镇静后，桑贾伊开始跟阿南迪讲道理：说她不该给他们的母亲添麻烦——他们的母亲这会儿还在干活儿，在中产阶级小区照顾一位老妇人；说她应该更认真地对待自己的学业。

妹妹困惑地看着他：“你在说什么，桑贾伊？学习？我跟你一样，都得工作赚钱。给妈添乱的人是你，不是我。”

“你还应该好好睡觉，”他说道，没听见妹妹的话，“我觉得你睡得不太好。”

对于哥哥用家长般的语气对他说话，阿南迪不知如何解释。是

Eraz-Ex的缘故吗？她站起身来，感到烦躁。她很遗憾卡卢被人杀害，她见过他一次；卡卢称赞她的厨艺，还逗她笑。可她得去做饭，不能只是坐在这儿握着桑贾伊的手。她回到炉子前时，桑贾伊躺在地板上，闭上眼睛，或许是在示范他所谓的一顿好眠。

一个钟头后，他的母亲走进来时，桑贾伊已经起身，显得烦躁不安，正在听《爱是欺骗》专辑中的二重唱。"桑贾伊的失恋音乐。"他的母亲喜欢这么说，边说边翻白眼。

"仅仅是个误会。"有罪的丈夫唱着，被辜负的妻子接着唱出她的复仇计划。桑贾伊母亲的嗓门压倒两人的歌声："我要生病了！噢，我午饭吃坏了肚子！"

她冲向厕所，一边叫着："等等，桑贾伊。别跑掉！"

"我不会跑掉。"他答应道。母亲回来时，妹妹正歇斯底里地叫着，而桑贾伊则在地上全身抽搐。桑贾伊的母亲以为他癫痫发作，把他拉起来，却闻到他呼出的气息中有化学气味。他的妹妹从屋角找到一个白色塑料瓶。她之前看见他在玩瓶子，猜想瓶子里装的是吹泡泡的肥皂水，因为桑贾伊很爱吹肥皂泡。然而，空塑料瓶里装的是老鼠药。

桑贾伊翻过身去，面对墙壁，拒绝喝母亲为催吐而准备的盐水。他抵达公立医院后，只活了两个小时。午夜过后，他的母亲带着疲惫和悲伤，回到达拉维的家，把医生为桑贾伊开的药方丢到水沟里。她还没来得及上街配药。

警方对她儿子的死所做的调查迅速结束，就像调查卡卢的死一样。在官方档案中，桑贾伊·谢蒂不是谋杀案的无助证人，也不是警方逼供和殴打的受害人。他是吸食海洛因的瘾君子，因为没钱买毒品而决定自杀。

在德里，政界人物和知识分子私下哀叹，未受教育的印度大众“不可理喻”，但当政府本身为民众迫切关心的问题提出虚假的答案时，谣言和阴谋论就会开始蔓延。有时候，这些阴谋论会为失去的痛苦带来慰藉。

因为试图理解卡卢和桑贾伊的死，苏尼尔和阿卜杜勒亲近了起来。他们不完全是朋友，而是一种难以形容的、不完全出于自愿的关系，这使得他们觉得自己和死去的两个男孩息息相关。苏尼尔和阿卜杜勒比从前更常坐在一起，可当他们开口说话时，却有一种奇怪的客气感，因为他们都明白：说出来的话大多不重要，重要的事则大多无法言说。

苏尼尔断定，印度航空的警卫在他们的垃圾堆里逮到卡卢，将他杀害。阿卜杜勒则怀疑，是卡卢告发的毒贩杀害了卡卢。“不管怎样，反正他像狗一样死得很惨。”阿卜杜勒说道，这让苏尼尔想起，他和卡卢在“粉红有声片城”看的威尔·史密斯片子中那只被掐死的狗。

米尔基觉得这两个男孩不该再提起这件事。“是啊，他偷了垃圾，可那是‘那些人’的垃圾，所以他当然会那样死掉。”

街童则怪罪到其他街童头上。“是马哈茂德，我觉得一定是他。”“可能是卡兰干的，所以他才会在事后逃之夭夭。”天马行空的骇人猜疑在贫民窟巷弄流传，还有人说，法蒂玛的鬼魂可能也介入其中。

卡卢的父亲把矛头指向在机场大道摆摊、卡卢经常去吃宫保鸡丁饭的女人。她听说过一些事情，卡卢的父亲指望她能说出究竟发生了什么事。“什么卡卢？谁是卡卢？”她盯着锅子说道。最后，由于警方和太平间拒绝对他儿子的死道出真相，他便把过错都怪在卖宫保鸡丁饭的女人身上。

桑贾伊的母亲不知该怪罪谁。儿子自杀后的几星期以来，她步履踉跄地走过安纳瓦迪，问每一个和她擦身而过的人是否知道她儿子自杀的原因。“不知道真相，我怎么睡得着？”她对女儿说，“整个世界在我脑子里，但一切都毫无道理。”

看见桑贾伊的母亲过来，令苏尼尔和街童们感到痛苦。在她搬去达拉维之前，他们就认识她了，她现在看起来老得像三百岁，这证明她是多么爱她儿子。然而，如果不提及卡卢，不提及萨哈尔警方，要如何说明桑贾伊的死？甚至连经营游戏厅的泰米尔人——他与警方关系密切——也不敢说卡卢的名字。因此桑贾伊的母亲只能从露宿街头的另一个母亲那儿，听到她只敢低声说出的话：“你的孩子死于心里的恐惧。”

红白相间的印度航空登机门外，土质又好又肥沃。在机场园艺人员的照料下，花丛中一个男孩形状的空隙逐渐被填补起来。某天下午，苏尼尔蹲在那儿观察地面时，已经找不到任何破损的痕迹。

第四部分

兴起与坠落

贫民窟居民极少群起发怒，相反，无能为力的个人会把自己的缺失怪罪在无能为力的其他人身上。有时，他们试图摧毁彼此；有时，他们在过程中摧毁自己。运气好的话，他们会在蚕食其他穷人生活机会的过程中改善自身命运。

九个夜晚的舞蹈

二〇〇八年九月底，阿莎掌控了安纳瓦迪，并没有任何决定性的事件发生，也没有任何管事加冕仪式。确切地说，是许多小小的进步促成了这一结果，直到求助者的队伍延伸到她家外面、警察实时回复她的电话、市政代表萨旺特亲自到场向居民致辞时让她坐在他身旁的塑料椅上。萨旺特已经恢复信心，因为他被指控伪造阶层证明书的案子，目前似乎被法院搁置了。和他并肩坐在污水湖畔的看台上，阿莎看起来几乎和他地位相当，她戴的金项链也与他的十分相似。她的金项链，经费来自她的互助组织以及组织贷给贫困妇女的高利贷。

获得权力后，阿莎逐渐放松下来，她也不再为晚上会见别的男人向家人捏造各种巧妙的借口。丈夫扬言要自杀时，她虽安慰他，却没有承诺要改变什么。她让自己胖了四点五公斤，这淡化了她眼睛底下的皱纹，那是她田间岁月的最后一丝痕迹。

她最大的遗憾，是缺一个能和她分享这项新成就的知心朋友。

她的秘密使她和其他女人不相往来，她必须为自己关上某几扇门。“我哪有什么真的朋友？”她总是这样对曼朱说道。而现在，她的女儿似乎也和她很疏远。在极少数几次和她目光相对时，曼朱总是提起她最不喜欢的话题——“独腿婆子”。

卡卢和桑贾伊的死，震撼了街童们；而法蒂玛的死，则在安纳瓦迪的妇女们心中挥之不去。她的公开自焚事件，在两个月后，逐渐衍生出不计其数的私人版本。大家已经忘记法蒂玛对自己做的事感到后悔，她的所作所为摇身一变，成了充满豪情的抗议。

她究竟在抗议什么，取决于人们的诠释。在最贫穷的人看来，她的自焚是对令人无奈的贫穷做出的反应。在残疾人士看来，此事反映出人们对残疾人的不尊重。在众多婚姻不幸福者看来，这是对令人压抑的婚姻的勇敢控诉。几乎没有人提到嫉妒、一块石板、粗制滥造的墙壁，或者掉进饭里的瓦砾。

一个晚上，妓院老板的妻子在广场上把煤油泼在自己身上，高呼法蒂玛的名字，扬言要划火柴。另一个晚上，一个被丈夫打了的女人也划了火柴。她活了下来，状况却十分凄惨，曼朱和她的朋友米娜于是在每晚的公厕密会中，讨论万无一失的自杀方法。

只有十五岁的米娜知道，曼朱考虑过自杀，就在阿莎从四十岁生日派对上跑出去的那个晚上，以及在那之后的许多个晚上。曼朱对她母亲的外遇感到十分羞耻和担心，米娜却也只能提供对这件事的不同看法。她经常遭到父母和兄弟毒打，而家务之余去公共水龙头打水或者去公厕对她来说已是一场远征。在米娜看来，任何一个让女儿上大学、很少揍她、不打算让她十五岁嫁人的母亲，其他方面的缺点都可以原谅。

米娜鼓励曼朱把自己最糟糕的想法表达出来，据说这是一种先进的、健康的处理方式。“你常说，我插在头发上的花从来不会变枯变黄，”某天晚上在厕所里，她对曼朱说，“我的花有生命，因为我不会把任何黑暗的东西放在心里，我会把不好的事情说出来。”

曼朱眉头紧皱，她不希望母亲的行为被更多人谈论了。“那我的心肯定是黑的，”她转移思绪，答道，“我头发上的花，不到两小时就枯死了。”

曼朱认为，实践她在心理学课上学到的“否认”行为，是比较明智的做法，也就是完全不再想她的母亲。“我如果想着这些，就不可能专心读书。”她说道。决定她能否成为安纳瓦迪第一个女大学生的毕业考试，只剩下几个月了。

根据无意识理论，弗洛伊德告诉我们，幻想是一种未被满足的愿望，并在想象中得到满足。他把幻想分为两大类：

一、野心勃勃的愿望；

二、性爱。

年轻男子主要拥有野心勃勃的愿望，年轻女子则有性爱的愿望。一般人对自己的幻想感到羞耻，便隐藏起来。

默记老师提供的心理学笔记时，曼朱意识到自己必须忘掉第二个令人痛苦的话题：维贾伊，那个牵过她的手的中产阶级民防团英雄。“来世你可以做我的妻子，”最近他这么对她说，“但这辈子不能。”

九月底，对安纳瓦迪的许多女孩而言，是充满浪漫幻想的季节，因为一年一度可以谈情说爱的节日九夜节[1]即将来临。

最令男孩们期待的节日，则是洒红节[2]和建摩斯达密节[3]。在洒红节，他们用装满彩色水的气球相互攻击；在建摩斯达密节，他们叠人梯，扑倒在泥巴上。贫民窟女孩不准在泥巴里打滚，唯有在九夜节——在九个夜晚的翩翩起舞中，她们才能和男孩们一样，甚至比男孩们玩得更开心。雨季最后的这几个晚上，据说杜尔迦女神在和宇宙间的邪恶势力战斗时获胜了；因此人们欢庆女神的力量，甚至米娜也得到父母同意，可以跳舞展现自我。

上一次九夜节的第一个晚上，米娜和曼朱打扮了好几个小时。曼朱身穿一袭深蓝色纱丽，很衬身形，因为她拥有美胸翘臀，像她的母亲一样。米娜则是一套时髦的红色长衫裤，她不管吃了多少“好日子”牌饼干，还是像芦苇般纤瘦。

米娜发现她很难不被曼朱迷倒：她的身材，她的白皙，她站立时挺直腰板、一动不动的样子，而米娜自己则坐立不安、扭来扭去。可当她仰头大笑、露出闪亮的牙齿时，她便成了更能打动人心的美

---

[1] 印度传统节日，也称圣母节，纪念杜尔迦女神杀死水牛怪魔。于印度阴历八月，公历九月或十月的第一个晚上开始，至第十日结束，其间人们会通过敬奉女神、装饰舞台、表演神话中的故事、念诵经文等方式庆祝。

[2] 印度传统节日，也称色彩节，庆祝春天的到来。于公历三月中旬举行，其间人们会互相抛撒用花朵制成的红粉，或投掷水球来庆祝。

[3] 印度教节日，纪念印度教克利须那神的诞生。于公历八月至九月举行，印度教信徒会在当日禁食，在家中供奉克利须那神婴儿形象的画像，还会以叠人梯的方式打碎一个悬挂在半空中的陶壶等方式庆祝。

人。她就像那种能让趣事发生的女孩。不过，趣事并未发生——反正绝对不在二〇〇七年的九夜节上发生。当时这两个女孩晃进广场，打算跳一整晚的舞，然而最后，两人却被雨季的最后一场倾盆大雨淋得浑身湿透。污水湖畔的看台，是唯一没有泥巴的地方。在看台旁露宿的野猪，在漫长雨季后散发出一股臭烘烘的霉味。

二〇〇八年的九夜节将由阿莎精心策划，因此一定会比过去更好。她知道这九个晚上对女孩们的意义。她的计划包括乐队、DJ和强劲的喇叭、容纳杜尔迦女神像的大凉亭、吊在广场上方的彩色小灯，众人将在灯下跳跃起舞。湿婆神军党和国大党的领导人为这场盛会捐助资金。随着大选将近，有数百万贫民窟选票必须争取，所以孟买市的政治人物此时极其慷慨大方。

随着始于西方的经济衰退波及印度，安纳瓦迪居民急需一场充满活力的节庆来分散心神。与全球市场的联结一度有利可图，现在却突然间把贫民窟居民推往倒退之路：可回收废品的价格走低；雨季期间停摆的工程，因缺乏外资而再度停滞，使工地不再需要临时工；同时，食品价格飞涨，主要是由于维达尔巴和其他农业重镇的降雨不足和作物歉收。

政府用DJ和彩灯作为对这场忧患的官方响应，这是孟买的悠久传统。在大选前的节庆时刻，城市贫民窟和拥有牢固建筑的富裕小区一样明亮，声音更是大上十倍。米娜非常喜欢这些乐队、喇叭和闪耀的小灯。这是她最后一次过九夜节，之后，她将展开一种令她畏惧的生活，成为一个十几岁的新娘，到泰米尔纳德邦的乡下嫁作人妇。

米娜曾经对自己是第一个在安纳瓦迪诞生的女孩感到自豪。然而，在即将离开孟买时，她对这座城市的了解却只限于家务劳动，这令她感到苦恼。在安纳瓦迪，一个女孩无论清理什么，都还是无法使它保持干净。为什么大家会认为这是那个女孩的错？当她为了从水流极小的水龙头取水，像其他人一样浪费清晨的两个小时排队，为什么她的母亲会为此对她大吼大叫？

电视上的一切都在宣告，现在是一个对女性更为友好的新印度。她最喜爱的泰米尔电视剧，主角是一个高学历、在办公室工作的单身女郎。在她最喜爱的广告片中，妖艳的南印女星阿辛拿着"美年达"橙子汽水，鼓励大家更加狂野、多多享乐。

这些强势的、藐视传统的印度新女性身在米娜不知该如何前往的国度。拥有大学文凭的曼朱，或许可能抵达那里。米娜也说不准，因为她不认识任何念完大学的女人。不过，看电视剧和"美年达"广告，让她有时觉得自己的生命是一种渺小的存在。种种事情强加在她身上——定期的殴打、新订的婚约，她哪里自行决定过什么。

最近，一个不是她未婚夫的男孩爱上了她。在电视剧中，这可是极具爆炸性的事情；但在她狭隘的生活中，只是微不足道却也值得开心的插曲。男孩是她哥哥的朋友，附近一个贫民窟的工厂工人，他在波斯湾找到一份房屋清洁工作——他认为只有这样他才能挣到足够的钱，娶妻养家。一个晚上，他去找米娜的哥哥时，偷偷把他的电话号码塞给她。另一个晚上，她用公共电话拨了号码。在双方第六或第八次私下通话时，他说米娜是他在努力争取的未来老婆。

他们的暧昧太过火了，于是米娜给出一个她认为不失体面的回答："你可以爱我，我很高兴。可我就要嫁给另一个人了，所以你只能把我当成朋友。"

曼朱听了之后放下心来，因为米娜是那种能被人看透的女孩，不适合偷偷摸摸做些什么事。有两次她在打电话时被兄弟撞见了，还为此挨了耳光。

"无论如何，"曼朱指出，"你上个月才说，你喜欢那个乡下男孩。"

米娜的确喜欢那个乡下男孩，他每周日都打电话给她，而且会洗自己的餐盘——米娜和曼朱对此相当吃惊，因为他本来可以叫她妹妹帮他洗。那个男孩不是问题所在；问题在于，米娜十五岁就被安排嫁人。

米娜的父亲兴高采烈地谈起她对订婚该有的感受："当你们的心第一次相遇时，其他什么事都变得不再重要。"

曼朱的父亲对此抱有更加悲观的态度："婚在结了之后，就不快乐啦。只有在结婚前想象婚后生活的时候，才会快乐。"

然而，米娜并未感受到欢欣的期待。她看不到爱情能如何改变日常生活。如果结婚后，要过上比她的童年更禁锢的成年生活，那该怎么办？

对米娜和曼朱而言，嫁到农村家庭就好比倒退的时光旅行。在阿莎的村子，昆比种姓出身的人仍然认为像米娜这种达利特人（贱民）是受过污染的，这些被驱逐到城市边缘的肮脏之人只有在前来收取垃圾或疏通水管时才被允许进昆比人的家。如果达利特人在这些人家里摸了杯子，那必须把杯子毁掉。那些村民若是看见曼朱靠在米娜身上，或得知两个女孩共享一袭天蓝色纱丽，肯定会感到惊讶。

曼朱在前一年春天的马哈拉施特拉新年穿过这件纱丽。米娜也穿过这袭纱丽，披着较窄的褶边，度过泰米尔新年。“我如果像你这样穿，会太蓬松、太显胖。”她对曼朱说道。米娜可以理所当然地穿上这件衣服，度过她在孟买的最后一个九夜节。

“我担心我妈就要决定把我嫁给村里的那个士兵了。”一天晚上，曼朱在公厕里说道，她们总是刻意背对贫民窟。自从阿莎带曼朱回到维达尔巴的家，拉胡尔便不断嘲笑她在农村的未来：“你必须包着头巾帮婆婆打扫房屋、烧饭煮菜，你的老公到军中服役，你肯定会很寂寞。”

“你妈要是订下这桩婚事，你要怎么办？”米娜问道。

“我想，我会跑去我姨妈那儿，她会保护我。我怎么能那样度过一生？”

“或许像法蒂玛那样做比较好，”米娜说，“知道自己可能会受苦，不如逃离这种处境。不过，我会选择服毒自杀，不会自焚。自焚的话，你留给大家的最后记忆就是皮肤溃烂，可怕得吓人。”

“你为什么还这么想？”曼朱责怪她，“你看到法蒂玛躺在那儿之后，整整病了一个星期。你如果不像我一样，把这些想法从脑袋里赶出去，很可能再大病一场。”

她们相互耳语时，每隔一会儿就会环顾四周，确定没看见“独腿婆子”的踪迹。尽管她的诅咒飘浮在安纳瓦迪，闹得许多户人家鸡飞狗跳，但她实际的鬼魂据说是留宿在这几间厕所当中。贫民窟居民还记得她涂着艳丽的口红，叮当叮当地走去公厕。因此许多人断定，在外面拉屎比较安全。

“不用担心，”拉胡尔对两个女孩说，“‘独腿婆子’死的时候没带拐杖啦，她的鬼魂没办法跑过来抓你们。”曼朱或多或少相信这种说法，她还知道，上流人士不赞同谈论鬼怪。

米娜则毫不掩饰自己的迷信。最近，她的母亲声称看见一条蛇从米娜随手扔弃的卫生棉上爬了过去。她的母亲相当惊恐，说这预示着米娜的子宫可能会萎缩。

曼朱怀疑，米娜的母亲没有真的看见蛇，只是想用一种更富创意的方式让米娜在婚前保持顺从；但米娜真的被吓到了。“我就要枯萎，然后死去了。”她某天晚上哭着说。在孟买，人们会怀疑未生育的已婚妇女有问题，一个不孕的女人在农村的遭遇就更不难想象了。

在厕所时，米娜开始觉得惊慌；蛇的诅咒和法蒂玛的鬼魂，在米娜看来是一种危险的结合。然而，她依然舍不得走开，因为夜晚与曼朱在恶臭中的相处时光，是她最接近自由的时刻。

在由阿莎操办的九夜节的前一天，广场进行了一场全面的美化运动。阿卜杜勒和他的垃圾堆被清理了出去，妇女们拼命打扫。一个十几岁的男孩爬上旗杆，固定串串彩灯，其他男孩则爬上棚屋的屋顶，将灯串的一端系在瓦楞屋檐上。今晚，曼朱和阿莎将把杜尔迦神像从邻近的街区接过来，神像抵达后，节日的准备工作就完成了。此时，午后从大学返家的曼朱匆匆穿过广场，心想，把女神像接过来至少得耗费一个钟头，她该如何在这一天兼顾教学、英国文学情节摘要的背诵和家务呢？

"晚餐前我就来！"她朝在家门口挥手的米娜呼喊。曼朱不希望在这个星期被母亲发现没洗完衣服，那样的话，她会被禁止跳舞。

四个小时后，她把衣服晾在绳子上，和孩子们结束最后一轮"头、肩膀、膝盖、脚趾"后，才去米娜家。米娜坐在门口，望着整洁的广场。这很反常，因为米娜的父母向来不让她坐在门口，说这可能会让别人觉得这个女孩行为放荡。

曼朱在她身边坐下。傍晚是安纳瓦迪许多女孩和妇女在开始准备晚饭前暂时放下家务的时光。小时候，米娜和曼朱有空时会在屋前玩跳房子，但正值婚龄的少女不能跑来跳去。米娜看起来病恹恹的，不像往常那样坐不住，不过，就像每回九夜节她所做的一样，为了取悦杜尔迦女神，她正在禁食。

米娜不时俯下身，在地上吐痰。

"你生病了吗？"过了一会儿，曼朱问道。

米娜摇摇头，又吐了一次。

"那你在做什么？"曼朱突然怀疑起来，低声说，"嚼烟草吗？"但她母亲就在屋内不是吗？

"只是吐痰罢了。"米娜耸耸肩说道。

米娜不怎么搭理她，这让曼朱有点气恼，她于是起身回去干活儿。"等等。"米娜说道，伸出一只手来。她的手掌上是一管空的老鼠药。

米娜看着她的眼睛，曼朱则奔进棚屋，米娜的母亲正在屋里磨米，准备做蒸糕。曼朱连珠炮似的叫着："老鼠药""米娜""傻瓜""要死了"。

米娜的母亲继续磨米。"冷静下来。她在搞恶作剧，"她告诉曼朱，"前几个星期，她说她吃了毒药，结果什么事都没发生。"

米娜的母亲受够了她的女儿。马上就能放肆跳舞，显然让这女孩失去了理智。米娜被发现深夜两点和那男孩通电话，为此挨了一顿打。午饭时间，她拒绝煎蛋卷给弟弟吃，因为她正在禁食，不想被食物诱惑。为此，她又挨了一顿打。她的哥哥这天正打算为她坐在家门外揍她第三次，她于是编造吃老鼠药的谎言。

米娜母亲说的话，暂时让曼朱放下心来。可米娜如果是在演戏，难道不会告诉曼朱吗？曼朱回到屋外，朝米娜的脸靠过去，闻了闻。

曼朱想到卡通里喷出火和烟的龙。后来，她一直认为她看见烟从米娜的嘴和鼻子冒出来，仿佛这女孩从体内引火自焚。不，那不可能，只可能是老鼠药。她在心中盘算着：如果大呼救命，整个贫民窟都会知道米娜企图自杀，这可能毁了她的名誉。看来保密似乎才是关键所在，于是她跑去打公共电话联系阿莎。

"妈，"她低声说，"米娜吃了老鼠药，她妈妈不相信，我不知道该怎么办！"

"噢，该死，"阿莎说，"你得强迫她马上吞下烟草，这能让她把所有东西都吐出来。"

可万一有人看见曼朱买烟草，他们会怎么说？后来曼朱在米娜家住的巷子里找了几个泰米尔妇女，希望她们有更好的主意。"她服毒自杀！”她小声说道，“帮帮我！我不知道该怎么做！”

她们摇摇头：“那家人最近经常吵架。”

“不！”曼朱叫道，完全忘了要保密，“请别这么冷静！你们必须做点什么！”

米娜走过来，站在她身边。

“你真的吞了老鼠药？”一个女人问道。

“真的。”米娜淡淡地说道。

“你吃了一整管？”曼朱问道。这条巷子最近有个女人吃了半管同一个牌子的老鼠药——“鼠透”——侥幸活了下来。

“一整管。”米娜说道，随后俯下身子作呕，头发散了一脸。停止作呕后，她开始说话，说得很快，说“鼠透”在默罗尔市场卖四十卢比；说她偷她兄弟和父亲的零钱去买；说她老是挨揍；说她弟弟和煎蛋卷的事，但不止这些。她这么做，并不是像法蒂玛一样出于愤怒。她仔细想过，有两天她曾吃下两管老鼠药，却都吐了出来，因此她这回在老鼠药中掺入牛奶，希望牛奶能让老鼠药在肚子里多留一段时间，将她毒死。

这是她必须为自己的生命做出的决定，这不是一个能够轻易和挚友分享的选择。

米娜又一次沉重地坐下，这种沉重无关乎她的体重。一个妇女拿着一碗盐水出现。“这能强迫她吐出来。”她说道，让米娜的头微微后仰。米娜喝下盐水后，大家等着。结果只有干呕，什么也没有。

另一个妇女建议用水和洗衣皂，跑回家切了一块难闻的马杜马蒂牌洗衣皂。当第二种混合液体灌入米娜的喉咙时，她捏着鼻子。总算，她吐出一堆鲜绿色泡沫。

“我感觉好多了，”米娜最终宣告，“都吐出来了。”她摇摇晃晃地站了起来，脸上全是汗，她的母亲带她进屋去睡一觉，让毒效消退。门在她们身后关上后，巷子里的妇女们都松了口气。这些女人的判断，此时避免了一场灾难，或许还拯救了一场婚姻。米娜未来的亲家或许不会知道，他们挑了个鲁莽的媳妇。

相隔两户人家的商家仍在贩卖着牛奶和糖，对此毫不知情。从工地返家的建筑工人也大步走过绿色的肥皂水呕吐物。一阵精疲力竭之后，曼朱才注意到已是傍晚，她不能披头散发地站在她朋友关上的门外，她必须去洗把脸，把杜尔迦女神接过来。

她和阿莎去接神像时，米娜的大哥回到家里，得知妹妹吃了老鼠药后，又把她痛揍一顿。米娜哭过之后去睡觉。临近午夜时分，她又开始哭泣。最后，她父亲才意识到，那并不是伤心地哭。

九夜节的第一夜，当安纳瓦迪的年轻人——除了曼朱之外——都在灯火辉煌的广场上跳舞时，一名警察来到米娜在库珀医院的病床边。她回答警察的问题：有没有任何人鼓动她自杀？“我不怪任何人，”米娜说，“这是我自己的决定。”

九夜节的第三夜，米娜不再说话，此时，库珀医院的医生以“进口注射剂”为由向米娜的父母要了五千卢比。

九夜节的第六夜，米娜还是死了。

“她受够这世上的一切了。”泰米尔妇女们下定结论。米娜的家人想了想，决定该责怪曼朱给她灌输的新时代想法。

九夜节的彩灯拆下来了。拉胡尔尝试让曼朱再次绽开笑颜。某天，在他指出米娜的弟弟失去了什么时，他认为曼朱露出了一丝笑容。“那孩子再也不会想吃煎蛋卷了。”

在特定的晨光中，曼朱能看到“米娜”的名字被轻轻地写在公厕外的一块破水泥地上。“只有在那样的光线中才能看见，”她说，“但还是非常不明显。”有另一个小米娜住在安纳瓦迪，有个爱她的男人曾经把她的名字刻在他的前臂内侧。曼朱认为，他或许也把“米娜”写在未干的水泥上。这很合情理。不过，她宁可相信，是米娜用自己的手指写下这些字母的，这位第一个在安纳瓦迪诞生的女孩，把自己的一些印记留在此地。

闪闪发亮的东西

十一月，垃圾市场一落千丈，经营游戏厅的泰米尔人尝试让拾荒者理解他们的垃圾为什么只值这么点钱："美国各大银行出现亏损，随后有钱人也出现亏损，然后，贫民窟地区的垃圾市场也跟着下跌。"他如此解释全球经济危机。一公斤空水瓶过去值二十五卢比，如今仅价值十卢比；一公斤报纸过去值五卢比，如今仅价值两卢比——这是他们理解全球经济危机的方式。

苏尼尔搜集的报纸上说，许多美国人如今住在他们的车子里或桥下的帐篷中。印度富豪穆克什·安巴尼也同样亏了数十亿，尽管这并不妨碍他在孟买城南兴建他那著名的二十七层高的房子。低楼层将留给车子和他一家五口所需的六百名仆人。更令贫民窟的年轻居民感兴趣的是，安巴尼的直升机将降落在楼顶。

"情况很快就会好转。"阿卜杜勒对苏尼尔和其他拾荒者说道，因为他父亲对他这么说。全球市场虽然变幻莫测，游客的行为却可以预期：他们会在冬季涌入孟买。生活在海外的印度人为了过排灯节[1]，十一月开始陆续抵达；欧洲人和美国人则在十二月来到这里，而后是中国人和日本人，他们挤爆酒店和机场，直到一月底。随着游客的涌入，安纳瓦迪的居民断定，雨季和经济衰退导致的损失会被弥补回来。

十一月底的一个晚上，苏尼尔在毫无收获的一天结束后，去游戏厅看两个男孩在红色电动游戏机前玩《合金弹头3》。屏幕上，大猩猩在炸毁的城市与警察及变种龙虾作战。游戏厅外，安纳瓦迪其他居民的声音越来越大。苏尼尔最后发现，骚动声不是因为有人吸食Eraz-Ex这类破事，而是人们贴在游戏厅老板棚屋的窗玻璃上，看电视上的一则新闻报道：来自境外的一群恐怖分子乘坐橡皮艇，漂到孟买一处海滩，然后在城里四处乱窜。

恐怖分子占领了两家豪华酒店——泰姬陵和欧贝罗伊，屠杀工作人员和游客。在一个叫利奥波德咖啡馆的地方也有人丧命。城内最大的火车站，也传来一百多起伤亡报道。不久，其中一名恐怖分子的照片占满整个屏幕：他穿着黑色T恤和球鞋，背着背包，除了携带自动武器外，看起来就像个大学生。

袭击地点距离安纳瓦迪二十七公里，位于富裕的孟买南部地区，这对苏尼尔来说是令人放心的距离。当播音员说恐怖分子可能拥有炸弹时，他还有点感兴趣。在他第二喜欢的电玩《炸弹超人》当中，炸弹又黑又圆，有长长的引线。炸弹爆炸时，还会响

---

[1] 印度教、锡克教、耆那教重要节日，又称万灯节、印度灯节或屠妖节，是象征着“以光明驱走黑暗，以善良战胜邪恶，以知识消除无知”的节日。于公历十月中旬到十一月中旬举行，人们会在节日期间点亮蜡烛或油灯。

起马戏团音乐。

然而，一辆出租车已经在机场大道附近爆炸，年纪大一点的男孩都说，机场本身也必然会成为目标。曼朱推测，恐怖分子如果已经入侵了孟买城南的五星级酒店，那就也可能来到机场旁边的五星级酒店，甚至可能穿过安纳瓦迪抵达那些酒店。所幸，她所在的印度民防团小队未被派去参与这一特殊危机的救援工作。她走进屋里，关上门。

阿卜杜勒的父母不敢关上门。万一安纳瓦迪的印度教徒断定，贫民窟的穆斯林也是某个阴谋的参与者呢？卡拉姆·侯赛因让门开着，打开电视。阿卜杜勒用布蒙着头，他的一个弟弟则贴近屏幕。在这个小男孩看来，城区的建筑美不胜收，比如耸立在记者身后的泰姬陵酒店的红色炮塔，以及火车站华丽的外观。在安纳瓦迪，一个家庭的样貌和这个家庭的成员息息相关。可孟买城南这地方在他看来，即使遭到围困，似乎依然巍然耸立、风格一致——“就像整个地方都出于同一个人的头脑。”

第二天清早，苏尼尔和眨眼男孩索努外出干活儿，才发觉根本不可能捡垃圾了。机场外围已被封锁，持黑色长枪的军方特种部队堵在机场大道上。他们跑回安纳瓦迪，回到游戏厅老板的电视机前。泰姬陵酒店正在燃烧，恐怖分子和游客仍然在酒店内。新闻播报员说，全世界都在关注这一幕。酒店外，衣冠楚楚的人边对记者诉说泰姬陵酒店对他们的意义，边擦掉眼泪。

苏尼尔明白，有钱人哀痛的是曾经让他们感到放松、安全的地方如今正遭受摧残。对苏尼尔而言，面积约九平方米的游戏厅也是那样的存在，而在这里，没有人为孟买城南遭受围攻或死伤的数百人哭泣。贫民窟居民担心的是他们自己。为时六十个小时的围攻结束时，安纳瓦迪的许多居民已经准确预测到即将造成的一连串经济后果。

恐怖分子在酒店杀害外国游客，因此这里不再会是外国游客想过冬的城市。今年冬天，安纳瓦迪将没有旺季。机场将一片宁静，酒店空空荡荡。跨年的午夜时分，在洲际酒店高喊“新年快乐”的聚会人群将屈指可数。

在贫穷的笼罩下，贫民窟进入二〇〇九年，除了全球经济衰退之外，还蒙上了恐惧的阴影。越来越多的安纳瓦迪居民必须重新学习如何消灭老鼠。索努委派苏尼尔到瑙伯达贫民窟抓青蛙，因为瑙伯达的青蛙比污水湖的好吃。对着豪华酒店说话的疯狂拾荒者不再指责凯悦图谋杀害他，反而对着那不反光的蓝色玻璃恳求：“凯悦，我干了这么多活儿，却赚这么少，你能不能照顾照顾我？”

一月的一天下午，苏尼尔在水泥搅拌工厂的废弃坑洞洗澡。他拨开水藻，仔细端详自己的倒影。他如今已经是个小偷。索努说，这个身份写在他的脸上。

苏尼尔明白他朋友的意思。他看过改行偷窃的其他男孩脸上发生的变化，这种变化保安人员可以立即看出来。但他认为自己看起来仍和从前一样：同样稚气的大嘴、宽阔的鼻子、凹瘪的躯体，还有同样浓密的头发，此时向外翘起，不过，对于头发，苏尼尔没有什么好抱怨的，尤其是在想起他妹妹苏妮塔的时候。老鼠趁他们睡觉时咬他们，咬伤处变成了头疮；但苏妮塔的头疮却长出虫来，让她最近变成了秃头。

索努要苏尼尔放弃他的新职业，近来还因此打了他四个又狠又重的耳光。苏尼尔没打回去，却也没改变主意。索努是安纳瓦迪最为正直的男孩，为了贴补家用，他的母亲和弟弟妹妹也在工作。苏尼尔则无法靠拾荒养活自己，他必须重新考虑他在机场的地盘，而且买卖赃物的当地人乐意帮他忙。为了帮苏尼尔完成第一次单独任务，一个十几岁的偷窃高手——他也有个头上长虫的秃头妹妹——给了他一辆自行车，帮助他快速逃逸。第二天早晨，机场消防队水龙头的铜阀门被拆掉了。游戏厅老板递上切割工具，数十个下水道水泥井盖下的金属支架便不见踪影。建筑工人在修建一个巨大的机场停车场时，苏尼尔则开始一个螺丝一个螺丝地拆除其中的部分。

作为一个小小的新经济破坏者，他很称职。他在机场大道的椰子树上练成攀爬技术，他的瘦小体形可以为他免除嫌疑，而且，他也不回避可以预知的风险，就像他跳到河流上方布满垃圾的岩架上时那样。唯一的问题是，每回他拿起一块金属，他的手和脚便颤抖起来。这个紧张动作令其他窃贼觉得好笑。

他的一个同伙陶菲克整个月都在问他："我们今晚该去泰姬陵了吧？"安纳瓦迪男孩们的泰姬陵，可不是恐怖分子攻击的酒店；他们所谓的泰姬陵，是"泰姬陵餐饮"，酒店集团在机场地区拥有的一栋低矮建筑，在顶端装有一排排铁丝网的高大石墙后方，空中餐点就在这里准备。最近，苏尼尔注意到，墙上架起了橘色网子和铁架，代表墙内正在建造什么，地上或许有金属可捡。

卡卢当年曾经爬上铁丝网，把里面的垃圾桶洗劫一空。苏尼尔侦察“泰姬陵餐饮”的环境，寻找更容易进入的地方，他发现墙缘有个被树丛挡住的小洞。小洞位于一条没有灯的卵石巷尽头，这使得一场偷窃之行几乎成为必然。然而，苏尼尔却一再推迟任务。

他的窃贼同伴陶菲克抱怨说，他们若是再犹豫不决，其他男孩就会发现这个洞。可“泰姬陵餐饮”让苏尼尔想起卡卢的死亡，以及近来蹲在沙包掩体后方、戴蓝色贝雷帽的军人，还有发生恐怖袭击几个月以来，似乎越来越凶恶的萨哈尔警察。最近，“印度石油”的保安人员逮到苏尼尔偷偷摸摸寻找金属，便将他移交给一个烂醉如泥、名叫萨旺特的警察。在警察局，警察踩他的背并毒打他，狠毒到另一名警察得向苏尼尔道歉，还带了条毯子给他盖。

鉴于种种风险，苏尼尔想多花几个晚上从洞口观察“泰姬陵餐饮”的警卫，评估被逮的可能性。同时，他也在国际航站楼边接近完工的四层楼停车场偷窃，挣吃饭的钱。

此时他已知道最佳的进入方式：经过几排鲜红色与黄色的路障；经过笼罩在夜色下的几部推土机和一台发电机；经过警卫拿手电筒打开汽车后备厢的检查站；经过令人生畏的碎石堆；经过一棵扁桃树，变红的树叶表示坚果已经由酸转甜；再经过两个安全掩体。

一月的一个午夜，他去黑暗的停车场时，辨别不出什么动物在脚下乱窜，或许是家鼠或板齿鼠，可他以前从未在停车场遇到过。他倒是经常遇上警卫，不过，今晚他无法判断他们在哪里。他小心翼翼走到一个楼梯间，靠近由横向的钢条建成的外墙。钢条外墙透入一点笼罩国际航站楼的蓝白色灯光，航站楼中的旅客仍在和他们的家人拥抱道别。接近灯光增加了被警卫发现的风险，却也可以让他采取合适的监测行动。

他在找安纳瓦迪居民所谓的德银——电镀的铝或镍。近来大家谈论这个术语时，总是满怀敬意。德银的价格，最近从每公斤一百卢比跌到六十卢比，不过，其他东西的价格跌得更多。

苏尼尔沿着楼梯间慢慢往上爬，每到一层楼，便小心翼翼地往地上的一个小洞窥去。他估计，这些小洞是用来连通水管的，不过现在，这些洞可以让他确认警卫是否在他身后悄悄爬上楼梯。所有警卫中，尼泊尔警卫最让他害怕。

在第三层楼的角落有两根长铝条，他冲上去拿，惊讶于别的小偷没有发现它们。他认为这些铝条可能是窗框的一部分，尽管停车场并没有窗户。虽然他偷的东西会被用作什么与他的工作并无关系，但他仍然感到好奇。

他把铝条运上楼顶，他在楼顶唯一找到过的德银，位于一个标示着“消防水带箱”的红匣子内——劣质的灭火器支架，几乎不值什么钱。楼顶也是他最有可能遇上警卫的地方，他们会上这儿抽烟。不过，他每次来这里，仍然会设法上到楼顶。这里只有四个楼层，却是他爬过最高的楼，最令人愉悦的是开放空间的景色，在孟买实属罕见。

事实上，楼顶有两种空间。一种空间是当他站在正中央时，即使他的手臂再长三十倍，他在原地转圈也碰不到任何东西。那样的空间，一个月后停车场开幕、停满车子时，便不复存在。另一种空间是不会消失的：他俯身探出护栏外的空间。

他喜欢看印度航空红色尾翼的飞机起飞；他喜欢市政府的球形水塔；他喜欢新航站楼庞大的建筑工地。他不喜欢帕希瓦达火葬场的烟囱，卡卢就是在那里被火化的。更好玩的是找出凯悦发亮的招牌，尝试指出招牌底下哪一个黑色斑块是安纳瓦迪。不过，最精彩的还是看着有钱人进出航站楼。

上楼顶来的其他男孩喜欢看移动的人群，因为那些人看起来非常小。对苏尼尔来说，从上面看人，让他觉得和那些人很亲近。他感觉自己能自由自在地看他们，这是他在地面做不到的事。在地面上，他如果盯着对方看，他们一定会瞧见。

每过一个月，他就更加无法肯定，自己在底下的城市人流中归属何处。他曾经相信自己很聪明，可能成为某种人物——当然不是经常出入机场的那些大人物，而是中等人物。来到楼顶上，即使是为了偷东西，都能暂时让他脱离他在安纳瓦迪成为的那种人。

一段时间过去了，现在他得带着德银回家了。他把铝条抬下楼，在离开大楼前，拉开裤子拉链，把铝条塞进他的内裤裤腿。德银紧贴皮肤的感觉并不好，但他如果把铝条放在内裤外，铝条会到处滑动。

他一瘸一拐，僵硬地经过安全检查站和萨哈尔警察局。不久，他回到安纳瓦迪，在一辆卡车的后车厢蜷起身体睡觉。第二天下午，他用游戏厅老板的工具，偷走机场停车场警察夹在嘟嘟车上的轮胎锁。

天黑后，他回到游戏厅时，大家正在谈论一个女人，她企图上吊自杀，却未能成功。因为她负债累累的丈夫卖掉了他们的棚屋，而她不想流落街头。

在苏尼尔看来，安纳瓦迪似乎有太多女人想死。他对米娜的死尤其难过，她对他一直很好。都是为了一个鸡蛋，大家这么说。

阿卜杜勒一直认为，米娜做的事非常勇敢。大家也说卡卢勇敢。现在，开游戏厅的泰米尔人甚至说，苏尼尔是安纳瓦迪的勇敢小子——“头号神偷”！苏尼尔从这家伙的话中看穿他的动机。这个泰米尔人想增强他的自信，好让他去“泰姬陵餐饮”偷东西，把赃物卖给他。然而，苏尼尔今晚没有这种自信。

在游戏厅外的路上，他的父亲摇摇晃晃地走过去，阿卜杜勒则在激动地和另一个男孩说话，男孩却没有在听。阿卜杜勒一边说话，脖子一边前后扭动，就像站在他身后的那头水牛一样。苏尼尔边笑边从旁边经过，心想这会是卡卢喜欢模仿的愚蠢举动。阿卜杜勒和水牛或许同样都在把杀人的蚊子挥开。

“你有没有想过，当你注视某人，听某人说话时，那个人是不是真的拥有自己的生活？”阿卜杜勒问没有在听的男孩。他似乎处在从他被关进东日之后，偶尔会上身的着魔状态。

“像刚才上吊的那个女人，她的丈夫或许在她上吊前揍了她？我好奇那是什么样的人生，”阿卜杜勒继续说，“我经历了种种压力才看到这点。可这也是一种人生，即使活得像狗的人，也有某种人生。有回我妈揍我，我忽然有了那种想法。我说：‘如果现在发生的事——你揍我这件事，往后一再发生，那就是一种糟糕的人生，可那也是一种人生。’我那么说的时候，我妈大吃一惊。她说：‘别去想那些可怕的人生，把自己给搞糊涂了。’”

苏尼尔想到，他自己也有人生，但肯定是一种糟糕的人生——可能像卡卢那样结束，而后被人遗忘，因为这对生活在上流城市的人来说，没有什么影响。然而，当他在楼顶上探身出去，想象如果探得太远可能发生什么事时，他突然意识到，一个男孩的人生，对他自己仍然很重要。

二月，失去耐心的陶菲克痛揍苏尼尔一顿，接管了打劫“泰姬陵餐饮”的任务，苏尼尔被降级为四名普通小弟之一。几个男孩钻过石墙的洞口，每周一次，连续三个礼拜，取得二十二块小铁片。某天晚上，保安人员跑过来时，男孩们朝他们扔石头。苏尼尔如今已经能吃饱，而且还多出十卢比，去买了他在安德里火车站外头看到的一枚头骨形状的镀银耳环。他一直想拥有闪闪发亮的东西。

在停车场和河对岸的厂房仓库，有更多德银。架在保安亭上的梯子价值一千卢比，由五个人分。接下来的几个星期，苏尼尔绝大多数时间没饿过肚子，这几个星期内，他实现了一个比一枚银耳环更大的愿望。

起先他还不相信，以为是影子和斜射到他家墙上的光线在捉弄人。然而，和苏妮塔背对背站在一起时，他确定自己比妹妹高了。做贼的苏尼尔·夏尔马，终于开始长高了。

审判

尽管阿卜杜勒的父亲私下认为，印度只有穷得没钱贿赂警察的人才会出庭受审，他却教导他的孩子们，要尊重印度法院。在国内所有的公共机构当中，这些法院在卡拉姆看来，似乎最乐于维护穆斯林和其他少数族裔的权益。二月，随着他自己的审判逐日迫近，他开始关注乌尔都语报纸上关于印度各地的审判消息，就像安纳瓦迪的某些居民关注电视剧一样。虽然他对许多法院判决持有异议，也知道有些法官贪污，却未失去对司法的相对信任。

“在警察局，他们只告诉我们要保持沉默，”阿卜杜勒记得很清楚，卡拉姆对他说，“在法庭上，我们的话会受到重视。”卡拉姆获知他的案件将交由快速法院开庭审理时，更觉得充满希望。

在普通法庭上，指控和庭审之间有时相隔五年、八年，甚至十一年。对印度绝大多数无固定工作的人来说，每一次出庭受审，都会损失一天的工资。漫长的审判，对收入具有极大的影响。不过，由于中央政府的政策，数目庞大的积压案件如今交由全国各地的一千四百个快速法庭审理；于是在孟买，判决在快速法庭迅速做出，使全市的候审案件数，在三年内减少了三分之一。许多恶名昭彰的案件，包括有组织的犯罪案，都直接送往快速法庭，因为民众可能迫切想看到判决结果。不过，除了高度曝光、把电视采访车吸引到法院外的案子，还有成千上万不值得报道的小型审判，就像侯赛因家的案子。

一个名叫乔涵的法官被指派办理此案，以判定卡拉姆和克卡珊是否逼迫他们的邻居自焚。一段时间以后，阿卜杜勒将在少年法庭单独受审，因此他看不到乔涵法官的法庭。正因如此，他觉得这场审判仿佛发生在重洋之外，虽然他姐姐说，法庭位于孟买城南的塞乌里区，搭公交车加火车仅约一个小时。这件事在他看来，是他生活中诸多无法控制的事情之一，他只希望克卡珊让他知道，他该担心到什么程度，毕竟比起他的父亲，她讲的话较为可靠。

塞乌里的法院从前是一家制药公司。“这里不太像法院。”审判开始当天，克卡珊担忧地对她父亲说道。这里没有柚木栏杆，毫无威严可言。走廊上塞满营帐，其他被告的家属在此吃东西、祷告、睡觉或靠在油腻腻的瓷砖墙面上。墙上的标示警告：随地吐痰罚款一千二百卢比。整个地方似乎没有固定的清洁工。法庭内，在乔涵法官主持审判的高台底部，还有空塑料瓶罐环绕四周。

“这位女法官相当严格，”一名警官说过，“她不轻易释放被告。”克卡珊立刻发现，这位乔涵法官很不耐烦。她抿着暗红色的嘴唇，对着开庭首日没带律师出席的父亲大声叫嚷：“这件案子很重大！别耽误我的时间，赶紧开始，好让案子继续进行！”

这种不耐烦是结构性的。像大多数快速法庭法官一样，乔涵同时审理超过三十五个案件。一件案子并非从头到尾进行听证，而是像克卡珊在电视连续剧中看到的那样，分解成数十次简短的听证，每隔一周或两周举行一次。法官平均每天听取九个案件的一小部分，因此，在克卡珊和她父亲坐着的、受警察监督的被告席上人满为患。有人因谋杀罪受审，有人因持械抢劫或窃电受审，其中许多人戴着镣铐。卡拉姆是席上年纪最大的人，克卡珊则是唯一的女性。他们的座位靠着法庭后墙，前方则是证人和旁听者坐的一大堆白色塑料椅，还有两层的金属办公桌，不断涌现的书记员、检察官和辩护律师在这儿翻阅文件。在克卡珊看来，证人席和涂口红的法官之间似乎相隔非常遥远。

在下一次闪电般快速的听证中，侯赛因家的律师出现了，还有库珀太平间的医务官出席作伪证，说法蒂玛全身的烧伤面积超过百分之九十五。听证结束。“现在呢？接下来呢？”法官问道，抽出一份新文件，继续另一个案子。

在另一个星期，萨哈尔警察局的一名警察出庭作证，证实警察局的调查结果：侯赛因一家殴打法蒂玛，迫使她自杀。“现在呢？接下来呢？”法官问道。

接下来的审判令侯赛因家非常恐惧。从三月某天开始持续无数个礼拜的简短开庭，将由他们的左邻右舍提供证词：警方挑选邻居进行访谈，控方则挑选邻居提供证据。

奇特的是，这些“目击者”大多并未目睹自焚前的争吵，包括法蒂玛的丈夫和她最亲密的两个朋友。

在被告席上，克卡珊庆幸自己穿着蒙面罩袍，掩盖了她的汗水淋淋。她在牢里感染了黄疸，持续了许久的发烧突然变得严重，她认为那是焦虑造成的。她认为在那关键的一天，她家人的行为太过鲁莽可耻：她希望在和法蒂玛吵架时，自己没说要拧断她的另一条腿；她希望父亲没扬言要痛揍法蒂玛。不过，他们如果真的被关进监狱，并不是因为口出恶言，而是因为有足够的所谓“目击者”支持法蒂玛在医院向警方说她被掐、被威胁的捏造证词。

马哈拉施特拉政府的特别执行官普尔妮玛·帕伊克劳曾经帮助完成医院的证词，之后，她告诉泽鲁妮萨，其他目击者的证词很可能同样不利，除非侯赛因家买通她。这天早上，就在法庭外，她再次尝试勒索。

安纳瓦迪的目击者有可能回想起事发当晚更多可怕的细节，特别执行官对卡拉姆这么说。她自己也可能必须就法蒂玛的遗言出庭作证，那样一来，他们绝对会被判有罪。特别执行官不想这么做，她想帮助他们。“但我还能怎么做？”特别执行官问道，一如既往地摊开手掌，“再想想可能发生的事吧。你和你的孩子们就要坐牢了，你有什么想法？”

“我绝不付钱，”卡拉姆气急败坏地说，“我的儿子和女儿已经进过监狱，你威胁的可怕事情已经发生了。不过，我们要把钱用来请律师，而不是花在你身上！律师能让法官看到真相，如果这位法官看不到，”他虚张声势地下结论，“我会一路上诉到最高法院！”

卡拉姆父女在布满垃圾的法庭等候他们的第一批邻居。他们都希望，对印度司法的这种信念不会被辜负。

上证人席的第一个目击者是法蒂玛的两位知心朋友之一，一个叫普里亚的贫穷女孩。普里亚可能是安纳瓦迪最凄惨的女孩，克卡珊已经认识她多年。这天早晨，两位女孩从贫民窟共乘一辆嘟嘟车前往火车站，紧贴着汗湿的大腿坐在一起，各自沉浸在不愉快的思绪中。普里亚回避克卡珊的目光，抱着自己的身体，一再地说："我不去，我不去！"从自焚事件以后，普里亚始终回避大多数人的目光。"只有法蒂玛了解我心里的痛。"她曾经说道。一个更加坚强的女孩或许可能忘掉她朋友的呼救声、她的挣扎；然而在证人席上，就像在安纳瓦迪一样，普里亚身上写满的伤害，就像脸上的疤痕般显而易见。

然而这种伤害，并不会让一个女孩说谎。普里亚颤抖地告诉检察官，争吵发生时她不在广场，直到法蒂玛自焚之后，她才看到她。普里亚向辩护人承认，法蒂玛在贫民窟挑起许多争端，而后离开证人席。

在她之后来到法官面前的，是一个长相英俊、善于言辞的男人，名叫迪内希，他在机场负责搬运行李。克卡珊从未跟他说过话，不过，她听说他的证词具有杀伤力。看见他咬紧牙关、面色铁青地站上证人席时，她感觉更不舒服了。由于他讲马拉地语，几分钟过后，克卡珊才意识到，他的愤怒不是针对她家，而是针对萨哈尔警方。

自焚事件过后不久，一名警察记录了一份署名迪内希的目击者证词，描述这桩争吵。迪内希告诉法官，那是一份虚构的证词，他当时正在另一个贫民窟巷弄的家中，并未目睹争吵，不明白为什么自己会变成控方的关键证人。他不关心侯赛因家，也不在乎他们最后会不会坐牢，他只在乎由于一份不实的供述，他必须放弃一天的收入。

诧异的检察官赶紧结束对他的审问，听证于是结束，克卡珊和父亲回到安纳瓦迪，感到头昏眼花。

尽管特别执行官旁敲侧击，但第一批目击者并未为了打击侯赛因一家而说谎。回顾当时，克卡珊一直记得这天下午令人震撼的好消息，直到快速法庭的审理速度因众所周知的案件过多开始迟缓下来。

到了四月，侯赛因家的指控案在支离破碎的听证中缓缓进行，而且惹得乔涵法官很恼火。她的速记员只擅长马拉地语，不能把安纳瓦迪目击者说的印地语翻译成官方记录所需的英文。法官不能忍受翻译的延迟，开始告诉速记员该写些什么；于是一个贫民窟居民对于检察官发问所做的细致回答，变成了简短的回答，这样才好让案子继续进行。在一次特别冗长的听证结束后，站起身来准备吃午饭的法官向检察官和辩护人说："唉，为琐碎、愚蠢的私事吵架——这些女人啊！这种事情竟然可以演变成一桩案件！"显然，审判结果只对安纳瓦迪居民至关重要。

克卡珊和父亲很有可能被判十年刑期。然而他们发现，随着一个个星期过去，他们根本搞不清法庭前方的言论到底是反对还是支持他们的。窗子因四月的酷热而开启，因此他们听到的，不是决定他们自由与否的证词，而是工业道路的嘈杂声：汽车喇叭声、火车鸣笛声、踩油门的引擎声、卡车倒退的哔哔声。这些外界噪声似乎被吊扇吸进去，被它的金属扇叶搅拌之后再抛掷出去。庭审结束，换下一个庭审。此时，吊扇出了毛病，呼呼的旋转声变成响亮的哗啦声。

警察对法官说了什么？法官对检察官说了什么？检察官有一些橙色的头发被梳到一侧，用发胶喷得僵硬，当他连连点头时，一撮头发松开来，朝上翘起，像一根指头指向天。听证结束，一周后再来。克卡珊不再俯身向前，开始瘫坐在座位上。在法蒂玛的丈夫出庭作证那天，她看起来非常沉着。

几个月前，法蒂玛的丈夫阿卜杜勒·谢赫带他的女儿到侯赛因家过开斋节——穆斯林一年中最神圣的日子。小阿卜杜勒在广场割断一只山羊的喉咙，这个老阿卜杜勒同他并肩干活儿，挖出肉来摆上筵席，就像以往的开斋节一样。今年的山羊很不错，大家过得也很愉快。然而，对法蒂玛的丈夫而言，此次审判事关荣誉，就像对侯赛因家一样。

这个年老的垃圾分类者在法庭中间的位置所听到的内容，比侯赛因家更多。随着审判的进行，他察觉到，法蒂玛对自己挨揍、被掐所做的临终陈述，正在逐渐瓦解。目击者一再地说，那只是一场言辞激烈的争执。阿卜杜勒·谢赫对有关他妻子的最初和最后的正式声明出现这种矛盾，感到极度不安。

在婚后第一年的温馨时光过后，他和法蒂玛过得并不快乐。他们为了她的情夫、她揍孩子的猛劲、他喝醉时揍她的力道经常吵架。他不想美化他们的过去。然而，自从法蒂玛死后，他必须每天住在侯赛因家隔壁，听着泽鲁妮萨对她的女儿们唱歌，听米尔基逗大家哈哈笑。法蒂玛的自杀，让他再也没有机会和妻子和睦相处，给他的爱女们一个幸福的家，无论这个机会多么渺小，如今也不可能实现了。

他想把这种失去未来的可能性，归咎在除了他老婆以外的其他人身上。他要法官定侯赛因家的罪。问题是，他不能肯定侯赛因家对法蒂玛做了什么或没做什么，而他在最初向警方所做的供述中也是这么说的。他当时在工作，回到家才发现妻子严重烧伤。他的女儿们当时在场，跟他说没有人动手。然而，对这几个女孩子来说，这意味着什么？他不想让她们在长大的过程中知道她们的母亲自焚、说谎，而后身亡。

他的女儿们已经回到安纳瓦迪。他在她们的手臂和腿上发现瘀青，于是把她们从保莉特修女那里接回家。她们很高兴可以离开那里。“我们老是要对一张白人的图片说‘谢谢,耶稣’,”他的小女儿说，“无聊死了！”自从回到家里，她们都不曾问起她们的母亲，不过，从窗子目睹自焚的努俪变了。她总是站在马路上，仿佛想让车撞上她，还养成一紧张就嚼头巾的习惯。

不过，今天搭火车穿过城市来到法院令她感到兴奋，对于架设在法院外的摄影机，她尤其关注。“今天肯定有什么大案子。”阿卜杜勒·谢赫对他的女儿说道。她们跑到一架摄影机前，挥手微笑。安纳瓦迪居民都说，小女儿希娜笑起来像她母亲。阿卜杜勒·谢赫认为这没说错，尽管法蒂玛的微笑在他脑中留有的印象并不太多，无法供他回想。

“他们现在会让我们上电视吗？”他们三人走过低矮的金属安检门时，努俪问道。阿卜杜勒·谢赫转头回答，脑袋重重地撞在门上。一个小时后，当他站在证人席上时，仍感觉头晕目眩。

他的右手抓着一个皱巴巴的塑料袋，袋子里装着妻子的死亡证明、她生前两张衣着漂亮的照片——穿着粉红色和蓝色的衣服，以及她因残疾获得免费金属拐杖的政府文件。这些遗物有霉臭味，上面的文字他也看不懂，但当他做出希望能把侯赛因一家关进监狱的证词时，他想把这些东西拿在手中。

法官传唤他时，和蔼地看着他，但当检察官清喉咙时，阿卜杜勒·谢赫不禁膝盖发软，必须抓住证人台才能够站直。他从来没来过这种地方，对着这些气势汹汹的人说话。检察官最基本的问题也让他慌张起来，即使他明白对方跟他站在同一边。

“你跟谁住？”检察官问道。

老婆，他说道，仿佛她还活着。对于下一个问题，他坚称自己三十五岁。他没说错女儿的名字，可他却想不起他家的住址。他不确定回答时该看哪里，该看高居证人席上方、平静地审视着他的法官，还是站在他对面、可以水平直视的检察官？他看向辩护律师时更是困惑，因为辩护律师正咧嘴笑看着法官，让人费解。

他决定只看法官，向她陈述自己如何在家里发现法蒂玛，并送她去医院。

“当天晚上你妻子是否能够跟你说话？”

这是阿卜杜勒·谢赫必须回答的第一个关键问题，他必须振作起来。“是的，她能说话。”他强有力地说道。话顺利说出，他看起来松了口气。

“去库珀医院的路上，你妻子对你说了什么？”

“她跟我说，他们骂她婊子，要扭断她的另一条腿。”他开始说道。这是九个月前，他在原证词中告诉警方的话，然而在法庭内，这话听起来并不够可怕，就只是安纳瓦迪的日常用语而已。过了好一阵子，他继续说：“她告诉我，他们揍她。”他又停顿了好一阵子，接着说：“她告诉我，他们扯住她的脖子，用大石头打她。”

但愿这个垂死女人说的话能让案子逆转过来。

检察官似乎喜不自胜，列席的萨哈尔警察也很高兴。随着侯赛因家那位头发蓬松、穿条纹西装的辩护律师开始进行交互诘问，阿卜杜勒·谢赫也越来越镇静。不，他们的女儿梅迪纳在水桶溺死后，他的妻子并不沮丧。不，他的妻子之前不曾两度把煤油倒在她自己身上。当他踉踉跄跄走下证人席、跌坐在白色塑料椅上时，他相信自己已经为女儿的丧母之痛报了一箭之仇。

“现在呢？下一个呢？”乔涵法官说道，准备传唤安纳瓦迪最后一个目击者。

法蒂玛最好的朋友辛西娅·阿里自从她丈夫的垃圾事业陷入困境以来，便一直对侯赛因家怀恨在心。自焚事件当天的深夜，当阿卜杜勒躲进仓库时，她站在广场上，尝试怂恿左邻右舍到警察局示威，要求逮捕侯赛因全家。

辛西娅虽未亲眼看见法蒂玛和侯赛因家之间的争执，第二天却提供与事实相反的目击者证词给警方。而后，通过妓院老板的妻子通知侯赛因家，她的证词能把他们送进监狱，除非他们在她出庭作证前付给她两万卢比。侯赛因家拒绝付钱，因此几个月来，他们一直对她的复仇严阵以待。

“我觉得自己要疯了。”前一天，泽鲁妮萨和阿卜杜勒在磅秤前等候拾荒者时，她对他说道。自从看见母亲站在萨哈尔警察局普通牢房的窗口前，他就再没见过母亲眼里的疯狂。“在法庭上撒谎之后，她能有什么名誉可言？”泽鲁妮萨问，“如果你丧失名誉，还怎么有脸在安纳瓦迪待下去？”

阿卜杜勒认为母亲的问题很荒谬。

辛西娅为了出庭洗了头发，穿上她最好的纱丽，紫色镶着蓝边和金边。至于牙齿则一如往常。最近几天，她把自己的出庭作证设想成决定性的时刻，将她预期的表现视作印度电影里的审判高潮。

看着侯赛因家收入增加而自己家却陷入困境，她心里很嫉恨、很痛苦。她觉得泽鲁妮萨只是运气好罢了，生出像阿卜杜勒那样的人体垃圾分类机，可泽鲁妮萨却表现得好像自己很厉害似的。此外，泽鲁妮萨还讲她闲话，说辛西娅曾在艳舞酒吧工作，那是一个她早已画下句点的生活篇章。近来，她称自己为社会工作者，尝试投入扶贫事业，像阿莎一样。四处流动的政府和国际资金可多着呢。

乔涵法官传唤她上来时，她像柱子般站得笔直，信心十足地报上自己的名字和社工人员这一新职业。检察官开始提问时，她便歪起脑袋来。

这位检察官和电影里的检察官一点都不像。他并未定睛看她，尽管她穿的纱丽很华丽。他似乎像法官一样，对审判感到厌烦。

辛西娅眉头一皱，她觉得检察官在催促她。法官难道不想听她详细说明她假装看到的那场争执？听她说她如何帮忙把门撞开，救她那烧得冒烟的朋友？她几乎还未热好身，检察官便不再提问，侯赛因家的私人辩护律师站起身来，进行交互诘问。

这家伙看起来倒像是电影中的律师。面对一名可疑的目击者——一场无聊审判的最后一名目击者——他异常谨慎地提出问题。

是的，她承认随着侯赛因家生意日渐兴隆，她家生意也随之衰败。

是的，她住的棚屋跟侯赛因家有些距离，位于贫民窟的另一个巷弄。

是的，她家离发生争执的地点不算近。

是的，她在家切菜，准备做晚饭。

那你怎么可能看见发生的一切？辩护律师想知道。

"可我看见啦，"她皱着眉头坚持说，"她是我的邻居！"

"我不这么认为，"辩护人说，"你之前说你目睹了争吵，可那不是事实。你在说谎。"

法官把这荒谬的一问一答复述给她那位不称职的速记员："我谎称目睹了那场争斗。"辛西娅的眼睛突然睁大。

辛西娅的儿子在天主教学校学过英文，她教他念书的时候也学了一点。她听得懂，法官叫速记员写下，她承认自己说谎。她想做更正，她需要时间思考、重整旗鼓。"等一下！"她喊得很大声，隔着嘈杂的街道声，克卡珊和她父亲都听得见。然而，这是快速法庭，这个案子是快速法庭中一个无足轻重的案子，没有人想等。

法庭不再需要辛西娅这位目击者，乔涵传唤另一件案子，一名警察指着门。可她被人误解，怎么能离开证人席？她要怎样才能把自己的谎言与虚构的申述从速记员的计算机中消除？她气得发抖。对谁生气？法官？律师？司法制度？她决定责怪弓着身子坐在后方被告席的侯赛因一家。

“你们等着瞧！”她一边喊，一边离开法庭，像电影里的角色一样夸张地举起拳头。被误会的目击者和大惑不解的被告搭上同一班火车，回到他们在安纳瓦迪你争我斗的日常生活中，继续为他们认为已经发生却无法确知的一切而发愁。判决就在两周之后。

冰的裁决

一天下午，阿卜杜勒、米尔基和他们的父母背着手，审视仓库内五花八门的垃圾。由于垃圾价格太低，他们尽量先不把垃圾卖到回收厂，可如今，他们别无选择。为了请律师，他们已经卖掉仓库。尽管阿卜杜勒在无须向东日报到的日子里，疯狂卖力地干活儿，他却赚不到什么钱。萨哈尔警方实际上已经让侯赛因家被迫停业。

审判进行的同时，他们全家试着遵循阿卜杜勒在东日的师父指出的正道：不再购买任何可能的赃物。这项决定虽然使家中收入减少百分之十五，却没有减少警方的关注。如今，警察天天来索贿——“像狗一样舔我们，吸干我们剩下的血。”泽鲁妮萨在某天下午叫道。由于无法指控侯赛因家拥有赃物，警察转而扬言要以阿卜杜勒在广场分类垃圾的罪名逮捕他。侵占公共空间！破坏安纳瓦迪生活质量！

警察暗示，他可能使用一个新罪名向法官证明，这家人在以某种方式触犯法律。于是泽鲁妮萨支付一笔又一笔贿赂金，她的丈夫则在没有警察知晓这起诉讼案的区域寻找仓库。

对于出售最后一批可回收物可能赚到的钱，卡拉姆试图保持乐观。“这儿肯定有五公斤德银，”他说，“铜或许有两公斤。”

“胡扯，”泽鲁妮萨厉声反驳，“少多了。有其父必有其子，米尔基就像你一样，不想干活儿，只想吃饭。你们两个都想不劳而获。”

米尔基皱了皱眉。从小到大，她是第一个说自己懒惰的人。他喜欢让朋友们看一张阿卜杜勒和他自己孩童时的褪色相片。“看到了吧？阿卜杜勒走来走去，我却坐着，小时候就是这样的！”然而，这场家庭灾难改变了他。他成为一个手脚利落的、能干的垃圾分类者，会做任何他能找到的工作。

他和他最好的朋友到机场大道上一家精品酒店的游泳池工地打工。随后，他获得梦寐以求的临时工作：在洲际酒店准备派对。一名分包商喜欢他的长相，递给他一个夹式领结和一件制服外套。外套的布料又黑又亮，好似乌鸦的翅膀；他的母亲摸了一下便不再说话。一周的工作结束后，分包商收回漂亮的外套，却只支付了当初谈定薪水的五分之一。当米尔基穿过城市，到对方的办公室领取其余薪水时，警卫把他赶了出去。

他的下一份临时工作，是在制作飞机餐点的“航空美食”。抵达工作单位时，米尔基站在吹风器底下，吹去身上的城市灰尘，而后把食物放到一个巨型冰柜中的托盘上。这是痛苦的工作，即使手脚冻得无法移动，仍然必须搬运重箱子。他的鼻涕结成冰，皮肉接触金属时还粘在上面。尽管如此，他每天能赚两百卢比，直到管理部门裁掉了临时员工。

恐怖袭击和经济衰退的效应仍在持续，许多机场相关企业都在裁员。阿莎的湿婆神军党抗议这些裁员措施，有时甚至采取暴力手段。洲际酒店裁员后，湿婆神军的一伙人捣毁酒店高雅的大厅，要求酒店向马哈拉施特拉邦民提供更多的工作。拉胡尔是这场暴行的受益者之一，他获得一份为期半年的空调管道清洁工作。米尔基为拉胡尔感到高兴，但也有一点遗憾：他父母拥有的最好的人脉关系，居然是拾荒者。

“有个家伙在停车场数车子，他说他看到了我的才华。”一天傍晚在家，米尔基告知大家这个消息，满心期待这能让他找到稳定的工作。然而，这座城市还有其他数百万个聪明、讨人喜欢但缺乏技能的年轻人。

侯赛因家等候他们案子的判决结果时，整个孟买开始密切关注另一件快速审判案。恐怖袭击中唯一幸存的武装分子、二十一岁的阿杰马勒·卡萨布，在阿瑟路监狱戒备森严的专属法庭内接受审讯。

阿卜杜勒的父亲说，卡萨布犯下了大错。《古兰经》并未赋予穆斯林杀害无辜民众的权利，而这些民众当中，有些人也是穆斯林。不过，在阿卜杜勒看来，卡萨布似乎很幸运。“他在牢里或许经常挨揍，”有一天，阿卜杜勒说，“但至少卡萨布心里知道，自己的确做了大家所说的事。”这肯定比无辜挨揍轻松一些。

阿卜杜勒在每周三天搭火车前往东日的途中发现，大众对卡萨布的愤恨似乎并未转嫁到孟买其他的穆斯林身上，这使他放下心来。在湿热拥挤的火车车厢中，他不是任何人的替代品。人们只是去他们该去的地方，就像他一样。和他一样，他们咳嗽，吃午饭，看着窗外广告牌上的宝莱坞主角们推销水泥和可口可乐。和他一样，他们俯身保护装在珍贵塑料袋里的珍贵文件，塑料袋上写着："休息一下，来个奇巧"。一切都和过去一样，令人满怀希望。

恐怖袭击过后的几个月来，孟买的富人阶层也同样满怀希望。许多人开始首次投入政治活动中，决心带动政府改革。印度的有钱人往往试图绕开功能失调的政府，他们雇用私人保安，过滤城市的自来水，缴付私立学校的学费。多年来，这些选择发展成一项原则：最好的政府，是一个不干预的政府。

让高管和社交名流丧命的泰姬陵和欧贝罗伊酒店袭击事件起到一个严正的修正作用。有钱人如今明白，他们的安全不可能通过私人途径获得。他们和穷人一样，依赖着一套糟糕的公共安全系统。

十个年轻人，让全世界最大的城市之一陷入三天的恐怖氛围之中。这或许是因为这桩阴谋多管齐下又天衣无缝，但也可能因为政府机构没有扮演好公共监护人的角色，反而像私人摊贩一样在运作。孟买警方的危机应对部门缺乏武器，火车站的警察不知道如何使用他们的武器，在两名恐怖分子杀害五十多名游客时，他们还逃跑甚至躲起来。其他警察受命援救一家被围困的妇产科医院，却一直待在四条街以外的警察总局。救护车未能及时接走伤者，军方突击队花了八个小时才抵达金融中心的核心地带——他们的旅程包括搭乘停机不便的飞机，在加油点停靠，以及从孟买机场搭公交车的漫长路程。突击队到达孟买城南时，流血事件已近尾声。

议会选举即将在四月底举行，中层和上层阶级人士，尤其是年轻人，纷纷登记投票，人数刷新历年纪录。生活富裕、受过高等教育的候选人，以进行彻底改革的立场挺身而出，内容包括公信力、透明化和E化[1]政府。独立印度的建国者，虽是出身高贵、受过良好教育的一群人，但到了二十一世纪，这种类型的人已经很少参选或投票，因为富人阶层有民主以外的其他方式保障他们的社会和经济利益。在印度，认真看待选票的人是穷人，那是他们唯一拥有的真正权利。

另一名垃圾交易商在安纳瓦迪开业，填补侯赛因家生意倒闭空出的位置。如今，阿卜杜勒终日待在萨基纳卡贫民窟边缘一个租来的小储藏棚内，收入少得可怜。萨基纳卡的拾荒者都有既定的合作伙伴。不过，悠闲地坐在新棚子的门口，望着一个陌生的广场，阿卜杜勒发现自己很轻松。安纳瓦迪的诸多悲剧在这儿算不上什么。这里没有人知道法蒂玛，也没有人知道他家的审判、卡卢的死，或桑贾伊和米娜吃老鼠药的事。每天下午，一个男人靠手摇曲柄转动小摩天轮，孩子们花一卢比，坐上摩天轮。警察向这里的其他商家索取贿赂，不过没找他麻烦，或许因为任何傻瓜都看得出，他没赚钱。他几乎像在东日的时候一样，有很多时间思考，或许由于炙热的四月阳光，他想到了水和冰。

水和冰都是由相同的东西构成的。他认为，大多数人也是由相同的东西构成的。从本质上说，他自己或许无异于身边那些愤世嫉

[1] 指运用现代信息技术对传统行业进行改造。

俗的、贪腐的人——警察、特别执行官，以及决定卡卢死因的太平间法医。如果他必须依材质给所有人分类，他想最后很可能只分成大大的一堆。不过，有趣的是，冰有别于它的本质，而且在他看来，比它的本质更好。

他想比自己的本质更好。在孟买的脏水中，他想成为冰，他想要拥有理想。出于对自身利益的考虑，他最想拥有的理想，是相信正义的可能。

然而此时此刻，要相信并不容易。在控方证人辛西娅的不完美演出之后，克卡珊和卡拉姆的律师有信心免除他们的罪名。然而，就在完成结案陈词前，乔涵法官被调往邦另一头的法院。新法官将被任命，根据那些零散虚构的法庭证词，完成前一任法官未完成的任务。

侯赛因家吓坏了，戴金边眼镜的特别执行官也注意到这个事实。她第三次来勒索他们，这回还带着法蒂玛的丈夫。

新法官很严厉，或许将判决侯赛因家有罪。特别执行官告诉他们，值得庆幸的是，法蒂玛的丈夫愿意撤回案子，他愿意收回他以及亡妻的证词，基于这点，审判将立即终止。终止审判的代价是二十万卢比，超过四千美元。

特别执行官似乎把希望寄托于贫民窟居民的无知：她希望侯赛因家不知道他们的案子是刑事案件，是马哈拉施特拉邦起诉的案子。事实上，无论侯赛因家付多少钱，法蒂玛的丈夫都无权取消。

在训斥这个女人之前，阿卜杜勒的父亲找他的律师确认真相。他想确定，他从乌尔都语报纸上收集来的司法程序信息正确无误。

确实如此。总算，信息小小地战胜了腐败。

每个国家都有自己的神话，成功的印度人热爱的一则神话与不稳定和适应力有关——他们的国家之所以快速崛起，部分是因为日常生活的混乱和不可预测性。在欧美各国，据说当人们打开水龙头或电灯开关时，他们就知道会发生什么事。在印度这个几乎没有可靠假设的国家，长期的不确定性据说有助于催生才思敏捷、富有创造力的解题能手。

在穷人当中，不稳定无疑培养出创造力，然而久而久之，努力却得不到结果，也可能让人产生无力感。“我们尝试了这么多事情，”安纳瓦迪的一个女孩说，“世界却不朝我们的方向转动。”

每星期三天，通过儿童高度的东日安检门后，阿卜杜勒总会扫视中庭，寻找那位“师父”的身影。他想跟他谈谈，关于想诈骗他父母的政府官员；关于审判进行得多么顺利，直到女法官被调走；关于他在安纳瓦迪的生意如何被警方毁掉。阿卜杜勒在安纳瓦迪说了太多关于师父的谎言，连他自己也开始相信，对方确实关心他的遭遇。

然而，阿卜杜勒并未找到师父。在登记册上签过名后，他回到街上，想着怎样才能拖延时间，让自己晚些回到萨基纳卡那个无法让他养家糊口的棚子。有一天，他从少管所走了一小时的路，前往哈吉·阿里清真寺[1]，即城内穆斯林聚集礼拜的多楼层场所，试图恢

[1] 孟买最著名的清真寺和最醒目的标志之一，也叫海上清真寺，这里也是苏菲派圣人哈吉·阿里（Haji Ali）的陵墓。

复自己的能量。

“我不会去太久，”他答应母亲，“感到内心充实了我就回来。”

哈吉·阿里的清真寺和陵墓坐落于阿拉伯海的一个小岛上，由一个岩石海岬和内陆相连。阵阵海风把阿卜杜勒面前穿着蒙面罩袍的人吹成数百个黑色气球，沿着海岬慢慢飘往有着闪亮圆顶的清真寺。在他的两边，携带折叠桌的小贩推销着人造玻璃首饰和塑料水枪。在他头顶上方的天空，海鸥展翅飞翔。这一切美丽极了，就好像走进乌尔都月历当中。随后他留意到在任何月历上都看不到的画面。

通往哈吉·阿里的窄路两旁，是成排的独腿人和无腿人。残疾的乞丐，在他眼前延伸了快一百米，他们俯卧在地，哀号痛哭、撕扯衣服，就像一大群疯狂的法蒂玛。

他急忙离开哈吉·阿里。饱览崇高的事物不能解决他心中的困惑。唯有经法庭判定，他并未攻击一个残疾女人、掐她、逼迫她自杀，才能纾解他的困惑。

阿卜杜勒有办法控制自己的许多欲望，但对此他却无能为力：他想被视为比他身处的脏水更好、更干净的人，他想要得到公正的裁决。

黑白之间

阿莎设想过逃离安纳瓦迪的一百种途径，然而，在二〇〇九年的最初几个月，这些途径终究成为死路，她开始悲伤地感到无能为力。或许该责怪一股电流，扰乱她正常乐观的思考电路。或许坎伯先生终究因缺少心瓣膜而死去时，留下了一个诅咒。因为在他火化后不久，他美丽的遗孀因为欠放贷者的钱，抢走了阿莎一位最有用的情夫。

这不是阿莎第一次毫无预警地被男人抛弃。然而在早期，她总能成功地把挫折封锁在内心某个整洁的空间，动身追逐新事物。这些问题甚至会让她开心：接下来要尝试什么事、尝试什么人？可如今，这些问题只是阐明一个事实：她过去的答案都是错的。金罐的外壳剥落之后，露出的只是泥瓦罐。

阿莎对市政代表萨旺特的盲目依赖是最大的泥瓦罐。在精彩的九夜节过后不久，一名法官以谎报低种姓身份的罪名，解除了她这位政治靠山的职务。不过，她的失望列表里还有更多的事：让她取得政府贷款、她希望丈夫能在家里经营起来的杂货店；单调乏味且依然无利可图的管事地位；曼朱向孟买精英们推销保险的主意；让曼朱的婚事变得有利可图的主意；为萨哈尔警察找公寓经营副业，原本应当获得的横财；还有拖了几个月后无疾而终的其他计划。

议会选举逐渐逼近，她本来应该到各贫民窟散发传单。湿婆神军党的人一天打五次电话提醒她。刚上任的国大党籍市政代表也打电话来。为了赢得贫民窟居民的爱戴，他在广场铺设精美的铺路石，外加一座为国大党树立的黑色大理石碑。此时，他需要一个像阿莎这样的人，她在安纳瓦迪的势力已超越党派。

然而，阿莎不愿对另一名政客宣誓效忠，就像她不愿去散发传单一样。她想躲在屋里哭泣。从幼儿园下课回家后，她裹上毯子，低声念她从市郊曼库德的公告栏抄下的一首马拉地语诗歌：

你不想要的东西，永远与你同在
你想要的东西，永远不与你同在
你不想去的地方，你不得不去
你以为你要活得更久的时候
生命已接近尾声

看见母亲蜷起身子，把自己封闭起来，曼朱心里很难过，不过她知道最好还是别去问理由。所以她只是说："妈，这不像你，坐在那里不动。"

第二天，她递上一杯热腾腾的茶，说："我的考试也让我累坏了。"

第三天她又说："我要把这首诗，再好好抄一遍。"因为阿莎的眼泪把墨水弄得污迹斑斑。

当天晚上，阿莎从毯子里伸出头来时，发现她这首颂扬人应该知足的诗歌被整整齐齐地打印出来，加上塑封膜，挂在墙上的钉子上。

虽然曼朱把她母亲的悲伤完全归结于秘密的伤心事，阿莎四十岁的内心却是顽强而机警的。出问题的是她的大脑，她不是在回想往昔的失败原因，便是在思索微不足道的小事：不再回她电话的警官，湿婆神军同事里纳未邀请她参加特殊法会等。正常情况下，阿莎本来就不爱去找总发牢骚、脸长得像母牛的里纳；然而，在她目前的情绪下，小小的侮辱会和更大的失望捆绑在一起，证明着她的光明面已黯然失色。

阿莎向来看重自己的好胜心，这种特性并没有传给她的孩子。或许由于他们欠缺这项特质，她更珍视自己这一点。然而，一段时间过后，非赢不可的冲动很可能变成自欺欺人。她拒绝承认自己未能取得任何进展，反而创造出成功的新定义：每次有人失败，她就觉得自己稍微前进了一点。举个例子，她战胜了侯赛因家，从某一方面来说，还战胜了坎伯先生。可她的生活状况几乎没有变化，她仍然和一个酒鬼丈夫住在污水湖边局促的棚屋里。她的虚荣心逐渐瓦解——这个虚荣的特性，她倒是传给了她的三个孩子。她无法找到在更为广阔的城市里成功的关键，而在贫民窟内，她的许多邻居却开始厌恶她。

安纳瓦迪居民都认同，他们对阿莎从谨慎提防变成强烈反感的那一刻，是在她企图利用他们的恐惧心理的时候，即二〇一〇或二〇一一年，机场贫民窟将开始被夷为平地。

正值选举季节，由于机场贫民窟居民有权投票，因此一些政客仍在谈论对抗拆迁的事。然而，拆迁计划已在按部就班地进行。清空的土地，有部分将被用作扩建机场之用，其余部分则将被公开出租。三十几个贫民窟，即将被更多的酒店、购物商场、办公大楼，或许还有一个主题公园取代。

机场清拆工作，大致遵循该邦的贫民窟重建计划。根据这项计划，私人开发商有权在贫民窟土地上建房，只要他们同意为那些能够证明自己从一九九五或二〇〇〇年（依贫民窟而定）即定居于此的居民盖公寓。该项计划贪污丑闻频传，犯罪集团成了主要参与者。不过这项方案也有明显的局限性。虽然过去两年内，共有十二万两千户棚屋遭拆除，但三分之二会受到影响的家庭在棚屋的居住时间却不够长，未达到申请安置的资格。因此，他们涌入其他贫民窟，或是在市郊建造新的贫民窟。

孟买贫民窟清拆工作的失败，使机场贫民窟的移除更显得重要。这项工作在规模上比较便于控制，而且会获得巨大的回响，还能向世界证明，印度领导人在达成“无贫民窟孟买”的目标上，取得了一定的进展。

政府官员简单地把贫民窟视为落后的标志，这使阿莎感到厌烦。她说：“他们如果这么迫切需要拓宽机场空间，为什么不拆掉酒店？”然而，豪华酒店不被当作问题，游泳池和草坪将被保留下来。因此，在这个据说阻碍全国发展、有碍观瞻的地方，身为领导人的她该怎么做？把邻居联合起来，进行无谓的抗议？在她看来，追求个人野心，同时赚一些钱，似乎比较实际。

她在安纳瓦迪近来为数不少的土地投机买卖中瞧见了机会。承诺用于安置机场贫民窟居民的公寓非常狭小，只有大约二十四平方米，但会有自来水。这在一个缺乏平价正式住房的城市里可是宝贵的资产。因此，城市的上流居民在贫民窟收购棚屋，伪造法律文件，证明他们是安纳瓦迪的长久居民。

大多数投机者都打算将公寓出租或用于投资。“我那层楼未来的价格，将是我现在买的十倍！”从阿卜杜勒那里买下仓库的商人说道。一个名叫帕帕·潘乔的三流政客，为一家大型房地产开发商弄到污水湖边的一大排棚屋，他雇用流氓去说服居民卖屋。

阿莎安排一个中年酒店供应商从目不识丁、有三个孩子的年轻母亲吉塔那里收购棚屋时，也预期自己能抽取佣金。证明这位商人是资深贫民窟居民的伪造文件，制作得相当逼真。随后，吉塔改变了主意，开始大声嚷嚷。

她在贫民窟巷弄间大喊大叫：阿莎骗了她！她的孩子们将要流落街头！吉塔拒绝离开她的屋子，尝试向警方申诉。阿莎当然把警方那边的问题压了下来，但商人却派来一伙醉汉，逼迫吉塔搬走——一切就发生在一个周日下午，整个安纳瓦迪居民都当场目睹。

阿莎派儿子拉胡尔去监督，同时，这些人揪住吉塔的头发，把娇小且不断挣扎的她拖到路上，把她的家当扔进污水湖，骂她贱货，还把煤油倒在她最后一袋米上。吉塔的小孩一边抽泣，一边蹲下去，把被毁的米粒一颗颗捡起来。

这糟糕的画面有损于一个管事的声望，尤其是当暴力在巷弄间发生时，阿莎还被人看见板着脸孔坐在家中。从那个周日之后，左邻右舍的窃窃私语就紧紧跟随着她。

“她的贪婪让她和畜生没有两样。”一个尼泊尔妇女把手放在嘴边小声说道。

“她一直很狡猾，可我们现在终于知道，为了钱，任何人她都敢伤害。”一个泰米尔妇女说道。

“她最后很可能赚一万卢比。”泽鲁妮萨说道。这句话传回阿莎耳里时最伤人。一万卢比可是一大笔钱，足以弥补她受损的名誉；然而相反，商人要了她，没给她半点佣金。

这次经历叫人沮丧，因此，当另一个贪污的权威人士找上门来，保证她的努力将获得应得的酬劳时，她心存怀疑。

“你以为你要活得更久的时候，生命已接近尾声。”她坚守这个悲观立场，直到她看见自己就要活得更久的那一天，也就是银行兑现政府支票那一天。

让她家的未来受到保障的主意并非出自她自己，那是马哈拉施特拉教育部行政官比姆拉奥·盖克瓦德的主意。他的职责是在孟买执行一项雄心勃勃的、由外资支持的中央政府方案，名叫“全民普及教育计划”，其目标是让初等教育普及化，让上千万的童工、女孩、残疾儿童有机会上学。

盖克瓦德在报纸采访中提及，他寻找未受教育的孩子，希望提供能使他们走出贫困的教育；而他不大为人所知的野心则是，把联邦资金转到自己账上。他与孟买各地的社区开发官员合作，找到挂名负责人，以教育儿童的名义取得政府资金。而后，他和合伙人再进行分赃。

后来，盖克瓦德注意到阿莎。阿莎希望他是由于她的聪明才智，甚至是长相发现她的。不过，他对她的兴趣是基于一个现实的理由：她拥有一个非营利组织。二〇〇三年，另一个负责某项计划的男人为她成立了这个非营利组织，承诺签署一份城市卫生合约，却未能实现。

“这个组织是否经过正当的登记？”盖克瓦德想知道。

“是的，很正当。”于是，阿莎被选为他的助手，在中央政府为改善儿童生活所做的重大项目中进行诈骗。

政府官员备好文件，证明她的非营利组织多年来为贫困儿童开办了二十四所幼儿园，政府将为这些谎言付给她四十七万卢比，相当于一万多美元；加上她所谓的为前童工开办的九所过渡学校，更多的钱将在年底随之而来。阿莎将从这笔意外之财中，给盖克瓦德提供的一长串名字开支票——理论上，这些人是学校里的老师和助理，但这些人是谁与她何干？她的职责，就是把现金两万卢比亲手交给比姆拉奥·盖克瓦德，外加把五千卢比付给帮忙准备合约的社区开发官员。

第一年，扣掉这些报酬后，阿莎赚不了什么大钱。不过，盖克瓦德向她保证，未来几年会有更多的钱。

当第一笔四十二万九千卢比的政府资金出现在这个濒临关闭的非营利组织的银行账户上时，出了点小问题。即将分发的支票，需要一个联名签署人，然而，阿莎多年前任命为非营利组织秘书的邻居感到紧张不安。“我们是不是就要变得有钱了？”女人问道，而后噙着眼泪说，“万一被逮到怎么办？”她拒绝签署支票，阿莎于是解雇了她，任命了一个比较顺从的秘书。支票分发出去，政府官员拿到了他们的现金。

阿莎非常高兴，也证实了她多年来在这个千头万绪但利润微薄的事业中逐渐产生的怀疑。在市场庞大但遭到垄断的上流城市取得成功，比每天在贫民窟勉强度日所需的努力和才智要少；最重要的除了运气之外，还必须维持两种信念：你的所作所为，从整体来看不见得全错，以及你不见得会被逮着。

“这当然是腐败，”阿莎告诉毕恭毕敬的非营利组织新秘书，“但腐败的人难道是我？既然是大人物处理一切文件，说这么做是对的，那怎么能说我做得不对？”

新秘书对阿莎的分析点头同意，不过，自从她共同签署支票后，她的嘴便闭得更加严实了一些。她哪能去争辩什么？阿莎就像她的母亲一样。

“如今，你完成学业后，没必要去找真正的工作，”阿莎把他们假装运营学校的事告诉了曼朱，“将来就由你接手。反正我也得把你的名字登记为负责人，毕竟这些学校该由一个受过教育的人来管理。”

曼朱虽为这份礼物发愁，却不打算拒绝不久之后送到家里的二手计算机。米娜激烈地抵制身为女儿的责任，她则不然。阿莎还提供了拨号上网的装置，拉胡尔在网络上注册了 Facebook 账号，不过他对社交网络的兴趣，在他的本田摩托车送达时便消退了。

曼朱喜爱她的计算机，她在贫民窟家教学校教过的孩子们也是。他们经常跑进来争睹它的光彩。孩子们依然叫她“老师”，满怀期待地看着她，不愿意相信他们的教育已经结束。但阿莎和曼朱假装管理的学校也使她们不再需要来自真实学校的收入。

曼朱近来默记《浮士德博士的悲剧》的情节摘要，它叙述一个想成为圣人的人，发现自己通过不当手段获得的美好生活即将结束，他要为之付出代价。尽管书中写的基督教地狱是她不太能想象得出的东西，但她仍然觉得惩罚即将降临。

在距离她的大学毕业日不远的一个寂静傍晚，她从键盘上抬起头来，惊恐万分。门口有两个，不，五个阉人！这几个阉人，和在污水湖边的庙里令她着迷的那位优雅漂亮的阉人一点都不像。这些人有毛茸茸的手和胡须，他们经常到走运的人家门前投下诅咒，扭转他们的好运。

她吓得浑身颤抖，这让几个阉人感到很抱歉。他们其实是为了其他事而来。阿莎是他们认识的最有权有势的人，他们希望她能帮助他们登记为选民，在一周后的大选中参加投票。像大部分的安纳瓦迪居民一样，在这个政治终于从艰深难懂的领域进入公开领域的兴奋时刻，他们也想成为其中的一分子。

议会选举将是史上最大规模的民主运动：近五亿人将排队选出德里的代表，再由这些代表选出总理。代表安纳瓦迪居民的议员几乎毫无疑问是国大党人普里亚·杜特，这位和蔼谦逊的妇女象征了印度选民对电影人和背景传承的偏好。她的父母是宝莱坞超级巨星，而她父亲在她之前也曾在议会里占有一席之地。

前一周，国大党的卡车停在安纳瓦迪外围，工作人员卸下八个排水沟水泥盖板。民众聚集在路上，对这个选前礼物感到非常兴奋。多亏普里亚·杜特的政党，贫民窟巷弄将不再有露天排水沟。

过了几天，国大党的工作人员搭卡车回来了。他们不是来安装下水道井盖的，而是收回去：因为一个规模较大的贫民窟需要井盖，而这个道具可能对为数更多的选民造成影响。看着卡车离去，年纪较长的安纳瓦迪居民哈哈大笑。这场闹剧倒是颇新鲜的经历。

那些阉人是泰米尔纳德的移民，他们虽然看不出政党之间有何不同，却仍然渴望投票。他们的问题是，选区官员有时不会处理移民和备受争议的少数群体递交出去的登记表。阿莎和她丈夫的选民证和身份证号，能让他们在两个不同的选区各投两票，而安纳瓦迪许多非马哈拉施特拉邦民却连一票都没有。泽鲁妮萨和卡拉姆·侯赛因花了七年时间，尝试登记为选民，却仍未成功，是当地长时间没有选举权的纪录保持者。

对于受到排挤的安纳瓦迪居民来说，参与政治之所以珍贵，并非由于这是争取社会平等的有力工具，关键在于投下一票的行动。这些贫民窟居民，由于他们居住的地方、在当地从事的工作而被人轻蔑，唯有此时，才能和所有印度公民处于平等地位。如果他们能被列入投票名单，便是合法邦民。

身高最高的阉人朝阿莎鞠躬，然后蹲在她脚边。“老师，”阉人说，“一年前我们去办公室登记，可我们还没领到投票卡。我们该做的都做了，可什么也没拿到。选举就要开始，你能不能把我们的表格交给合适的人，请他们给我们一票？”

阿莎拿起一面小镜子。

阉人咳了一下：“您能不能帮帮忙，老师？”

曼朱皱起眉头。她母亲表现得好像阉人根本不存在。阿莎拿起一罐滋润面霜，慢慢涂在自己脸上。她把粉倒进手掌，按摩在脸颊上。她正准备去其他地方。

“什么！化妆？”一个阉人轻声对另一个说道，但声音太大了些。不过，阿莎似乎已经准备好动身前往其他地方，并未听见。

阿莎已经不当管事了。她从此远离政治，远离没有选举权的阉人和安纳瓦迪的所有居民，“远离所有让我东奔西跑的芝麻小事”。侯赛因家的人是否坐牢；贫民窟整条巷子的居民是否死于肺结核；法蒂玛的鬼魂是否已厌倦游荡，于是亲自打扫起急需被打扫的厕所……这些她都不感兴趣。目前，阿莎或许仍需住在贫民窟，可她此时已经是上流城市的一员：一个慈善机构的董事，这个公益组织不仅有城市供应商编号，或许在不久的将来，还会有海外捐助人。在这个由谎言搭建的领地中，她是个受人尊敬、而现在约会就要迟到的女子。

“约在加油站，”男人在电话里说，“穿我喜欢的那件粉红色家居服。”

阿莎面带笑容，在蕾丝帘子后，用一袭品味高雅、印有黑白花纹的丝质纱丽裹住身子。这是她自己喜欢的装扮。是她已经成为的样子。

“很好看，”曼朱打量过后说，“比那件粉红色更好。”

“哦，好看极了。”一个阉人绷着脸表示同意，同时，焕然一新的阿莎迈步走进黑夜。

学校、医院、板球场

五月中旬，选举结果出炉。主张改革的精英阶层终究未去投票。现任议员大多赢得连任，他们让总理再度上任，投票前承诺的彻底的政治改革被悄悄地束之高阁。数星期后，机场当局的推土机开始在安纳瓦迪外围横跨而过。

“永远美丽”的墙塌了下来，两天内，给贫民窟带来登革热和疟疾的污水湖被填平，随后这块宽阔的土地被整平，准备用作新的开发。贫民窟居民彼此安慰着:“还轮不到我们，现在只拆边缘地带。”机场贫民窟的铲除工作，将在数年内分期进行，因此仍然有很多时间让居民们联合起来，确保收购棚屋的商人政客不是整建计划的唯一受益人。

同时，安纳瓦迪外围地区的整平工程给了孩子们一点事做。鲜黄色的推土机搅动地面时，他们站在过去是污水湖的地方，全神贯注地看着。推土机挖出早期城市的可回收遗迹：一只本是白色的绒面皮鞋、生锈的螺丝钉、一点塑料和金属碎片，全是销路可观的商品。

一个周六下午，侯赛因家的小孩们和法蒂玛的女儿一起晃了出来，和其他的儿童拾荒者待在工地边缘。孩子们一边盯着推土铲，一边讨论新开垦的土地上将盖起什么建筑。

“学校。”有人说道。

“不是，我听说是医院。”

“婴儿出生的医院。”

“才不是，傻瓜。他们这样做，都是为了机场。所以应该是出租车停靠站。飞机也会飞到这里。”

“这块地太小，停不下飞机。他们要为我们盖个专门玩板球的地方。”

法蒂玛的小女儿紧张起来。地上一道新的裂缝边缘有什么东西在闪闪发光。她朝一辆推土机冲了过去，钻到一个正在放低的铲斗底下。

“别过去！”一个路过的女人喊道。小女孩蹲伏在地，及时跳了回来，差点被重重砸到。推土机过去后，她又蹲下来继续挖。那是一件完整的、真实的东西——一口沉重的钢锅！她一把抓住，笑容满面地奔回安纳瓦迪，光着的脚丫踢起滚滚沙土。

这口旧锅子至少值十五卢比，广场上的两个女人看到锅子，笑了起来。现在至少有一个安纳瓦迪居民从进步和现代化中获利了。法蒂玛的女儿把她的宝物高高举起，展示给所有羡慕的伙伴们看。

几星期后，孩子们看到一个令人兴奋的人物：带着长镜头相机的记者。突然间，安纳瓦迪上了新闻节目。

最直接的原因，是一个尽管非法但充满喜庆氛围的六月传统：一个周日下午，在光彩夺目的“西部高速公路”上举办的一场马拉车竞赛。有人押小笔赌注，人们站在公路两旁观看。

被罢黜的管事——斑马主人罗伯特——让他的两匹马参赛，马套在一辆维护不佳、刚被粉刷得又红又蓝的马车上。赛程后半部分，漂亮的马车来到一座立交桥顶时，其中一个轮子滚了出去。马车突然变向，马具断裂，紧张不安的马冲下桥去。一名新闻摄影师正好在场，便拍下它们掉落到下面马路的凄惨画面。于是众人发起一场运动，寻找并惩罚疏忽的马主人，但罗伯特已逃离现场，只留下一个假住址。

群情激愤，报纸头条成倍增加。“追踪死马：独家调查。”“马儿死后数分钟内，警察即获悉此事；直到现在仍未定罪！”“独家！痛苦死去前，马儿家住何处？”

有一天，苏尼尔、米尔基和几个孩子看着“动植物福利协会”的活动人士带媒体和孟买“动物福利联盟”的代表过来，突击检查罗伯特的马棚。数匹马被断定为营养不良。绘制而成的斑马身上，被发现有伤口和溃疮。“动物福利联盟”把最需要治疗的马秘密带往一家治疗马场。“马儿获救！”是第二天的头条新闻。

而后，坚持不懈的活动人士把焦点转向起诉罗伯特。萨哈尔警察局的警察曾与这位前管事建立了长久互惠的关系，因此拒绝提出虐待动物的控诉。（报纸标题：罪犯逍遥法外！）于是动物保护团体将照片证据呈上孟买警察局长。最后，根据反虐待动物法，前管事和他的妻子因未能向他们监管的四足动物提供充足的食物、水和住所，而被起诉。

正义势力终于来到安纳瓦迪，受益的却是几匹马，这令苏尼尔和街童们感到困惑。

他们心里想的，不是卡卢和桑贾伊未经调查的死因。安纳瓦迪的男孩们大致接受了这个基本的事实：在日益繁荣的现代化城市里，他们令人难堪的生活最好局限在小小的空间内，他们的死根本无关紧要。男孩们只是对那些人的小题大做百思不解，因为他们一直认为，罗伯特的马是贫民窟里最幸运、受到最悉心照顾的动物。

运动人士为数不多，然而他们的同心协力让人们对他们的愤怒留下印象。在安纳瓦迪，每个人都有期待伸张的冤屈：如今已经持续三个月的严重的缺水问题，在选举事务处被撤销的选民申请，拿了工人的钱便逃之夭夭的承包商。许多居民对警察感到气愤，阿卜杜勒就是其中之一。炸毁萨哈尔警察局的周详幻想已成为他夜里的私密安慰。然而，贫民窟居民极少群起发怒，甚至对机场当局也是如此。

相反，无能为力的个人会把自己缺失的东西怪罪在无能为力的其他人身上。有时，他们试图摧毁彼此；有时，像法蒂玛一样，他们在过程中摧毁自己。运气好的话，比如阿莎，他们会在蚕食其他穷人生活机会的过程中改善自身命运。

展现在孟买的事情，也展现在其他地方。在全球资本市场中，期望和不满狭窄地在个人心中滋生，使人对共同的困境感到麻痹。穷人并未团结起来，反而为临时性的微薄收益彼此激烈竞争。在整体社会结构中，这种城市底层民众的争斗仅掀起微弱的涟漪。有钱人的大门偶尔会咯咯作响，却仍未被打破。政客们提拔中产阶级，穷人则干掉彼此。不平等的世界级大都市，在相对的和谐中继续向前迈进。

六月开始降雨时，接手克卡珊和她父亲审判案的新法官开始传唤证人。这位法官迪兰，有一双瘦骨嶙峋的手，眼镜后面是惺忪的睡眼，他审阅案子的速度甚至比第一个法官更快。他走向位居顶楼的法庭时，克卡珊转头看一小扇窗，越过一片潮湿的瓦面屋顶，她能分辨出阿拉伯海。

试图猜测法官的想法有什么意义？由于黄疸和紧张，她的身体还很虚弱。几个星期过去了，试图了解证人到底说了什么，或者预测她和父亲会不会坐牢，似乎毫无意义。她的母亲非常担忧，常常做可怕的梦，还养成一个新的习惯，会在睡梦中跑过广场。克卡珊只是和其他被告坐在板凳上，低声祷告，直到能和家人会合，一同思索赚钱的新方法。根据米尔基的说法，他们现在已经“沦落到只能糊口”的地步。

他们已经放弃在萨基纳卡重新经营垃圾生意的想法，因为棚子的租金比阿卜杜勒每月的收入更多。现在，阿卜杜勒每天驾驶破嘟嘟车去一个个贫民窟寻找工作机会，将其他人的垃圾运送给回收商。除了在安纳瓦迪趁警察不在附近时偷偷摸摸交易垃圾之外，米尔基还找临时工作挣钱。他们的小弟阿塔尔决定辍学，买了证明他符合工作年龄的伪造文件，在马路上敲石头。阿塔尔说他不介意辍学帮家里忙，克卡珊却非常在意。

七月的最后一天，检察官和辩护人做结案陈词。法官仿佛是第一次看到克卡珊，并拿她的蒙面罩袍开玩笑：“我们能肯定这是被告吗？有可能是另一个人。这样穿，谁认得出她啊！”等到法官笑完，律师用英语讲完他们对法官说的话后，法官告诉克卡珊和她父亲，一个半小时之后回来听判决。

他们离开法庭时，法官正在说：“现在我只等加薪生效，那我就该退休了。马哈拉施特拉这个邦器量真小，只有这里才跟法官要收据和账单。在安得拉邦和古吉拉特邦，法官不只领薪水，还外加车马费，而且不需要出具账单……”

法庭外，一辆垃圾车辗过一条狗。狗叫了一声便一命呜呼，克卡珊和她父亲决定，法庭食堂是比较好的等候地点。克卡珊坐在地板上，盯着她的鞋子看，新的塑料鞋弄痛了她的脚。她走回法庭时打着赤脚，一瘸一拐的。

“你从事什么工作？”

在证人席上，克卡珊回答法官向她提出的第一个也是最后一个问题。

“家庭主妇。”她说道。她不打算告诉法官她离开丈夫，以及在他手机上看见第三者照片的事。

“你做哪一行？”法官问双手合十以避免颤抖的卡拉姆。

“阁下，我处理塑料。”卡拉姆答道，他认为这比“处理空水瓶和塑料袋”好听。

“咳，因为你的关系，”法官说，“一个女人的生命就此了结了。”

“不，沙巴！”卡拉姆叫了起来，“是她自己那样做的！”

法官不再说什么，而后，朝那位把橙色头发喷得僵直的检察官看过去。

“那我们如何处置这些人？我该判他们两年或三年？”

克卡珊愣住了。随后，法官露出笑容，举起双手。

“让他们走吧。”他对律师说道。他宣布侯赛因家无罪，一切都结束了。

法官的结论很简洁：“没有记录证明被告以任何方式唆使死者自杀。因而，控方无法在合理范围内，认定被告有罪。”

马上离开。法官有其他案件要审理，需要清空证人席，但克卡珊和她父亲站在上面一动不动。“你们可以走了。”辩护律师斩钉截铁地说了第二次，克卡珊和她父亲才火速离去。

如今只剩下阿卜杜勒在少年法庭的审判，这将对他的名誉做出裁定。二〇〇九年九月，少年法庭的书记员说：“可能在下个月。”十月份的说法是：“可能再过三个月。”阿卜杜勒在东日不断碰到的一名萨哈尔警察至少说法前后一致：“承认你对‘独腿婆子’做了那些事，每件事都有办法解决！你不认罪的话，你的案子就没完没了，你如果认罪，他们今天就放你走。”

二〇〇九年将近尾声时，泽鲁妮萨采取特殊方式，以加快阿卜杜勒的审判和平反。她去造访雷伊路上的一位苏菲派神秘主义者，他专门改善前途、缓解紧张、驱除诅咒、安抚鬼魂——后者是吸引泽鲁妮萨的重要原因，她认为阿卜杜勒的审判之所以延滞不前，是因为法蒂玛的鬼魂在背后作祟。神秘主义者把一条红线绑在泽鲁妮萨的手腕上，让她到其他信徒正在随鼓声旋转吟诵的中庭把另一条红线绑在一棵树上。现在，鬼魂将变得比较友好，神秘家做出这样的保证，并且接过了钱。即便如此，泽鲁妮萨认为，每周五到清真寺以阿卜杜勒的名义连续祈愿七个星期，也没有害处。

到二〇一〇年，泽鲁妮萨的努力仍无结果，马哈拉施特拉邦的政府特别执行官再度出现，表示钱比祷告更能加速开庭。泽鲁妮萨则以她所能创造的最讲究的咒骂犒赏她的建议。

到二〇一〇年年底，她和阿卜杜勒得出结论，他在有罪和无罪之间的不确定状态，将永久持续下去。

阿卜杜勒每回去东日，仍在寻找他的师父。他想告诉师父，在他作为孩童的最后几年，他曾试图做个高尚的人，然而，现在他相当肯定自己已经是成年男人，无法再继续坚持下去。一个男人要是够明智的话，并不会在善与恶、真与假、正义与另一个东西之间，做清楚的区别。

“有一段时间，我试着不让我内心的冰融化，”他这么说，“可现在，我就像其他人一样，渐渐变成了脏水。我告诉真主安拉，我非常非常爱他。不过，我也告诉他，由于世界的运作方式，我没办法成为更好的人。”

随着三兄弟一起工作赚钱，侯赛因家慢慢好转起来，安纳瓦迪被拆除时，他们相信自己或许能取得其中一间二十四平方米左右的整建公寓，给一家十一口人居住，远离机场和机场的垃圾，却比流落街头好得多。阿卜杜勒只有在回想起二〇〇八年年初，他的生意蒸蒸日上，他们一家已经支付市郊一小块地的头期款时，才会变得闷闷不乐。现在瓦塞那块地已经卖给另一户人家，侯赛因家的订金也没被退还。

阿卜杜勒的父亲养成一个恼人的习惯，他谈论未来的口吻，就好像在谈论公交车似的："它从旁边过去，你以为就要错过，可接着你说，等等，或许我不会错过，我只是必须比从前跑得更快。只不过现在，我们大家身心俱疲，能跑多快？你必须尝试追上去，即使知道追不上，即使最好让它走掉——"

阿卜杜勒不想感染这种颓丧情绪。幸亏，他有拖运工作要做。每天清晨，他开始低声下气地到各大工业区贫民窟的棚子找监管员："有没有东西要运送给回收商？"他熟知城里的背街僻巷，因为像他这种嘟嘟车，是不允许在孟买平坦崭新的干道上行驶的。

有些日子，他为了搜集垃圾所花的汽油钱比他的收入还多，但也有情况好的时候，在路上的努力，使他的小小卡车满载垃圾。为了钱，他无处不去，距离安纳瓦迪越远越好。他越过邦界，到古吉拉特邦的瓦皮。他去卡延，也去过塔纳。不过，他大部分时间都待在孟买。

晚间，行驶在他的路线上时，他有时会想象不再回到贫民窟的家，那里如今被他看作是另一种监牢。他想象自己勇往直前，消失在某个遥远、或许更好的未知当中。然而，城市终究拉回他的理智：公交车和 SUV 朝他高速驶来，然后急转弯；孩子们心不在焉地从路边跨入车道，就像法蒂玛的女儿经常做的那样，仿佛无视他们自己的生命价值。

“开车时出个差错，就能让我完蛋，”最终不得不返回家中时，阿卜杜勒便向他母亲发牢骚，“在外面让人特别紧张，你的脑子不能胡思乱想，每一秒都得提高警惕。”

事实上，在午夜的大道上穿梭使他觉得自己充满力量，他眯着眼睛，盯住路上那些小小的目标。在这辽阔、闪烁的城市，他如果掌握不了任何东西，起码还能掌握数百米黏答答的路。

一天清晨，阿卜杜勒坐在游戏厅旁边的黑色垃圾袋上，思索又一次白费工夫的东日之旅，以及当天傍晚“有没有东西需要搬运？”的例行公事时，苏尼尔在他身旁的垃圾袋上坐了下来。阿卜杜勒开车干活儿，因此他们已经有好一阵子没见到对方。苏尼尔凑了过去，就像一个几乎是朋友的人会做的那样。

“借我两卢比买东西吃？”

阿卜杜勒猛然后退：“恶心！没刷牙还靠我这么近讲话！真可怕，还有你的脸，去洗洗脸吧！光看着你，就让我害怕。”

“好，好，我会啦，”苏尼尔笑着说，“刚起床嘛。”

“现在起床对小偷来说还太早。”

“我不再当小偷了。”

因为垃圾价格开始回升，警察的痛殴日渐加剧，而且机场保安员会剥光他的衣服、剃光他的头发，因此苏尼尔决定回去拾荒。事实上，拾荒这个决定，正是他和阿卜杜勒坐在路边一个垃圾袋上的原因。经营游戏厅的泰米尔人对于失去苏尼尔的赃物感到生气，不让他再坐在那里。

眨眼男孩索努几乎已经原谅苏尼尔成为小偷的事，却不能原谅他天亮后才起床。苏尼尔想再次和索努连手干活儿，正在努力设法早起。他还制定了一个准则：在从事让社会唾弃的工作时，不去憎恨自己。吸 Eraz-Ex 虽然有效，但苏尼尔发现其功效却持续不久。

“我从前经常在想，怎么让我的生活过得更好、更不错，可什么也没变好，”苏尼尔说，“所以我现在想换个方式。不去想怎么让任何事更好，就让脑子停下来吧，谁知道会怎样？或许好事就会发生。”

阿卜杜勒拍了他一下：“听你说话，让我脑袋发昏。”坐在一个仍有自己想法的人身边，让他觉得自己老了。贫民窟被拆除后，他们很可能再也见不到彼此。苏尼尔想在城郊，某个有树有花的地方，展开他的生活；阿卜杜勒却认为，苏尼尔最终更有可能露宿街头。在安纳瓦迪的最后这些日子，可能是苏尼尔所拥有的最美好的岁月。

一片绿油油的大叶子被吹过马路，落在阿卜杜勒脚边。空气中的脏污没有染黑它，他伸手拾起，从口袋中取出生锈的刮胡刀片，把叶子切成细小的碎片，然后朝掌中吹气。绿色的叶子碎片掉在苏尼尔的眉毛、睫毛，和他被胡乱剃光了的头上。

“接下来呢？”过一会儿，苏尼尔问道。

“接下来？去洗洗你的嘴，干活儿去！你已经迟到了。这个时间，还有什么东西留在地上？”

“好吧，再见啦。”苏尼尔说道，跳起身来，拍掉叶子碎屑，撒腿跑开了。阿卜杜勒看着他离开，心想：“这古怪正直的小家伙。”他祝这孩子好运，半小时后，苏尼尔将在米提河上方的狭窄岩架上碰上好运。

不久，当新机场履行其首要职责——成为通往二十一世纪世界重要大城市之一的门户时，在岩架上留下垃圾的出租车司机们将被赶往他处。但在此时此刻，十一个罐子、七个空水瓶和一叠铝箔纸，停留在水泥长条板上，等候第一个发现的孩子勇敢地将其据为己有。

后记

十年前，我爱上一个印度男人，多了一个新的祖国。他叮嘱我不要从外表判断它。

认识我丈夫时，我已在美国做了多年的贫困社区报道工作，思忖在全球最富庶的国家之一，如何才能脱离贫困。当我来到印度，这一日益富足强盛，却依然占据全球三分之一贫穷人口、四分之一饥饿人口的国家时，类似的问题依然存在。

对于印度贫困状况的辛酸照片，我很快变得不耐烦：骨瘦如柴、眼睛周围飞着苍蝇的孩子们，以及走进贫民窟五分钟内，一眼即可看到的其他悲惨画面。对我而言，更重要的一系列问题需要花更长的时间才看得出来。我想，在任何一个国家，对多数贫困儿童的父母而言亦然。我要探索的是，在这个社会，什么是机会的基础结构？市场和政府的经济社会政策让哪些可能性如虎添翼，又让哪些可能性付诸流水？要通过什么方式，才可以让骨瘦如柴的孩子富裕一些？

另一些令人困扰的问题，关于极端和并列的不平等——这是许多现代都市的鲜明特征。（调查居民贫富差距的学者认为，纽约和华盛顿特区的不平等程度，几乎同内罗毕和圣地亚哥一样。）有些人认为，这种贫富并存属于道德问题。我诧异的是，为何不更多的是现实问题？毕竟，在世界上如孟买这样的大城市里，穷人往往比富人更多。为什么贫民窟和豪华酒店紧紧挨在一起的机场大道，以及诸如此类的地方，和造反游戏《合金弹头 3》并不一样？为什么我们没有更多不平等的社会起来造反？

我想阅读一本可以回答我的一些问题的书，因为我觉得自己写不成这种书，毕竟我不是印度人，不懂当地语言，也不曾在其背景下生活一辈子。在多年糟糕的健康状况后，我也怀疑自己能否应付雨季和贫民窟的恶劣条件。在我独自待在华盛顿特区家中的一个漫漫长夜，我下定决心尝试一下。当时我被一本大词典绊了一跤，倒在洒了一地的健怡苏打当中，肺部穿孔，断了三根肋骨，无法爬到电话边。在那几个钟头当中，我明白自己既然在与一本大词典共处的安全环境中都会出事，那么去尝试我在另一个领域的兴趣也不会有什么损失——这一领域超出我所谓的专长，失败率或许很大，却可能有更具意义的互动。

我一直觉得有关印度的纪实作品严重不足，无法深度报道低收入的普通百姓——尤其是妇女和儿童——如何应付全球市场时代。我读过许多人在印度软件产业中改造自己并取得成功的报道，有时会略去其在幼年时就拥有的种姓、家庭、财富和私人教育等特权的记述。我读过道德崇高的贫民窟居民的故事，他们被困在单调悲惨的地方，直到救星飞驰而来，拯救他们。我读过帮派和毒枭的故事，他们的滔滔不绝，连作家萨尔曼·拉什迪也会羡慕。

我在印度认识的贫民窟居民，既不神秘也不可悲。他们绝对不消极，在全国各地欠缺救星的社区，他们往往巧妙地随机应变，去追求二十一世纪崭新的经济机会。官方统计数据透露了一点这些家庭的处境。然而在印度，就像世界上其他许多地方一样，包括我自己的国家，关于穷人的统计数据，有时与生活体验存在着微妙关系。

在我看来，要和一个国家产生联系，就必须为这个国家最弱势的人群提出有关正义和机会的问题。对这些人越是了解，提问的冲动就越强烈。虽然我认为不能以偏概全，但我却认为，在印度崛起之际，用几年时间追踪一个平凡的贫民窟，看看谁成功、谁失败，并了解原因，或许是最佳的方式。我的确不是印度人，因此，我以我在美国的陌生环境中采用的方式，通过投入时间与关注，通过获取文件资料，以及通过反复核查人物的叙述，来弥补我的局限。

本书前面所记述的都是真实事件，人名也都是真名。从二〇〇七年十一月踏入安纳瓦迪，认识阿莎和曼朱那天，直到二〇一一年三月完成报道，我用书面笔记、录像、录音带和照片记录居民的经历。贫民窟里的几个孩子熟悉我的便携式摄影机之后，也参与了记录。曼朱从前的学生德沃·卡达姆是个特别热情的记录者。

我还参考了三千多份公共档案，其中许多是根据印度具有里程碑意义的《信息权利法案》[1]，向政府机构请求多年后取得的记录。

---

[1] 《信息权利法案》（Right to Information Act）是一项保护印度公民知情权的法案。规定任何公民可向公共当局要求提供信息，以促进公共部门工作的透明度和责任感。

来自孟买警方、公共卫生局、邦与中央教育局、选举事务处、市政局、公立医院、太平间和法院等机构的官方文件，有两方面至关重要：这些文件详尽验证了本书当中的诸多方面，并揭露了政府有多么腐败和冷漠，将贫穷老百姓的经历从公共档案中删除。

我在本书前面叙述的人物想法，由他们直接传达给我和我的翻译，或在我们面前传达给其他人。当我事后试图掌握某人在特定时刻的想法，或当我为了了解某人的复杂观点而必须多次采访时（这是常见的情况），我便采用转述的方式。比如说，阿卜杜勒和苏尼尔先前很少提及他们的生活和感受，甚至对他们自己的家人也是。我在反复（他们会说是无尽）的对话以及查证事实的采访中——往往是在他们干活儿时不断询问他们——才逐渐了解他们的想法。

尽管我尽量避免过度诠释，然而，只聚焦在口齿清晰、或许能提供更多精彩叙述的少数几个安纳瓦迪居民身上，会更有歪曲事实的危险。在工作过劳的人当中，许多人的大部分时光都在默默处理垃圾中度过，日常语言对他们来说往往与交易相关，因此不能实时传达出在近四年间强力浮现出来的深刻、独特的智慧。

当我在一个地方安定下来倾听或观察时，我不想欺骗自己，认为个人的故事本身就足以成为观点。我只相信，当我们对平凡的生活了解更多时，才可能建立更好的论点，甚至更好的对策。

为了比较，我也待过其他贫民窟，之所以选择聚焦于安纳瓦迪，原因有二：随着财富从四面八方侵入，此地充满无限可能，同时由于规模小，能让人挨家挨户进行家庭调查，这是流浪式社会学

（vagrant-sociology）的方式。这些调查让我开始能区分个别的问题和普遍存在的问题，比方说安纳瓦迪的移民和跨性别者没有选举权的问题。

我的报道并不美好，特别是刚开始的时候。在安纳瓦迪居民看来，我是个荒谬可笑的家伙，会在录像时掉入污水湖，或和警方发生冲突。不过，居民有比我的出现更迫在眉睫的其他问题。一两个月的好奇过后，他们在我记录他们的生活时，或多或少都会继续做自己的事情。

聪颖宽厚的姆林马伊·拉纳德帮助我度过这个过渡期。在此次研究计划的前半年，她担任我的翻译，她深邃的智慧、细心的耳朵和温暖的参与，让我逐渐了解了安纳瓦迪的居民，也让他们了解了我。大学生加维塔·米什拉在二〇〇八年也是我得力的翻译。同年四月起，就读孟买大学社会学系的翁纳蒂·特里帕蒂参与这项计划，担任翻译。对于一个西方人书写贫民窟居民，她抱持怀疑态度，然而，她对安纳瓦迪居民的眷恋显然比她的保留态度更强烈。她很快成为共同调查员和重要的采访者；她的见解散见本书各处。三年间，我们共同思考：白天待在安纳瓦迪鼠满为患的垃圾棚子，深夜和小偷在迷人的新机场展开探险，这些对在一个全球化的不平等世界中追求机遇有什么贡献？或许有吧，我们坚定地下了结论。

我目睹了本书所叙述的多数事件。有些事件，我在事发不久后立即通过访谈和查阅文件进行报道。比方说，对法蒂玛·谢赫自焚前几个小时及其造成的直接后果所做的报道，来自对一百六十八个人的反复访谈，以及警察局、公立医院、太平间和法庭提供的记录。

我在报道这则事件，以及其他许多真相极具争议的事件时，发现安纳瓦迪的孩子们是最可靠的目击者。长辈们对政治、经济和宗教争论不休，对此他们大多无动于衷，也不在乎自己的说法听起来如何。比方说，法蒂玛的女儿们在最终导致母亲自焚的冲突发生时，一直都在现场，她们始终认为阿卜杜勒·侯赛因无罪，随着时间推移，我也学会倚赖安纳瓦迪其他孩子们敏锐的眼睛和智慧。

事发当时在现场，或事发后随即报道相当重要，因为随着时间流逝，有些贫民窟居民会因害怕触怒当局，重新调整他们的说法。（他们的恐惧不无道理：萨哈尔警察常会威胁跟我谈话的贫民窟居民。）另有一些安纳瓦迪居民为了心理安慰而改编他们的陈述：毕竟比起事发当时的经历，他们对回忆更有控制权。沉溺在不愉快的回忆中被认为不吉祥，而且起不了积极作用。阿卜杜勒某天的抗议，道出他许多邻人的感觉："凯瑟琳，你是糊涂了吗？我已经跟你讲过三次，你也记在你的电脑里了。我现在已经不去想了。我想继续这样，所以，能不能请你别再问我了？"

不过，从二〇〇七年十一月到二〇一一年三月，他和安纳瓦迪的其他居民极其努力地帮助我描绘他们的生活和困境。即使他们明白，我不仅可能书写他们的美德，也可能揭露他们的缺陷，即使他们明白自己可能不喜欢或不同意书中的每一件事，他们却依然这么做。

我相信，他们参与这项研究计划并非出自私人情感。在我尚未挑起不好的回忆时，他们还算喜欢我。我对他们，则超过还算喜欢的程度。不过，他们之所以容忍我，主要是因为他们和我一样，关切这个他们热爱的、变革迅速的国家的机会分配问题。例如，曼朱·瓦根卡坦率地谈论腐败问题，希望有助于为其他的孩子建立更公平的体制，无论希望多么渺茫。若考虑到做出这些抉择的人在社会经济上的弱势处境，便不得不佩服他们的勇敢。

安纳瓦迪的故事不能代表印度这样庞大多元的国家，也不能简单囊括二十一世纪世界的贫穷与机会状况。每一个社区虽然细节各异，却都举足轻重。尽管如此，安纳瓦迪和我曾待过的其他贫穷社区之间具备的共同点，依然令我震撼。

在全球化时代——一个特别的、工作不稳定的、竞争激烈的时代——希望并非幻想。极端的贫困逐渐缓解，尽管程度不均，成效却很显著。然而，当资金在全球流动，固定工作的想法变得不合时宜时，不可预知的日常生活总有办法磨平个人的展望。理想情况下，政府可以减缓不稳定；然而很多时候，弱势的政府却会加剧不稳定，比起培养人的能力，它更擅于助长腐败。

我发觉腐败最受人忽视的结果，不是经济可能性的缩减，而是道德空间的缩减。我在报道中，不断对年轻人的道德想象感到震惊，即使是那些身处绝境、自私恐怕已成为一项优势的年轻人。孩子们没有力量单凭想象行事，等到他们长大成人时，或许已对一个在路边慢慢流血致死的拾荒者视若无睹；在一个烧伤的妇女扭成一团时转身离去；在一个朝气蓬勃的少年喝下老鼠药时简单耸耸肩。这是怎么回事？何以——借用阿卜杜勒的比喻——决心当冰的孩子们，却变成了水？关于印度，有一个老套的说法：在这里，生命的损失与其他国家相比算不了什么，因为印度教相信轮回，而且这里的人口规模如此之大。在我的报道中，我发现年轻人对生命的损失感受深刻。对他人的苦难似乎无动于衷，这无关乎轮回，更无关乎生性残忍。我相信这与环境大有关系，环境使他们与生俱来的道德蒙上阴影。

在有些地方，政府的施政重点和市场需求创造了一个如此变幻莫测的世界，使得帮助一个邻居，等于拿你的养家能力，有时甚至是你本身的自由来冒险，贫穷社区相互支持的观念于是被推翻。穷人为政府的选择和市场而责备彼此，我们这些不是穷人的人，也同样动辄严厉地指责穷人。

站在安全距离外，很容易忽略一个事实：在腐败当道的底层城市，疲惫的民众在贫乏的地带为了微不足道的东西而互相竞争，在这些地方想当好人，是极为困难的事。让人惊奇的是，有些人的确是好人，许多人也尝试成为好人——所有那些我们看不见的个人，每天都发现自己面临种种困境，就像阿卜杜勒的遭遇一样，只是拿着一块石板，然后在七月的一个下午，他的生活就莫名地天崩地裂。如果屋子歪歪斜斜、摇摇欲坠，坐落在崎岖不平的土地上，那屋子里有可能摆正任何东西吗？

致谢

我对安纳瓦迪的居民献上最深的感谢。我还要感谢以下各位及各单位所提供的支持与见解：Bharati Chaturvedi、Vijaya Chauhan、Benjamin Dreyer、Naresh Fernandes、Severina Fernandes、Mahendra Gamare、Shailesh Gandhi、Matthew Geczy、David Jackson、James John、Kumar Ketkar、Cressida Leyshon、麦克阿瑟基金会（The John D. and Catherine T. MacArthur Foundation）、Nandini Mehta、Sharmistha Mohanty、Sumit Mullick、Shobha Murthy、Kiran Nagarkar、Alka Bhagvaan Nikale、Brijesh Patel、Gautam Patel、Jeet Narayan Patel、Rajendra Prasad Patel、Anna Pitoniak、Vikram Raghavan、Lindsey Schwoeri、Mike and Mark Seifert、Altamas Shaikh、Gary Smith 和柏林美国研究会（American Academy in Berlin）、Hilda Suarez、Arvind Subramanian、M. Jordan Tierney, 以及 Madhulika 和 Yogendra Yadav。

感谢 Binky Urban 和 Kate Medina，尽管没什么根据，他们仍然相信我做得到；感谢 David Remnick 致力于这份进展迟缓，也不见得能吸引广告商的工作；感谢 David Finkel 和 Anne Hull 在这项计划的每个阶段持续为我提供建议；感谢 Unnati Tripathi 的才智和勇气；感谢 Mrinmayee Ranade 的教导、乐观，以及她对普通女性家庭生活的洞察力；感谢 Luca Giuliani、Joachim Nettelbeck，以及柏林学术研究院（Wissenschaftskolleg zu Berlin）的人员提供庇护所，让我从报道中跳脱出来，写下本书的初稿；感谢 Lorraine Adams、Jodie Allen、Evan Camfield、Elizabeth Dance、Ramachandra Guha、Anne Kornhauser、Molly McGrath、Amy Waldman，尤其是 Dorothy Wickenden，经过他们明智而重要的审读，这本书变得更加完善。

感谢我的家人，数年前，他们费心同我思考如何公正地写出阿卜杜勒及其邻居的生活，他们在编辑上和情感上引导我完成这项计划，包括我已故的父亲 Clinton Boo，还有 John 和 Nick Boo、Tom Boo 和 Heleen Welvaart、Catherine Tashjean、Asha Sarabhai、Kyla Wyatt Leonor、Mary Richardson，以及 Matt Buhr-Vogl，是他帮助我看出故事的关联；Jack Boo 是我最精明的十二岁编辑；两位 Mary Boo——聪明严厉的姐姐以及母亲，她们仍是我最信赖的读者，也是我的灵感来源；还有 Sunil Khilnani，我的爱人，让我的世界更加美好。

本书译文由城邦文化事业股份有限公司授权使用，特此申明。

图书在版编目（CIP）数据

美好时代的背后 /（美）凯瑟琳·布著 ；何佩桦译
.-- 北京 ：新星出版社，2021.6（2021.7 重印）
ISBN 978-7-5133-4388-6

Ⅰ．①美… Ⅱ．①凯… ②何… Ⅲ．①纪实文学－美国－现代 Ⅳ．① I712.55

中国版本图书馆 CIP 数据核字（2021）第 070558 号

美好时代的背后
[美] 凯瑟琳·布 著　何佩桦 译

责任编辑 汪　欣
特约编辑 蔡　笑　杨静武
装帧设计 人马艺术设计·储平
内文制作 王春雪
责任印制 李珊珊　史广宜

出　　版 新星出版社　www.newstarpress.com
出 版 人 马汝军
社　　址 北京市西城区车公庄大街丙 3 号楼　邮编 100044
电话（010）88310888　传真（010）65270449
发　　行 新经典发行有限公司
电话（010）68423599　邮箱 editor@readinglife.com

印　　刷 河北鹏润印刷有限公司
开　　本 880mm×1230mm　1/32
印　　张 9
字　　数 200千字
版　　次 2021年6月第一版　2021年7月第二次印刷
书　　号 ISBN 978-7-5133-4388-6
定　　价 69.00元

Behind the Beautiful Forevers: Life, Death, and Hope in a Mumbai Undercity by
Katherine Boo

著作版权合同登记号：01-2017-3121